구름기

구름기

김학찬
유고
소설집

교유서가

차례

모범택시를 타는 순간 · 007

타작 · 035

귀가 · 061

① ② ③ ④ ⑤ · 079

영재 · 097

은이와 같이 · 127

구름기 · 155

내가 알고 있는 비밀이 · 177

끗 · 205

미당시문학관 · 235

해설 | 끝, 없는 이야기 이만영(문학평론가, 전북대 교수) · 265

모범택시를 타는 순간

― 신장腎臟을 팔면 얼마나 받을 수 있다고?
― 적게는 이삼천만 원에서 많게는 오천만 원도 더 받을 수 있다더라.
― 오천만 원이라. 대학교 사 년 다니기엔 조금 부족하네.

대학교에 복학을 하려면 등록금부터 내야 한다. 군복무를 마치고 나오니 이 년 동안 등록금은 오십만 원 가까이 올랐다. 처음 입학했을 때가 이백육십이만 원이었고 그 다음해 등록금은 이백팔십오만 원이었다. 일 학년을 마친 뒤 군대에 갔다 오니 등록금은 삼백삼십만 원이 되어 있었다. 이백팔십오만 원일 때 등록금을 미리 내고 군대에 갈걸, 후회가 들었다. 이 년 전 대출을 해서라도 등록금을 내고 군대에 가는 게 좋은가 아닌가에 대해 이야기할 때 동기 C가 말했다. 매년 최소 팔 퍼센트 이상씩 꾸준히 수익을 내는 건 학교밖에 없다. 역시 대출 이자보다 학교의 수익률이 높았다.

학교 주변 방값도 등록금과 같이 올라 있었다. 누우면 발끝에 벽이 느껴지는 고시원 방, 그것도 반지하방이 한 달에 이십오만 원이었고 하숙집 합방은 가장 싼 곳이 삼십삼만 원이었다. 하숙 독방은 물어볼 엄두도 나지 않았다. 학교 주변에서 멀리 떨어진 곳은 가격이 좀더 쌌지만 그만큼 버스비가 들기 때문에 별 차이가 없었다. 겨우 구한 싸구려 하숙집의 밥맛은 군대 짬밥만도 못했다.

두 학기 등록금을 합치면 일 년에 등록금만 육백육십만 원이고 그나마 내년에는 또 얼마가 오를지 모른다. 팔 퍼센트만 올라도 삼백오십육만 원인데 대학교에 입학한 후 팔 퍼센트 아래로 등록금이 오르는 것은 보지 못했다. 어쨌든 일 년 등록금이 육백육십만 원, 하숙비가 사백만 원, 한 달 최소 이십만 원으로 점심과 책값을 감당한다 해도 일 년에 용돈이 이백사십만 원이다. 사립대학교 공부 일 년에 천삼백만 원이 그냥 사라진다. 물가가 오르지 않는다고 가정해도 사 년이면 오천이백만 원이었고 그나마 최소한으로 산다고 가정했을 때 그렇다. 만약 의대나 공대처럼 등록금이 더 비싼 경우라면 일 년에 이삼백만 원은 더 든다.

취직을 위해 영어 학원이라도 다니고 어학연수라도 짧게

다녀오려면 저기서 다시 끝도 없는 돈이 더 필요하니, 도무지 앞이 보이지 않았다. 훈련소를 퇴소하고 자대 배치를 받았을 때 고참이 꽉 쥔 주먹을 내 눈앞에 대고 물었다. 이 주먹 틈으로 뭐가 보이냐. 아무것도 안 보입니다! 이게 앞으로 니 군 생활이다. 전역을 해도 마찬가지였다.

학자금 대출을 받았다. 등록금은 일단 이것으로 해결되었다. 하숙비는 부모님께서 어떻게든 보내주신다고 했지만 기대도 되지 않았다.

가장 손쉬운 아르바이트는 과외다. 아무 연고도 없는 서울에서 인맥으로 과외를 구하는 것은 불가능해서 학교 주변에 붙어 있는 전단지를 보고 과외 알선 업체를 찾아갔다. 동기 C의 말로는 수수료가 높기는 하지만 그만큼 잘 구해준다고 했다. 성실한 과외 선생님을 찾습니다. 참교육 과외 알선소. 성실하고 책임 있게 가르칠 과외 선생님을 모집합니다. 원하는 조건에 맞는 과외 수업을 연결해드립니다. 초중고 선택 모든 과목 가능. 희망 지역, 집 근처 연결. 재학생, 휴학생, 졸업생 환영. ○○역 3번 출구 △△빌딩 2층. 문의전화 XX-XXX-XXXX. 방문시 학생증 또는 졸업증명서(신분증 지참) 필수.

깨끗한 건물이었다. 투명한 유리문을 열고 들어가자 곳곳에서 전화 통화 소리가 들려왔다. 보통 사무실처럼 칸막이가 있는 책상들이 있었고 책상마다 아주머니가 하나씩 앉아서 전화를 받고 있었다. 중앙에는 둥근 탁자가, 벽에는 서울시 지도와 이 구區의 지도가 커다랗게 붙어 있었다.

아직 군대에 가지 않고 학교에 다니고 있던 C는 과외 경험이 많았다. C는 그동안 과외로 많은 돈을 벌었다고 했다. C가 말하기를 첫째, 웃으면서 당당하게 들어가야 좋은 인상을 주어서 알선소에서 먼저 과외 자리를 준다, 둘째로 과외 경험은 무조건 많다고 하고 학원 강사 경험도 있다고 해야 한다, 과외 경험은 최소 이 년 이상 학원 강사 경험도 반년은 있다고 해라. 내가 대학교 다닌 지가 일 년 반밖에 안 되는데? 괜찮아 알선소에서 그런 것까지 계산하진 않아, 뭣하면 대학교 합격하고 입학 전부터 과외했다고 하면 돼, 마지막으로 고등학교 때 경시대회나 수상 경력부터 토익 점수까지 자기소개란을 빡빡하게 채우면 오케이야. 고맙다, 첫 과외비 타면 밥 한번 살게. C에게 전수받은 비법대로 웃으면서 입을 열었다.

— 안녕하세요. 저 신, 아니 과외 구하려고 왔는데요.

순간 나도 모르게 신장이라고 할 뻔했다. 보라색 원피스를 입은 아주머니가 말했다.

— 저기로 가서 앉아요.

시키는 대로 둥근 탁자에 가서 앉았다. 탁자 위에는 회원가입신청서가 두툼하게 있었다.

— 거기 신청서 앞에 있는 약관 읽어보고 뒷장에 내용 기재하세요.

빽빽한 약관이야 읽어보나마나지만 꼼꼼하게 읽는 척했다. 말도 안 되는 내용이 있는 게 아닌 이상 동의할 수밖에 없는 약관이다. 마음에 들지 않는 조항이 있다고 해서 고쳐달라고 할 수도 없다. 수수료는 첫 달 과외비의 절반이다. 가입비는 이만 원이다. 가입 후 한 달 안에 과외 연결이 안 될 경우 가입비 환불을 요구할 수 있다. 특별히 이상한 내용은 없었다. 가입비까지 합하면 알선소에 내야 하는 돈이 상당하지만 어쩔 수 없다. 그래도 학교에 다니면서 할 만한 아르바이트는 과외만 한 게 없다. 뒷장에 빽빽하게 내용을 채웠다. 아무래도 경력을 너무 부풀리기는 찝찝해서 과외 경험 육 개월이라고 사실대로 쓰고 대신 다른 내용으로 빈칸을 채웠다. 고등학교 때 우수상밖에 못 받았지만 국어 경시대회에 나간 경력, 대학교에서 주는 문학상을 받은 경력…… 다 쓰고 나자 보라색 원피스가 와서 녹차 한 잔을 주고 신청서를 가져갔다.

― 어디 봐요. 군대도 다녀왔으니 책임감은 좀 있겠고…… 근데 과외 경험이 좀 적네. 육 개월이면 조금 곤란한데. 요즘 학부모님들은 경험 많은 사람을 원하거든. 벌대나 의대도 아니고…… 아니 영어 과외는 못해요?

― 영어는 아무래도 좀, 전역한 지 얼마 안 되다보니까요.

― 수학이나 영어가 제일 자리가 많은데. 아깝네요. 중학생도 못해요? 발음은 어때요?

― 중학생요? 중학생은 할 수 있는데 회화는 거의 해본 적

이 없어서……

― 그럼 곤란한데. 요즘은 초등학생도 영어 과외 하려면 회화가 가능해야 되거든. 어쨌든 알았어요. 학생증 줘요. 가입비 이만 원은 선불인 거 알죠?

― 예 여기. 제가 집안 형편이 좀 어려워서요, 빨리 좀 부탁드립니다.

― 염려 마요. 여기 와서 과외 못 구한 학생은 없어. 곧 연락 줄 테니 성사되면 수업시간 잘 지키구요. 과외비는 일주일에 두 번, 한 번에 두 시간 기준으로 중학생은 이십오만 원에서 삼십만 원 정도고 고등학생은 삼십만 원에서 사십만 원 사이로 받아줘요. 참, 연결되고 면접 볼 때 학생증 꼭 확인시켜드리는 거 잊지 말구요.

알선소를 나서면서 시계를 보니 들어간 지 십오 분 정도밖에 지나지 않았다. 멍하기도 하고 어지럽기도 했다. 무슨 놀림이라도 당한 것 같아 괜히 화도 났다. 그냥 연락을 기다리는 수밖에.

가만히 앉아서 연락만 기다릴 수는 없었다. 다시 생각해보니 보라색 원피스에게 나는 얼뜨기로만 보였을 것 같고 조금 더 당당할걸, 경력을 좀더 부풀릴걸 하는 후회만 들었다. 그렇다고 다시 가서 경력을 고칠 수도 없는 것이고 다른 알선소에 또 등록을 하자니 가입비를 무시할 수 없었다.

인터넷에 있는 과외 알선소 사이트에 내 정보를 올리기 시작했다. 인터넷에 있는 과외 알선소는 과외를 구하기도 어렵고 과외비가 쌌다. 아무래도 과외비가 쉽게 비교되다보니 그런 것 같았다. 학부모와 학생들이 마우스 클릭 몇 번으로 수백 명의 교사를 자신의 입맛대로 고를 수 있는 시스템이었다. 학교별, 지역별, 남녀 등 여러 가지 조건으로 수십 명의 교사가 검색되었다. 교사들의 프로필에 있는 사진은 모두 웃는 사진이었고 연예인 같은 외모의 사진도 많았다.

수수료는 첫 달 과외비의 삼십 퍼센트 정도로 참교육 과외 알선소보다 더 쌌고 대부분의 사이트에서 가입비는 없었다. 수수료가 더 싸고 가입비가 없기는 하지만 과외비 자체가 낮게 형성되어 있는 편이라 참교육 알선소 같은 오프라인 업체와 비교해서 딱히 장점은 없었다. 오히려 장기적으로 과외를 할 경우에는 손해였다. 어쨌든 정보를 올려서 나쁠 건 없었기에 여러 사이트에 나를 등록했다.

스파르타식으로 확실하게 학생을 지도합니다. 학생의 공부 습관부터 확실하게 바로잡아드립니다. 어떤 사이트에는 강한 남자 선생님의 모습을 강조해서 올렸고, 제 동생이라는 생각으로 형이나 오빠처럼 자상하게 학생들을 지도합니다. 믿고 연락주세요^^ 라며 이모티콘까지 써가며 부드러운 모습을 강조해서 올리기도 했다. 강한 모습, 부드러운 모습, 둘 다 적당히 섞은 모습, 냉철하고 전문적인 모습, 있지도 않은 실적을 꾸민 모습, 어떨 때는 내신에 가장 적합한 선생님의 모습이었다가 다른 곳에서는 수능이야말로 가장 자신 있는 분야라고도 썼다. 이런 내용을 계속해서 올리다보니 나중에는 나 자신조차 헷갈리기 시작했다. 이미 등록한 사이트에 다시 내 정보를 올리려고 한 적도 있었다. 거짓말이 아닌 것은 내가 다니는 대학교 이름과 학과, 이름, 이메일 주소, 휴대전화 번호가 전부였다.

― 교육비는 얼마를 드리면 되죠?
인터넷 과외 알선소는 사실 별다른 기대도 하지 않았는데 하루도 지나지 않아서 갑작스럽게 연락이 왔다. 너무 빨리 연락이 왔고 어느 사이트에서 올린 것을 보고 연락이 왔는지 몰라서 당황스러웠다. 받아 적은 주소는 아파트가 아니라 주택이라서 찾기 어렵겠다고 생각했지만 동네 입구부터 경비원이 있는 곳이었다. 머리가 희끗희끗한 경비원이 아니라 젊은 보디가드 같은 경비원이었다. 동네 입구부터 신분증을 요구받아서 불쾌했지만 학생 어머니와 통화가 되자 경비원은 그 집까지 나를 데려다주었다.

과외비라는 말 대신 교육비라고 우아하게 말을 하는 어머니, 아니 그녀는 젊어 보였다. 진하지 않은 화장과 날씬한 몸매는 삼십대 초반처럼 보였다. 학생이 고삼이라고 하지 않았으면 정말 삼십대 초반으로 생각했을 것이다. 과외비, 아니 교육비를 얼마나 불러야 할지, 보통 잘사는 집이 아닌데 조금 더 세게 불러도 괜찮을 성싶었다.

— 고삼 국어니까 사십오만 원 정도입니다.

— 사십오만 원? 팔십만 원 드리죠. 대신 그만큼 열심히 잘 가르쳐주셔야 해요.

스스로 사십오만 원을 불러놓고도 조금 불안했던 참인데 오히려 두 배에 가까운 팔십만 원을 주겠다고 했다. 순간 잘못 들었나 했지만 오, 륙, 칠, 팔 모두 잘못 들을 수가 없는 발음이다.

책임지고 열심히 가르쳐달라는 뜻이라며, 자기에게는 하나뿐인 소중한 아이라고 꼭 좋은 대학교에 가야 한다고, 그녀가 말했다. 이런 동네에서 하는 과외는 다 이런가 싶었다. 그 정도는 돈 축에도 끼지 못하는지 오히려 과외비를 높여 부르는 자신감…… 동네부터 시작해서 커다란 집과 정원, 가격과 용도가 짐작조차 안 가는 가구들까지, 이곳은 나와는 사는 세계가 달랐다.

사는 세계는 달랐지만 과외 학생의 얼굴은 나와 놀랍게도 비슷했다. 처음 그 아이를 보는 순간 왜 같은 얼굴이 조금 다른지, 묘한 이질감이 느껴질 정도였다. 고등학교 때 내 얼굴 같기도 했다. 일란성 쌍둥이? 자신과 똑같은 대상이라는 도플갱어? 도플갱어는 죽음의 징조라던데. 내가 학생보다 키가 조금 작은 것을 빼면 그 아이는 나와 아주 많이 닮아 있었다. 의외로 아이는 놀라지 않고 나만 놀랐다. 얼굴 표정에 생기가 조금 없고 무기력하게 보이는 얼굴이었지만 고삼 생활이 힘들어서 그런 것 같았다. 웃으면서 너와 내가 생긴 게 많이 닮은 것 같다고, 이거 누가 손해지? 하면서 농담을 걸었지만 아이는 그러네요, 하면서 혼잣말하듯 대답했다.

아이의 성적은 중하위권이었지만 수업은 힘들지 않았다. 아이의 이해력은 열을 가르치면 여섯은 알아듣는 정도로 보통 중상위권 아이들과 비슷했다. 어려운 문제는 쉽게 이해하지 못했지만 쉬운 문제는 수월하게 풀어냈다. 가르치는 재미를 느낄 정도는 아니었으나 이 정도 머리로 꾸준하게만 공부한다면 성적은 반드시 오를 타입이었다. 실제로 느리기는 했지만 아이의 실력이 올라가는 것이 보였다. 틀리면 안 되는 문제와 틀려도 되는 문제를 구분하기 시작했다. 문제를 보는 눈이 어느 정도 잡힌 것이다. 이 정도면 명문대는 어려워도 서울에 있는 중위권 대학교 정도는 노려볼 만했다. 나를 믿고 따라오는 아이에게 고마움도 느꼈다. 성적이 떨어졌다면 과외 자리가 잘릴 테니까.

나도 행복한 대학교 생활을 할 수 있었다. 팔십만 원은 하숙비를 내고 용돈을 쓰고도 이십만 원 이상 남았다. 일 년 동안 잘리지 않고 버틴다면 대출받은 돈의 절반 이상을 모을 수 있었다. 오가는 시간까지 합쳐서 일주일에 겨우 여섯 시간만 쓰면 많은 것이 해결되었다. 학과 공부도 의욕적으로 할 수 있었고 중간고사 성적도 괜찮게 받았다. 전역하면서 생각했던 것과 달리 황금빛 생활이 있었고 매사가 순조로웠다. 세상은 여전히 살 만하다고 생각했다.

아이의 어머니는 좋은 분이었다. 중간고사가 끝나고 스승의 날이 되자 선생님 맛있는 저녁 사드시라며 돈 봉투를 주셨다. 봉투 안에는 짧은 메모와 함께 빳빳한 십만 원권 수표가 두 장이나 들어 있었다. 메모에는 꼭 선생님이 다니는 학교에 아이가 갔으면 좋겠다며 잘 부탁드린다고 했다. 평소 수업시간에 나오는 간식도 화려했다. 주스로만 알고 있던 망고부터 시작해서 개당 만 원이 넘는다는 애플망고, 처음에 어떻게 먹어야 하는지도 몰랐던 리치, 람부탄 같은 과일들이 나오는가 하면 음료수로는 몬테스 탄산수니 플로세 워터니 하는 것들이 나왔다. 가끔은 몸에 좋다는 것까지 나왔는데 이름도 모르는 것이 대부분이었다. 그냥 주는 대로 마셨다.

친구들에게 자랑삼아 과외 집 이야기를 하면 모두들 부러워했다. 보통의 두 배가 넘는 과외비와 보너스, 맛있는 간식과 호화로운 집. 나도 그 집에 과외 가는 날을 기다릴 정도였다. 동네는 깨끗했고 아름다웠다. 경비원은 나를 알아보고 인사까지 했다. 마치 내가 그곳의 주민인 양 기분이 좋았다. 아름다운 정원과 편안한 책상과 의자까지 모두 영화 속에 나오는 것 같았다.

네가 어떻게 그런 자리를 얻었냐고, 뭘 보고 뽑혔냐고 반쯤

빈정거리며 묻는 애들도 있었다. 평소에 착하게 산 덕이라고 농담으로 받으면서도 나도 그 이유를 알 수 없었다. 왜 하필 나인가? 그런 집은 대부분 석사학위 이상 받은 전문 과외 선생님을 고용하기 마련이라고, 실제로 아이의 이야기를 들어보면 수학이나 영어 선생님은 나보다 훨씬 나이가 많은 것 같았다. 그렇다고 아이나 아이의 어머니께 왜 나를 뽑았는지 물어볼 수는 없는 일이었다.

의문은 곧 풀렸다. 과외를 시작한 지 넉 달쯤 되었을 때, 수업을 마치고 나오는 나를 그녀가 불렀다. 처음 면접을 봤던 응접실로 자리를 옮겼다. 그녀는 아이에게 방안에 들어가서 있으라고 하고 가정부까지 자리를 비켜달라고 했다. 괜히 이상한 생각이 들었다. 비싼 집에 있는 아름다운 부인과 함께 자리를 한다…… 누가 봐도 삼십대 초반으로밖에 보이지 않는 얼굴과 몸매…… 내가 고용된 것은 사실 다른 이유가 있는 게 아닐까. 심장이 뛰었다. 그녀는 아이의 성적 이야기 등 이런저런 이야기로 조금 뜸을 들이다가 마침내 본론을 꺼냈다.

— 선생님 글을 꽤 잘 쓰신다면서요?

그녀는 나에 대해 많은 것을 알고 있었다. 일 학년 때 대학교에서 받은 문학상부터 시작해서 심지어 군대에 있을 때 국방부에서 실시한 공모전에 입상해 포상휴가를 받은 것까지도. 어느 문학 계간지에 응모한 소설이 본심에 올라갔던 것도, 어느 신문 신춘문예에서도 역시 본심까지만 올라갔던 일도 그녀는 다 알고 있었다. 납득하기 어렵지만 그녀는 나보다 나를 더 잘 알고 있는지도 모른다.

— 물론 쉬운 일이 아니란 거, 잘 알아요.

대학교 입학전형 중에는 문학특기자전형이 있다. 중고등학생을 대상으로 실시하는 문학공모에 입상하면 된다. 대학교에 따라 다르지만 넓게는 삼 등 안에만 들면 문학특기자전형으로 인문학부에 지원할 자격을 준다. 말이 지원 자격이지 사실상 삼 등 안에 들면 합격이나 마찬가지다.

— 우선 예선을 통과해야 해요. 예선을 통과하면 오백만 원을 드리죠. 글 한 편에 오백만 원이면 섭섭하진 않을 거예요. 예선은 미리 써서 내기만 하면 돼요.

일간지 신춘문예에서 당선되면 상금이 삼백에서 오백만 원 정도다. 그런데 예선만 통과해도 오백만 원. 신춘문예 당선보다 낫다. 예선에서 뽑는 인원은 역시 대학교마다 다르지만 삼십 명에서 오륙십 명 정도라고 한다.

— 공모전을 실시하는 대학교 중 우리 애가 가고 싶어하고 대리 응시를 할 수 있는 학교는 두 군데예요. 그중에서 선생님이 다니는 K대학교가 가장 먼저 실시하고 또 가장 명문대예요. 아마도 선생님 학과 교수님들이 심사를 하겠죠. 매년 그래왔으니까요.

우리 학과 교수님 중에서 문법을 담당하는 교수님, 고전을 담당하는 교수님, 구비문학을 담당하는 교수님, 시를 담당하는 교수님을 빼고 나면 실제로 소설 심사를 할 교수님은 많아 봐야 세 분 정도다. 그중 한 분은 이 년 전 내가 받은 문학상의 심사를 하신 분이다. 나는 그 교수님과 다른 교수님들의 성향을 안다. 설사 다른 곳에서 심사위원을 초빙해도 나에게 특별히 불리할 것은 없다.

― 선생님도 아시겠지만 선생님과 우리 애의 외모는 누가 보면 형제로 알 만큼 비슷해요. 선생님이 머리를 우리 애와 비슷하게 자르고 두꺼운 깔창을 넣은 신발을 신으면 완전히 흡사해요. 본선에서는 신분증을 확인하지만 워낙 닮아서 들키지 않을 거예요. 시험 치기 전에는 모자를 쓰고 조용히 있으면 되고, 주변 학생들은 자신의 생각에 골몰해서 주변 사람들에게는 신경도 안 써요. 소설이나 산문 부문이니까 자기 글 쓰기도 바쁠 테구요.

모든 의문이 풀렸다. 왜 내가 이 집에 뽑혔는지.

― 잘 생각해보세요.

잘 가꾸어진 정원을 지나 대문 가까이 가는데 문밖에 어떤 사람이 있었다. 그 사람은 인터폰을 누르고 말했다. 국어 선생님입니다. 삼십대 초반으로 보이는 자신만만한 얼굴에 깨끗한 가죽가방을 손에 들고 있었다. 문이 열리고 나는 나가고 그 사람은 들어갔다. 내가 나간 문을 통해 그 사람은 익숙하게 정원을 지나갔다. 아이의 국어 선생님은 나 혼자가 아니었다. 아니 내가 아니었다.

그녀는 오천만 원을 제시했다. 내가 다니는 K대학에서 입상한다면 사례금 오천만 원과 백 퍼센트의 보너스를 주겠다고 했다. 다른 D대학은 사례금만 동일하다고 했다. 집에 와서 인터넷으로 찾아보니 두 학교 외에는 대리 시험이 통할 만한 학교가 없었다. 어떤 대학교는 이박 삼일 동안 문학캠프를 실시하기 때문에 대리 시험이 불가능했고 다른 대학교는 그녀나 아이가 가고 싶어하는 대학이 아니었다. D대학도 명문대이기는 했지만 K대학에 비하면 평판이 조금 떨어졌다. 백 퍼센트의 보너스까지 내건, 그녀의 욕심은 우리 대학교였다.

나올 때 그녀가 차비 하라고 준 돈은 십만 원짜리 수표였다. 혼란스러운 기분으로 북적대는 지하철을 환승해가며 타기는 싫었다. 이 동네 주변에는 모범택시밖에 없었다. 에라, 모르겠다 싶어서 그냥 올라탔다. 일반택시도 타볼 일이 없는데 모범택시를 타는 것은 처음이었다. 편안한 승차감, 부드러운 운전, 몸에 배인 기사 아저씨의 친절은 여전히 과외 집에 있는 느낌이었다.

그녀의 제의를 받아들이면 이런 것을 누릴 수 있다. 오천만 원이면 남은 삼 년을 아르바이트 한번 하지 않고 다닐 수 있다. 만약 K대학에서 입상한다면 일억 원, 남은 삼 년은 물론이고 원하는 대학원 공부까지도 석사쯤은 어렵지 않게 마칠 수 있다. 그러고도 돈이 남는다. 그전에 담뱃갑만한 방과 군대 짬밥보다 맛없는 하숙집을 떠나 괜찮은 원룸에 전세로 들어갈 수 있다. 부모님도 부담이 훨씬 줄어든다. 경제적으로 전혀 부모님께 폐를 끼치지 않으니 효도하는 것이다……

창밖을 보니 택시는 강을 건너고 있었다. 택시 창문에 생각에 빠진 내 얼굴이 비쳤다. 나 외에 다른 국어 선생님이 있다는 사실은 이제 관심도 없었다. 아이의 성적이 오른 것은 내가 잘 가르쳤기 때문이 아니었다. 아이는 가끔 내 필적이나 봐두었을 것이다. 완벽한 그녀가 이런 것쯤 계산에 넣지 않았을 리가 없다. 어쩌면 오늘 다른 진짜 국어 선생님과 마주친 것도 그녀의 계산일지도 모른다. 만약 내가 그녀의 제의를 거절한다면? 바로 과외 자리에서 잘릴 것이다. 그리고 다시 과외를 구해야 한다. 이번 과외는 수수료도 내지 않았다. 그녀가 알아서 먼저 과외 알선 사이트에 전화해서 나를 고용하지 않겠다고 거짓말을 해줬고 나는 수수료 이십사만 원을 아낄 수 있었다. 다시 과외를 구해도 이런 조건의 과외 자리는 결코 없을 것이다. 그나마 편한 아르바이트가 과외라지만 두세 개씩 과외를 하면서 학과 공부에 충실하기는 어렵다. 아니, 그전에 학기중에는 과외를 구하기도 힘들다. 다시 알선소에 얼굴을 들이밀기는 싫다. 어차피 품팔이를 하는 것이지만 알선소에서 내 가치는 엉망이 되었다. 껌을 짝짝 씹는 아주머니들의 간드러진 전화 통화 소리를 들으며 약관에 동의를 하고 오만 원 단위로 몸값이 올라갔다 내려간다. 군대에서 욕을 먹어가며 일을 할 때에는 오히려 느껴보지 못했던 종류의 굴욕감이었다. 그것을 다시 반복해야 한다.

부정, 부패. 이번 일은 분명한 부정이고 확실한 부패다. 발각될 경우 퇴학은 물론이고 형사처벌까지 받을 수 있다. 그러나 설마 발각될까? 아이와 나는 너무 닮았다. 훈련소에서 경험한 바이지만 머리를 짧게 자르고 똑같은 옷을 입혀놓고 안경까지 씌워놓으면 같은 체형의 남자들은 거기서 거기다. 그녀 같은 사람이 발각될 위험이 높은 일을 권할 리가 없다. 나뿐만 아니라 아이마저도 끝장나니까. 금도끼 은도끼는 아무나 받을 수 있는 것이 아니다. 어차피 아이에게 들어가는 과외비만 해도 일 년에 수천만 원을 쓰는 집이다. 오천만 원이라면 그쪽에서도 비싸게 먹히는 건 아니다.

― 도착했습니다 손님. 오천만 원입니다.

― 네? 오천만 원이요?

― 하하 손님 오천만 원이라니요. 삼만 원입니다.

귀에 들리는 모든 숫자가 오천만 원으로 들렸고 눈에 보이는 모든 숫자도 오천만 원이었다. 오천만원오천만원오천만원오천만원오천만원오천만원…… 내 양심의 가격은 오천만 원. 아니 일억 원일지도 모르는 오천만 원. 누구에게 고민을 털어놓을 수도 없는 문제였다. 말이 많으면 안 된다. 이 일은 부모님도 모르셔야 한다.

예선은 무난하게 통과했다. 예전에 써둔 글 중에서 가장 적당한 글을 골라 열심히 다듬었다. 예선에서 떨어지면 오천만 원은 기회조차 오지 않는다. 예선 마감일을 앞두고 그녀는 일주일 동안 휴가를 주었다. 두 번의 과외는 한 것으로 계산해주겠다고 했다. 예선은 자유주제였기 때문에 어렵지 않았다. 예선 발표가 난 날 그녀는 나를 데리러 차를 보냈다. 처음 타보는 비엠더블유였다. 아니 비엠베였다. 비엠베는 모범택시와도 비할 바가 아니었다. 눈을 반쯤 감고 있는 나에게 기사가 웃으면서 비엠베도 모두 같은 비엠베가 아니라고, 이 비엠베는 대통령의 의전차량과 같은 거라고 했다.

비엠베를 타고 간 곳은 그녀의 집이 아니라 어떤 레스토랑 같은 곳이었다. 레스토랑이라고 말해도 되는지 모르겠다. 어딘지도 모르는 곳이었고 넓은 마당에는 비싼 외제 승용차들만 있었다. 테이블과 테이블의 거리는 까마득했고 조명은 어두웠다. 밝은 곳은 홀의 중심 부분뿐이었는데, 거기서는 음악에 무지한 나도 알고 있는 유명한 바이올리니스트가 혼자 조용히 연주하고 있었다. 테이블은 성인 두 사람도 누울 만큼 컸다. 그 위에 나로서는 도저히 알 수 없는 음식들이 쌓여가고 치워졌다. 그녀는 살짝 젖가슴이 보이는 이브닝드레스를 입고 익숙하게 음식을 맛보았다. 이것 한 조각, 저것 한 조각, 어떤 것은 아예 손도 대지 않았다. 이름도 외울 수 없는 와인을 청해서 살짝 향기만 맡아보고는 손을 내젓기가 여러 번이었다.

식사가 끝나고 그녀가 봉투를 내밀었다. 조용히 가방에 넣으려는데 그녀는 지금 확인해보라고 했다. 실례하겠습니다, 하면서 봉투를 열어보니 수표가 두 장 들어 있었다.

오백만 원짜리 수표를 보는 것은 처음이었다. 지금까지 내가 본 가장 큰 수표는 십만 원짜리였다. 백만 원도 아니고 오백만 원, 이 종이 한 장의 가치는 오백만 원이었다. 그리고 봉투에는 이 종이가 두 장 들어 있었다.

— 보너스예요. 약속된 것은 아니지만. 나는 언제나 약속 그 이상을 줘요.

봉투와 그녀의 한마디 말에 그동안의 고민은 끝이 났다. 그래도 양심을 지켜야 하는가 하는 문제는 더이상 문제가 아니었다. 예선까지만 치를까 하는 생각도 있었다. 예선만 통과하고 본선은 포기한다면 누구도 피해를 입지 않는다. 아이 대신 뽑혀야 하는 학생이 떨어지는 것도 아니고 예선 정도를 통과하지 못할 학생이었다면 어차피 본선에서도 가망이 없다. 그리고 나는 오백만 원을 벌 수 있다. 오백만 원이면 반년 치 과외비에 해당하는 돈이다. 그것만 해도 다른 과외가 들어올 때까지 넉넉히 버틸 수 있는 돈이며 과외 집에서 나를 가지고 논 것을 생각하면 예선까지만 치르는 것도 나름대로 자존심과 양심을 지킬 수 있는 방법이다. 그러나 그녀의 봉투 앞에 고민은 끝이 났다. 무슨 일이 있더라도 본선에서 입상해야 한다. 입상했을 때 보너스는 백 퍼센트 이상일지도 모른다. 아니 분명히 백 퍼센트를 훨씬 넘을 것이다.

— 본선에서는 어떤 주제가 나올지 몰라요. 여기 몇 가지 예상 주제가 있어요. 아직까지 확실하지는 않지만 제가 알아본 바에 따르면 이번 본선은 다른 곳에서 심사위원이 초빙되는 일은 없을 거라고 하더군요. 아주 가끔 의외로 자유 주제가 나오기도 한다지만 어차피 그렇다면 선생님이 자신 있는 것으로 하면 될 것이고 예상 주제에 대해서 미리 연습을 해보는 게 좋겠지요. 이건 예전 당선작을 모은 거예요. 읽어보면 알겠지만 만만치 않을 거예요. 참, 혹시 필요한 책이 있으시다면 말씀하세요. 바로 구해드리죠.

어차피 시작된 걸음이다. 이제 갈등 따위는 없다.

본선까지는 삼 주가 남았다. 하숙방에 돌아와서 프린트를 읽어보니 정말 만만치가 않았다. 우리 학교는 당선과 차선에 대해서만 문학특기자전형 지원 자격을 준다. 예선을 통과한 학생은 모두 오십 명이라고 했다. 확률은 사 퍼센트다.

먼저 심사위원의 성향 파악이 중요했다. 외부에서 심사위원이 초빙되지 않는다고 해서 모두 우리 과 교수님들이 심사하리라는 보장은 없다. 일단 불문과에도 소설로 유명한 교수님이 계시니까. 예전에 내가 문학상에 당선되었을 때 심사를 하신 교수님은 빠질 확률이 적어 보였다. 좁게는 두 분, 넓게는 네 분 정도가 심사위원으로 유력했다. 일단 이 교수님들의 서적과 논문을 모조리 구해달라고 했다.

역시 그녀는 능력이 있었다. 절판된 책까지 어떻게 구했는지 모두 구해서, 종이가 누렇게 변해서 알아보기 힘든 책은 깨끗하게 새로 제본까지 해 왔다. 교수님들이 예전에 관여한 심사의 심사평이나 당선작도 가능한 한 모두 구했다. 일주일 동안 죄다 읽어보니 어느 정도 윤곽이 잡혔다.

가벼운 글은 탈락이었다. 문장은 만연체라도 상관이 없었고 어휘에 신경을 써야 했다. 생소한 순우리말 어휘나 어려운 한자 어휘를 넣으면 좋았다. 어설픈 한자 어휘는 오히려 감점 대상인 게 분명해 보였다. 주제는 고등학생의 관심사보다 조금 더 거시적으로 잡을 필요가 있었다. 역시 예상대로 첫 문장이 중요했다. 백일장 분위기에 들떠 쓸데없이 관념적이거나 튀는 묘사에 치중하면 안 된다. 첫 문장, 첫 문단은 깔끔하게 써야 한다. 처음부터 비문이 나오면 뒷부분은 읽어보지도 않는다. 날카롭게 치고 나가야 했다.

본선 전날 그녀는 내 머리를 직접 자신의 아이와 똑같이 잘랐다. 그녀는 머리도 잘 다듬는 듯했다. 가위가 귀를 스칠 때 차가운 감촉에서 오히려 편안함을 느꼈다. 머리를 감고 나자 디자인이 있는지 없는지 모를 평범한 옷을 나에게 건넸다. 다른 똑같은 옷 한 벌은 그녀의 아이 몫일 것이다. 도수 없는 안경도 준비되어 있었다. 안경까지 갖춰 쓰고 거울을 보자 거울

속에는 내가 아니라 그 아이가 있었다. 그러고 보니 아이를 마지막으로 본 것은 처음 그녀의 제의를 받던 날로, 아이를 본 적이 까마득했다. 머리를 자를 때도 아이를 보지 못했다.

모든 준비는 끝났다. 좋은 꿈을 꾸는 일만 남았다.

매일 가는 학교에서 치는 시험이라 긴장은 느껴지지 않았다. 모자를 푹 눌러쓰고 시험장에 들어갔다. 시험장은 공교롭게도 고삼 때 논술시험을 친 바로 그곳이었다.

나 외에는 딱 한 명이 더 모자를 눌러쓰고 있었다. 담배 생각이 간절했지만 화장실에서 담배를 피우고 오면 주변 고등학생들에게 어떤 인상을 남길 위험이 있다. 세 시간만 더 참으면 되는 일이다. 실수란 없다.

주제는 세 가지였다. 정수기, 세면대, 맥주. 모두 물과 관련된 것이라는 공통점이 있었기 때문에 물 이야기를 써서는 안 된다는 생각이 들었다. 평범하지 않은 주제들이지만 공통점이 있는 것은 오히려 함정일 것이다. 그런데 고등학생을 대상으로 한 대회인데 왜 맥주가 주제에 나왔을까. 맥주를 선택하는 것은 함정일까? 아니면 그 반대를 노린 것일까? 고등학생이라고 맥주 한잔 하지 말라는 법은 없다. 괜히 의심이 들었다. 세면대는 어느 집에나 있지만 정수기는 아니다. 평범하게 세면대로 갈까. 고민 끝에 세면대로 정했다. 평범한 주제에서 오히려 빛이 나는 법이다.

시험장을 빠져나오자마자 화장실에 들어가 담배를 빼 물었다. 뻐끔, 뻐끔, 오래 담배를 참았는데 담배 맛이 깔끔하지 않았다. 이제 내가 할 일은 끝났다. 발표는 오후 다섯시에 대강당에서 있다. 그때는 나 대신 아이가 들어가 더기할 것이다. 그동안 점심을 먹고 집에 가서 옷을 갈아입고 쉬면 된다. 다섯시에 슬쩍 대강당 뒤편에서 심사 발표를 들으면 그것으로 끝이다. 담배를 끄고 나오는데 옆 칸의 문이 열렸다. 나 외에 유일하게 모자를 썼던 학생, 어디서 본 얼굴이다. 동기 C였다.

우리는 잠시 멈칫했을 뿐, 아무렇지도 않게 제 갈 길을 갔다. C보다는 내가 글을 잘 쓴다. 교내 문학상을 받을 때도 C는 심사평에 이름조차 없었다. 걱정할 것은 없다. C 역시 본선까지 나온 이상 떨어진다고 해서 나를 폭로할 자격은 없다. 여전히 모든 것은 순조로웠다.

— 잘되었겠죠?

— 염려 마세요. 남은 일은 약속만 지켜주시면 됩니다. 백일장 요약문을 메일로 곧 보낼 테니 잘 읽어두라고 전해주세요.

— 끝까지 침묵을 지켜줘요. 이따가 대강당에서 나는 앞쪽에 있을 거예요. 선생님은 뒤쪽에 있어요. 우연히라도 같은 곳에 있으면 곤란하니까. 발표를 확인하고 당선되면 오늘밤에 뵙죠.

다섯시에 대강당에 들어가니 생각보다 많은 사람들이 들어와 있었다. 시 부문과 소설 부문 각기 오십 명씩 백 명의 고등학생들과 학부모들이 모두 저마다 시끌거리고 있었다. 앞쪽에는 그녀와 아이가 보였고 뒤편에 서 있는 C도 보였다. 예상대로 심사위원석에는 우리 과 교수님 두 분과 낯선 교수님 한 분이 앉아 있었다. 사회자가 앞에 나와서 소란을 정리하고 발표가 있겠다고 했다. 조용한 가운데 내 소설을 뽑았던 교수님이 앞으로 나왔다.

― 많은 학생 여러분, 그리고 학부모 여러분 수고 많으셨습니다. 우리 K대학교가 배출한 훌륭한 시인이자 소설가인 ○○○을 기리기 위한 이번 백일장에서…… 시 부문 당선자부터 시상하겠습니다. 올해 시 부문은 당선은 없고 차선만 있습니다. 차선에 △△△ 학생, 축하합니다.

말이 길어 초조했다. 단발머리 여학생이 앞으로 나가 상을 받았다. 여학생은 울면서 상을 받았다. 이제 소설 부문, 아니 이제 오천만 원이 발표된다.

― 다음으로 소설 부문 당선자를 발표하겠습니다. 올해 소설 부문 당선은 □□□ 학생, 축하합니다.

당선에 아이의 이름이 없을 때 무릎에서 힘이 빠졌다. 차선에도 아이의 이름은 없었다. 아이의 이름은 내가 낸 원고지 외에는 없었다. 사람들이 박수를 치고, 당선의 감격에 우는 아이들과, 떨어져서 한쪽에서 울고 있는 아이들 속에서 나는 고개를 꺾었다. 내 눈에서도 눈물이 조용히 흘렀다. 머리를 들어 앞쪽을 보자 그녀가 고개를 돌려 나를 보고 있었다. 그녀의 얼굴에는 아무런 변화가 없었다. 다음 기회는 없을 것이다.

  수상식을 뒤로하고 강당을 나섰다. 소설 부문 당선과 차선도 여학생이었으니 C 역시 실패했다. 계속 눈물이 났다. 오천만 원은 생각나지도 않았는데 내가 우는 까닭은 무엇 때문일까.

타작

1

 빨간 십자가를 보자 입안에 비릿한 침이 고인다. 십자가의 빨간 네온사인과 도시의 화려한 불빛들이 잘 어울린다. 이번이 마지막이다. 여러 곳을 떠돌아 얼굴도 얼마만큼 팔렸다. 알아보는 사람을 걱정해야 할 때다. 마지막은 역시 화려하게. 물론 숫자로 보나 역사로 보나 시간은 꽤 걸리겠지.
 항상 흰옷을 입고 다니는 여자는 저 십자가를 두고 큰 것 한 장을 약속했다. 보수만큼 규모가 큰 작업이라며, 일이 끝나면 철저하게 손을 떼고 이제 사라지라는 말일 것이다. 아쉽지만 퇴직금이라 생각하면 두둑한 셈이다.
 교회가 있는 상가건물 뒤에서 담뱃불을 붙였다. 붉고 검게 타들어가기만 해도 기분이 나아졌다. 담배를 피우며 침을 두

번 뱉었다. 아버지가 시체를 염하기 전에 꼭 하던 액땜이다. 고등학생이 지나가다 눈을 마주쳤다. 친절하게 웃어주니 바로 도망쳐버린다.

— 재적 인원이 오백 명, 매주 나오는 성도가 이백 명 정도 되는 교회예요. 출석률이 높죠? 건물 사오층을 세내어 쓰고 있는데, 보증금을 꽤 깔아놓았고 월세도 적지 않게 내고 있어요. 당연히 그걸 감당하고도 남을 만큼 헌금이 걷혀요.

— 한 목사가 직접 개척한 건 아니에요. 개척한 안 목사는 과로로 죽고 그 뒤를 이어받은 사람이 지금 있는 한 목사예요. 안과 한, 두 획 차이인데 불쌍해라. 한 목사의 고민은 역시 성전을 짓고 싶단 거죠. 그런데 오 년째 성도 숫자가 제자리라 명분이 부족하죠. 이번에도 이걸 파고들 거예요.

흰옷의 설명은 늘 완벽했다. 내가 주인공이라면 흰옷은 감독이었다. 모든 것은 흰옷의 손에서 계획되었고 공연은 한 번도 실패한 적이 없었다. 공연은 언제나 엄청난 흑자였다. 흰옷이 성공시킨 공연 중 내가 알고 있는 것만 스무 개가 넘는다. 여러 지역의 수많은 빨간 십자가들이 흰옷 밑으로 들어왔다. 그중 내가 성공시킨 것이 네 개다.

2

누가 보아도 깔끔한 외모, 단순히 신학대학 출신이 아닌 명문 대학 법학과 학사학위를 갖고도 교회에 몸을 바친 인재. 군

식구도 없는 총각 전도사, 신앙과 상관없는 유창한 영어 실력은 언제나 쉽게 먹혔다. 교회라는 공간에서 타인의 환심을 사는 것만큼 쉬운 일도 없다. 전도사로 임명되기만 하면 일의 절반은 끝난 것이나 마찬가지다.

종교인에게도 스펙이 요구되는 세상이다. 게다가 나 같은 사람이 무료로 봉사하겠다는데 싫어할 목사는 없었다. 한 목사는 위조된 추천장의 추천인 이름만 보고 감탄했다. 차를 마시는 동안 추천인으로 위장한 사람이 먼저 한 목사에게 나를 잘 부탁하는 전화를 걸었다. 며칠 뒤 한 목사의 허락이 떨어졌고 주일예배 때 사람들 앞에서 인사를 했다.

— 박 전도사 덕분에 교회가 날이 갈수록 빛이 납니다. 박 전도사를 우리 교회로 보내주신 주님의 은혜에 감사드려야겠습니다, 허허.

쉽고 안일한 교회였다. 개척할 때처럼 성도가 불어나지도 않았고, 이것저것 해볼 만한 사업은 다 해봤고, 다른 행사를 벌일 의욕은 없었다. 기반도 적당히 잡혀 있고, 헌금도 순조롭게 들어오며 꼬박꼬박 통장 잔고를 불려나가는 교회였다. 일 년에 한두 번 있는 부흥회, 부활절이나 추수감사절에 감동을 느끼는 교인은 없었다. 교회 일이 몸에 밴 오십대 초반의 한 목사의 소망은 오직 하나, 성전을 짓는 것뿐이었다. 돈 좀 있다는 집사들도 자기 집만큼 성전에 관심이 많았다. 건축 헌금을 빌미로 돈과 장로직을 바꿀 수 있는 기회가 될 테니까.

교회의 규모가 어느 정도 잡혔다 한들 버젓한 건물 하나가 없다면 만년 개척교회 취급을 면할 수 없다. 하지만 성전을 지을 돈도, 성도 숫자도 조금 부족했다. 교회가 좁아서 새 성전을 지을 수밖에 없다는 명분이 필요했다. 아직까지는 누가 보아도 무리였다. 모든 것은 흰옷의 설명대로였다.

흰옷은 목사들의 고민을 진심으로 이해했다. 흰옷은 어느 정도 규모가 잡혀 있는 개척교회만 노렸다. 너무 작은 교회에서는 얻을 것이 없었고 너무 큰 교회는 작업이 어려웠다. 흔하디흔한, 상가건물을 빌려 쓰는 교회의 재정을 보면 깜짝 놀랄 만한 곳이 많았다.

주인공이 먼저 교회에 전도사로 들어간다. 우리는 빠른 시일 안에 목사와 성도들의 신임을 얻는다. 개척교회에서 장로는 아예 없거나 힘이 미비하기 때문에 신경쓸 필요가 없다. 중요한 것은 오직 목사다. 이것도 개척교회를 주로 노리는 이유다. 한 명만 잡으면 허망할 만큼 쉽다. 주인공이 목사의 신임을 얻고 나면 흰옷이 사람들을 하나둘 보내기 시작한다. 조연들은 이십대 초반의 청년부터 팔십대 노인까지 다양하다. 교회의 규모에 따라 파견되는 조연의 수도 달라진다. 이번같이 큰 작업의 경우 파견되는 조연만 백여 명에 이른다.

목사들은 신이 난다. 몇 년이나 정체되어 있던 교회에 갑자기 부흥의 깃발이 펄럭인다. 매주 새로운 성도들이 등록을 하고 새 성도들은 꾸준히 주일예배에 참석한다. 강단에서 내려다보면 까만 머리들이 날이 갈수록 빽빽하다. 굳어 있던 교회의 몸에 피가 돌기 시작하고 관절이 우두둑 내는 소리에 목사는 정신을 차리지 못하고 모든 것을 주의 은혜라며 찬송을 부른다. 자신이 아무 일도 하지 않은 것에 대한 죄책감을 떠올리는 사람은 보지 못했다. 그저 기도 응답이라며 떠든다. 목사가 할렐루야를 외치는 동안 조연들은 아멘 하면서 성가대를 비롯한 전도회, 장년부, 여성부 등을 하나씩 장악해나간다. 일이 너무 순조롭게 진행될 때면 불안감을 느낄 정도였다.

하늘 높이 떠 있는 목사를 흔드는 것은 더 쉽다. 얼굴 반반한 여자 성도와 문제를 일으키는 게 제일 편했다. 고전적이라서 그만큼 잘 먹혔다. 실제로 문제가 있었느냐는 것은 아무 상관도 없다. 오직 몇 명의 여자 성도들의 증언과 울음만으로 흰옷의 뜻대로 된다. 물론 조연들이 밑밥도 충분히 뿌렸다. 이런 말을 한다는 것 자체가 시험에 드는 일이지만, 우리 목사님께서 요즘 조금 이상하신 것 같은데요, 제 입으로 이런 말을 해도 될지…… 판단이 서질 않지만 집사님과 상의하고 싶어서 그러는 것인데…… 저도 이런 생각을 하는 것조차 두렵습니다, 그래도 이건 조금 아니라는 생각이 들어서 말씀드립니다만…… 목사를 의심하는 자신의 생각조차 두렵다는 말에는 진실과 무관하기 때문에 진실이 가질 수 없는 묘한 쾌감이 있다. 간혹 조연에게 진짜 유혹당해버리는 목사도 있었다. 해피엔딩이기는 하지만 나는 이 경우가 제일 불쾌했다. 섹스를 시작하자마자 사정해버린 것 같았다.

조연들이 찌르고 들어갈 약점은 모든 목사에게 다 있다. 목사는 신이 아니다. 사람들은 목사가 신이 아니라는 것을 알면서도 목사가 신처럼 행동하길 원하고 제멋대로 실망한다. 우리가 하는 일은 그저 한 인간을 찌르는 것이다. 성도들이 속으로 기대하는 것, 저런 분도 나와 다르지 않다는 것을 보여줄 뿐이다.

조연들은 대부분 성경을 잘 알았다. 조연들이 성경 공부하는 모습을 보면 이단의 개념에 혼란이 왔다. 그들은 목사가 설교 시간에 실수한 것이나, 목사가 쉽게 답하기 어려운 문제들만 파고들면 된다. 물론 아주 조심스럽게, 목사님의 말이 물론 옳습니다만, 그런데요…… 용맹한 사자도 하이에나들에게 반복해서 물어뜯기면 비루해진다. 상처 입은 사자처럼 볼썽사나운 동물도 드물다. 지친 사자에게 안식을, 마지막으로 성性으로 덮쳐주면 공연은 끝난다.

한 목사도 어렵지 않을 것이다. 일요일마다 하나둘 익숙한 조연들의 얼굴이 늘어났다. 한 목사는 아무것도 모른 채 새 성도들을 환영하는 찬송을 부르며 그들의 손을 붙잡고 축복기도를 했다. 주의 사랑으로 당신들을 환영합니다. 한 목사와 우리 모두의 얼굴에 행복한 미소가 번졌다.

3

― 아저씨 전도사 맞아요?

취직한 지 한 달이 지나서야 처음 본 모세가 따지듯 말했다. 흰옷이 보여준 사진과 똑같았다. 사진이 없어도 워낙 한 목사와 닮아 금방 알아볼 수 있었다. 모세는 한 목사의 외동아들이다. 고등학교 삼 학년인 모세는 한 목사의 탄식이었으며 모든 성도들의 기도 제목이었다. 전도사가 목사 아들을 취직한 지 한 달 만에 본다는 것은 모세의 상태를 쉽게 파악할 수 있는 단초였다.

― 그게 무슨 소리니?

― 전도사가 담배 피워도 돼요?

어쩐지. 첫날 내가 담배 피우는 모습을 본 고등학생이 이 녀석이었다. 목사 아버지를 둔 고등학생이 교회에 나오지 않는 이유는 뻔했다. 제 아비도 내 손바닥 위에 있는 판에 어린애쯤이야.

― 모세야. 아버지가 그렇게 밉니?

모세의 목울대가 움찔거렸다.

― 무슨 소리예요?

― 교회에서 설교를 하시는 목사님으로서의 아버지와 집에서의 아버지가 달라서 그러냐. 모세야, 사람은 누구나 완벽할 수는 없다. 주님은 우리를 불완전한 존재로 창조하시고 우리는 그 불완전함이 있기에 주님을 더욱 의지하고 찬양하는 것

이지. 아버지도 마찬가지다. 아들이 보기에는 모순적인 아버지겠지만, 목사님께서도 인간이지. 인간은 누구나 약점이 있다. 같은 주님의 아들이라고 생각해봐라. 네가 아버지를 이해하는 것도 주님이 보시기에 아름답지 않을까.

한 목사를 녀석과 같은 위치로 내려놓는 순간, 녀석은 자신이 아버지를 불쌍히 여길 수 있다는 사실에 감동을 느낀다. 수많은 아들들이 꿈꾸는 착각, 자신과 아버지가 최소한 동격이 될 수 있다는 착각.

목사의 자식은 많은 압박을 받는다. 철없는 행동이 아버지가 목사라는 이유로 돈 들지 않는 입방아에 놓인다. 주변 사람들의 위로는 강요의 다른 얼굴이다. 목사의 자식이지 목사가 아닌데 목사도 할 수 없는 일을 목사의 아들에게 강요한다. 개구쟁이와 망나니가 동의어가 된다. 태어나기 전부터 갈 길이 결정된 모세도 마찬가지다. 그것이 모세의 고민이고, 모세에게 필요한 것이 무엇인지는 내가 더 잘 안다. 나의 새아버지가 목사였다.

나는 모세가 가려워할 만한 부위를 열심히 긁어주었다. 나 역시 가려웠던 곳이며, 실제로 교회의 부스럼인 부위를 하나하나 빠짐없이 피가 날 때까지 박박 긁었다. 피가 나고 딱지가 생기고 그것이 굳기도 전에 다시 긁어서 상처가 덧나도록, 영원히 낫지 않는 상처를, 긁는 쾌감을 잊지 못하도록 해주었다.

— 한국 교회의 세습은 물론 큰 문제다. 그런데 너도 사실

아버지가 목사님이기 때문에 별생각 없이 신학대학에 가려고 하는 게 아니냐? 너도 모르게 네 머릿속에는 예전부터 이 교회가 나중에 물려받을 교회라는 생각이 있었을지 모른다. 많은 목사와 장로의 자식들이 성적에 맞는 대학이 없어서 신학대학을 가지. 그러면서 주님의 뜻이라니, 암담하다. 모세 너도 정말 목회자의 길에 뜻이 있다면 지금이라도 열심히 공부해야 되지 않을까. 똑똑한 목회자가 되어서 한국 교회를 바꾸는 건? 남들처럼 적당히 신학대학에 가서 교회나 물려받을 생각은 아니겠지.

— 교회의 분열은 구조적 문제지. 저마다 교회를 세우려고만 하지 이미 있는 교회를 발전시킬 생각은 누구도 하지 않아. 결국 교회는 늘어나는데 주님을 영접한 성도들의 수는 그대로다. 제로섬게임. 편의점이나 세탁소보다 많은 것이 십자가다. 그래서 나는 교회를 개척하기 위해 힘쓰기보다 평생 다른 사람 밑에서 봉사하면서 한 영혼이라도 더 구제할 생각이다. 그게 더 주님 보시기에 아름다울 거라 믿는다.

— 이제는 한국 교회의 대통합이 필요하다. 종파를 나누지 말고 단일 체제를 구축하는 것. 힘을 모아야 더 큰 일을 할 수 있다. 사실 교리 해석을 두고 싸우는 게 뭐가 그리 중요한 문제일까. 주님이 보시기에는 인간들이 가, 갸, 거, 겨를 두고 싸우는 모습이 얼마나 한심하게 보일까. 어차피 중요한 것은 주님을 향한 신앙이지 자질구레한 교리가 아니다. 물론 통합은 쉽

지 않겠지. 기존 교회는 기득권이고 자신들의 권력을 포기할 생각이 없을 테니까. 하지만 어떻게 해서라도 교회 하나하나를 통합해서 단일 종파를 만들어야 한다. 어느 쪽이 더 효율적이고 보기 좋지? 단순한 것은 아름답다. 쉽지 않을 싸움이지만 나는 하나씩 해볼 거다. 이 말은 비밀이니까 어디 가서 하면 안 된다. 너와 나의 비밀, 사나이 대 사나이로서 지키리라 믿는다.

4

모든 일이 순조롭게 풀려나갔다. 성가대는 항상 지원자들로 빽빽했고 외국에서 성악을 전공한 조연이 성가대 지휘자 자리를 차지했다. 이전 지휘자가 잠시 자리를 비우는 사이 성도들은 이전 지휘자보다 훨씬 경력이 좋다며, 새 지휘자를 환영했다. 이전 지휘자는 앞에 서지 못하자 갑자기 바빠졌다며 웃었다. 그는 이제 주일 낮 예배만 참석했다. 성가대뿐만 아니라 모든 부서에 조연들이 박혔다. 교회의 여론은 흰옷의 지휘대로 움직였다. 흰옷은 이번 작업에 조연만 백 명을 보내왔다. 흰옷다운 화끈한 동원이었다. 순식간에 불어난 사람들 때문에 일요일 낮 예배가 한 번 더 늘었다. 일요일 저녁 예배까지 하루 종일 설교를 하면서도 한 목사의 얼굴에는 생기가 넘쳤다.

중고등부 설교는 나에게 맡겨졌다. 모세는 예배 시간마다 제일 앞자리에 앉아 내 얼굴을 바라봤다. 한 목사는 모세의 변화에 감격했다. 모세가 꼬박꼬박 교회에 출석한 것이 사 년 만이라고 했다. 한 목사는 나에게 고급 정장을 한 벌 맞춰주었다.

모세와 학생들은 흰옷의 생각에 몰입했다. 힘든 수험 생활로 인해 한창 사회 불만이 많을 때였다. 그들의 모든 불만을 긍정해주며 분노의 화살을 돌려주었다. 학생들은 내가 말하는 것 이상을 생각하지 못했다.

심방과 구역예배가 반복되는 동안 기존 성도들은 조연들과 친해졌다. 흰옷이 원하는 것은 교회를 완전히 접수하는 것이기 때문에 한 목사의 실각 이후에도 기존 성도들이 남아 있어야 했다. 흰옷은 작은 교회는 목사를 쫓아보내고 돈만 차지한 뒤 차차 흩어버렸지만 규모도 어느 정도 있고 탄탄한 교회는 자신의 지부로 만들었다. 능숙한 나와 조연들은 어느 곳에 심방을 가더라도, 언제 구역예배를 갖더라도 환영받을 수 있었다.

전문직 성도가 많아서 교회의 재정은 생각보다 훨씬 좋았다. 빨간 벽돌의 성전을 새로 짓기 위해 한 목사는 그동안 많은 돈을 모아두었다. 매달 이자만 해도 상당했다. 교회의 행사에 드는 경비는 최소한으로 하고 모조리 은행에 맡기거나 부동산에 투자했다. 저중 큰 것 한 장이 내 몫이다.

5

화약의 열량은 휘발유보다 훨씬 낮다. 검은 가루 한 줌이 바위를 깰 수 있는 것은 모든 에너지가 순식간에 타오르기 때문이다. 조연들이 한꺼번에 모든 일을 시작했을 때 성령의 불길 대신 지옥의 불길이 타올랐다. 시간이 지나고 여론이 의심을 품기 전에 공연을 끝마쳐야 했다. 끝난 공연을 기억하는 여론이 없는 게 다행이었다.

  조연과 조연이 싸우기 시작했다. 성가대 지휘권을 두고 또 다른 조연들끼리 다툼을 벌였고 교회의 여론은 양분되어 말들이 넘쳐흘렀다. 한 목사의 중재는 소용없었다. 오히려 한 목사 위신만 우습게 되었다. 싸움에 진 것처럼 꾸민 조연은 예배 시간에 기습적으로 앞에 뛰어나가 엎드려 대성통곡을 했다. 중재 과정에서 한 목사가 그에게 퍼부었다는 잔인한 말들이 설교 대신 신도들의 머리에 남을 것이다.

  — 목사님! 저는 목사님을 그토록 믿었는데 어떻게 저한테 그러실 수가 있습니까! 절이 싫으면 중이 떠나야지 왜 교회에서 분란을 만드느냐니, 정말 어떻게 그러실 수가…… 제가 목사님께 얼마나 잘했는데 저보고 교회를 떠나라니, 억울합니다! 억울해요.

  한 목사는 당황해서 어쩔 줄 몰랐다. 잔잔했던 예배 시간에 폭풍의 바람이 불어 성도들의 술렁거림이 파도를 이루었다. 설교를 하던 한 목사는 허둥거리며 조연에게 와서 그를 일으키려고 했지만 조연은 한 목사의 팔을 뿌리쳤다. 한 목사의 목에서 핏기가 사라졌다. 조연의 연기를 보며 나는 피식 웃었다. 사람들의 웅성거리는 소리가 더욱 커졌다.

한 목사의 눈과 내 눈이 마주쳤다. 나는 안타까운 표정으로 앞에 나가서 울던 조연을 위로하며 일으켜세워 밖으로 데리고 나갔다. 한 목사의 허둥거림은 조연의 외침을 사실로 만들었다. 모두 입을 다물고 굳은 얼굴로 교회를 나갔다.

— 글쎄, 목사님이 저 사람에게 말이죠, 왜 자리도 못 가리고 나서냐면서……

— 지난번에 그만둔 지휘자도 사실 자기는 너무 억울하대요. 언제는 최고의 성가대라고 치켜세웠다가 금세 버림받았다고요, 이 꼴을 보면서 자기가 교회 다녀야겠냐고……

— 제가 데리고 왔던 아가씨는 목사님이 자신을 보는 시선이 찐득하다고……

조연들은 열심히 소문을 띄웠다. 사람들은 새삼 이전 성가대 지휘자에게 연민을 갖기 시작했다. 그리고 자신들의 동의를 잊은 채 한 목사가 새 지휘자 편만 들었다고 생각했다. 악소문도 슬슬 기지개를 폈다. 생동하던 교회에서 뼈마디마다 부러지는 소리가 났다.

갑자기 교통사고를 비롯한 각종 사고가 일어났다. 안 그래도 어수선하던 교회에서, 신기하게도 성도들이 줄줄이 병원에 입원하게 되자 사람들은 불길한 얼굴로 서로를 쳐다보았다. 하필 왜 이런 때에, 그것도 교회를 오가는 길에 우르르 다치는 것인지 성도들은 납득하지 못했다. 납득이 어렵게 되자 불안해졌다. 우연히 그럴 수 있다는 말은 바로 무시당했다. 피날레를 장식할 대목이 머지않았다.

6

 교회 재정에 대한 의혹이 터졌다. 한 목사의 씀씀이를 걸고 넘어지는 조연이 있었다. 한 목사의 어설픈 해명은 의혹에 혹 만 하나 더 달았을 뿐 아무 말도 사라지게 만들지 못했다.
 성전 건축을 위해 이런저런 행사에는 돈을 아끼면서 한 목사 자신의 씀씀이는 가벼웠다. 쉽게 해명될 수 없는 문제였고 다른 교회에서라면 눈감고 넘어갈 지출도 말을 낳았다. 어떻게 교회가 투기를 할 수 있느냐는 탄식이 나왔다. 돈 문제 앞에서 사람들은 거칠었다. 한 목사가 구원의 눈빛을 보내왔다. 어떻게 좀, 이 상황을 좀. 그래, 나는 주인공이니까. 한 목사를 부축하는데 몸에서 시큼한 땀냄새가 났다.
 한 목사는 나흘을 앓아누웠지만 병문안을 오는 성도들은 얼마 되지 않았다. 모세도 한 목사를 찾지 않았다. 기존 성도들도 소문에 포위되어 한 목사의 측근이라고 불릴 사람은 몇 명 남아 있지 않았다. 가여운 한 목사는 내가 자신의 편이라고 철저히 믿고 있었다.
 ― 목사님. 교회가 여기까지 성장하는 데 많이 힘드셨던 것은 이해하지만 그래도 지출이 좀 과하셨던 게 아닌지요. 이 정도 혹여나 했는데…… 어떻게, 돌려드려야 할까요.
 한 목사의 측근들과 함께 병문안을 간 자리에서 내가 입을

열자 한 목사의 표정은 참담하게 일그러진 채 아무 말도 하지 못하고 눈만 끔벅거렸다. 착한 양반 같으니

성스러운 의혹은 혼자 소문을 잉태했다. 한 목사가 병원에 있는 동안 의혹은 쥐처럼 수많은 소문을 출산했고, 소문은 무럭무럭 자라서 모함과 조롱과 멸시를 낳았다. 온갖 모함이 교회를 뒤집었고 조롱과 멸시는 성도들의 입속에 가득했다. 간신히 퇴원한 한 목사는 곳곳에서 바글거리며 뛰어다니는 조롱을 견뎌낼 수 없었다. 말들이 모여 한 목사와 모든 성도들을 내리눌렀다.

분노한 성도들은 마녀를 필요로 했다. 그들에게 마녀를 만들어서라도 던져주지 않는다면, 애꿎은 희생양이 나오거나 교회가 공중분해되겠지. 아무도 자신이 몸담아왔던 교회가 공중분해되는 것을 바라지 않았다. 한 사람을 희생양으로 삼을 생각은 있어도 자신들의 공동체인 교회를 제물로 바치는 것은 거부했다. 정확한 순간에 흰옷의 손끝이 움직였다.

목양실을 청소하던 어떤 여자 성도가 비명을 지르며 뛰쳐나왔다. 휴지 뭉치 속에 쭈글쭈글하게 말라붙은 콘돔이 들어 있었다.

7

토요일 밤, 교회가 있는 상가건물은 얼마 전 새로 개업한 지하 노래방 때문에 시끄러웠다. 지하에서 지상으로 색색의 음

들이 솟아나왔다. 이층에는 새로 들어올 예정인 입시학원의 페인트칠 냄새가 났다. 사층 교회 본당은 깜깜했다. 어둠 속에 잡아 비트는 듯한 사람의 울음소리가 꺽꺽거리며 들렸다.

― 목사님, 이제 다 끝났습니다.

엎드려 있던 한 목사가 고개를 들었다. 본격적인 공연을 시작한 지 네 달 만에 한 목사의 얼굴이 뾰족하게 변했다. 움푹 들어간 눈에서 사람의 모습을 찾을 수 없었다.

― 박 전도사……

― 예.

― 나는…… 잘못한 것이…… 없소. 그런데 왜 내가……

― 예? 목사님이 잘못한 것이 없으시다고요? 농담이시죠?

장난스러운 나의 말투에 한 목사는 몸을 움찔 떨었다. 그를 놀려주고 싶었다. 마지막으로 확실하게 쓰러뜨려야 할 필요도 있었다. 전치 일 년 이상, 충격으로 한동안, 한없이 고뇌하도록.

― 박 전도사 그게 무슨……

― 목사님이 잘못한 것이 없으시냐고 물었습니다. 어떻게 목사님이 잘못한 것이 없으십니까? 제가 보기에는 아직까지 목사님은 뉘우치지 못한 것 같습니다.

― 무슨 말이오? 내가 무엇을 잘못했소?

한 목사가 고개를 들며 물었다. 한 목사의 질문 속에는 아무런 힘도 희망도 느껴지지 않았다.

— 많은 걸 잘못했지요. 목사님은 아무것도 한 것이 없습니다.

— 난, 나는 열심히 했소. 내가 아무것도 한 것이 없다니.

— 네, 목사님도 다른 목사님들과 마찬가지로 열심히 하셨더군요. 처음에는 말이지요. 하지만 차차 동어반복에 가까운 삶을 살았지요. 설교부터 기도까지. 달란트를 그대로 땅에 묻어두는 게으른 종을 주님께서는 용서하지 않으신다고 신학대학에서, 아니 유치부 성경 학교에서 가르치지 않던가요? 악하고 게으른 종은 마지막 한 달란트까지 빼앗기지요. 우리 작업이 다른 사람들에게 먹히는 것은 목사님 같은 사람들 때문이니 목사님은 분명 잘못이 있지요.

— 우리? 박 전도사! 무슨 말을 하는 거요?

— 아직까지 모르시는 걸 보니 항상 깨어 있으라는 주님의 말씀을 어긴 것이 둘째 죄가 되겠군요. 우리가 가라지를 덧뿌릴 때까지 도대체 무엇을 하셨습니까? 미련한 여인들은 신랑이 오기 전에 기름을 등잔에 채워두지 않았지요. 여기까지는 잘 아는 이야기일 겁니다. 알려지지 않은 이야기를 들려드릴까요. 신랑이 오기를 기다릴 줄만 안 게으른 여인들은 신랑만 놓치는 걸로 끝나지 않았답니다. 자는 여인네들에게 강도가 들이닥쳤지요. 그리고 또하나 탐욕을 부린 죄가……

— 박 전도사!

나는 벌떡 일어나려는 한 목사의 어깨를 내리눌렀다. 쇠약

타작 53

한 한 목사가 젊은 힘을 이길 수는 없었다.

— 계속 그 자세로 들으시지요. 그 자세, 그대로. 주님의 마지막 말씀은 땅끝까지 이르러 내 증인이 되라는 말씀이 아닙니까? 그런데 증인이 되기는커녕 새로 성전을 지을 생각에만 골몰해 있었지요. 땅끝까지 이르는 만리장성을 쌓을 생각입니까? 그 건물은 누구의 것입니까. 주님을 위한 것입니까, 목사님을 위한 것입니까? 덕분에 우리의 작업은 너무나 수월합니다. 그냥 계획대로 하기만 하면 쉽게 거둘 수 있더군요. 기존 교회를 베어서 툭툭 두들기면 쭉정이 목사는 날아가고 알맹이인 성도 숫자와 돈만 남는데, 필요한 배우들만 있으면 됩니다. 그동안 충실히 쌓아두신 건축 자금은 좋은 일에 쓰겠습니다. 가난한 사람들을 위해 이십 퍼센트는 쓴다고 약속하지요.

한 목사의 떨림이 손바닥을, 팔을, 어깨를 통해 느껴졌다. 낚시의 손맛과 비슷하다. 그동안 몇 번이나 겪어온, 죽어가는 것들의 떨림.

— 나야 이제 이 마당에서 은퇴할 겁니다. 내가 누구일까요.
— 나는 주인공입니다. 이 무대의 주인공이죠. 성가대 지휘자, 장년부 최 선생, 기도 시간마다 울어대는 송씨 아줌마, 매일 가르릉 가래 끓는 소리 내면서 앞자리에 앉아 있는 승덕이 할아버님은 조연이고요. 조연이라고 다 같은 조연은 아닙니다. 흰옷과 직접 닿아 있는 조연은 나를 포함해서 열몇 명에 지나지 않아요. 나머지 조연들은 돈을 받고 움직이는 사람들이

아니라 진심으로 흰옷의 말을 믿고 행동하는 사람들입니다. 어쨌든 흰옷은 그들에게 새로운 비전을 제시했으니까요.

— 흰옷? 비전?

— 당신에게 보여준 추천장은 가짜지만 나는 진짜입니다. 나는 최고의 대학에 진학했고 화려한 스펙을 가지고 있습니다. 누구나 나를 좋아했지요. 하지만 장의사인 아버지 밑에서 숱한 죽음을 봐온 탓에 나에게는 늘 죽음에 대한 두려움이 있었습니다. 죽음을 수습하던 아버지는 교통사고로 몸이 걸레가 되어 또다른 사람이 아버지를 수습했습니다. 황당하기도 하고 무섭기도 하더군요.

— 새아버지는 목사였는데 내가 취직하고 곧 암으로 일찍 돌아가셨지요. 좋은 사람이었지만 돌아가시기 전 공포로 얼굴이 망가졌습니다. 두 아버지의 죽음 때문에 나는 죽자사자 종교에 매달렸습니다. 좋은 직장에 들어가자마자 때려치우고 신학대학에 진학했을 때 다들 나를 보고 혀를 차며 미쳤다고 하더군요.

어렸을 때 아버지가 장의사라고 하면 모두 시체에 대해서만 물었다. 그들의 물음 덕분에 내 머릿속은 온통 죽음과 시체로 가득했다. 수십 개의 관들이 텅 빈 줄 알지만 대낮에도 파랗게 질린 손들이 하나씩 일어설 것 같은 느낌. 집안까지 이어지던 향냄새. 어쩌다 아버지가 일거리를 집에 가지고 온 날, 일을 끝낸 아버지가 내 볼을 만졌을 때 느꼈던 싸늘함. 절대 익숙해지지 않던 것.

 죽음이 예고된 새아버지는 몇 번이나 발작했다. 밤중에 나를 보고도 벌벌 떨며 오줌을 지렸다. 두 아버지를 원망하는 것은 아니다. 누구에게나 두려운 일이다. 다만 우연히 내가 그것을 좀더 자주, 가까이 목격했을 뿐이다. 두 아버지가 아니더라도 다른 사람들처럼 종교에 빠져들었을지도 모른다. 그들은 원인만 제공했다. 그들에게 책임은 없다. 책임을 질 무엇은 따로 있을 것이다.

 한 목사는 아무 말 없이 듣기만 했다. 갑자기 온몸에 한기가 돌았다.

 ─ 뭐, 종교는 나에게 위안을 주지 못하더군요. 좋은 머리 탓인지 아직까지 신의 구원을 받지 못해서 그런 것인지는 모르겠지만. 그렇다면 그동안의 나의 고통과 시간은 누구에게 보상받아야 합니까? 내가 간 교회마다 모두 처음에는 고통을 벗겨줄 수 있다고 하더군요. 말로는 참 모든 게 쉽습니다. 처음에야 모두 나의 껍데기만 보고 환영했습니다. 그러나 별 도움은 안 되면서 끝없이 꼬치꼬치 묻는 사람, 자신의 아픔을 헤쳐 나오지 못하는 사람에게 금방 피곤을 느꼈나봅니다. 귀찮아지자 나를 밀쳐내거나 다른 교회로 떠넘겼습니다. 나 같은 성도는 싫다, 이거지요. 모두가 당신 같은 인물들이었습니다. 덕분에 종교와 종파를 막론하고 구경은 신물나게 했죠. 심지어 무속신앙까지. 개구리를 섬기는 무당도 있더군요. 계곡에서 개

구리처럼 뛰다가 뱀에 물려 죽었단 건 뜬소문이겠지만.

— 그렇다면 희, 흰옷은 당신에게 평안을 주었소?

한 목사는 멍멍해진 목소리로 물었다. 어깨의 떨림도 줄어들었다. 나는 한 목사의 어깨에서 손을 떼고 담배를 뽑아 물었다. 파즈즉 소리를 내며 담배에 불이 붙는 모습을 한 목사는 말없이 쳐다보았다. 검은 교회 안에서 붉은 담뱃불이 강하게 타올랐다. 나는 잠시 담배 맛에 취할 뻔했다.

— 그럴 리가. 흰옷은 흰옷대로 자신의 생각을 펴는 거고, 나는 능력을 팔고 돈을 받는 겁니다. 아까 말한 조연들은 대부분 착한 사람들입니다. 흰옷을 믿기 때문에 자신들이 하는 일의 진짜 목적을 깨닫지 못할 뿐이지요. 그들은 모두 자신들이 믿었던 종교에서 큰 환멸을 느꼈던 사람들입니다. 흰옷은 그들에게 비전을 제시했지요. 비전에 목마른 사람들처럼 순진한 사람들도 없습니다. 그래 봐야 흰옷은 사이비일 뿐입니다만. 그래도 비전이라도 제시한 게 어딥니까.

— 하긴 세속 종교는 사람들을 천천히 오랫동안 죽지 않을 만큼만 빨아먹고 사이비는 금방 빨아먹고 버린다는 차이가 있을 뿐이란 말도 있으니 그녀는 절반만 사이비인지도 모르겠군요. 당신이 성전을 건축하기 위해 쌓아둔 돈은 흰옷이 접수할 겁니다. 거기서 내 수고비도 나오는 거고.

짧아진 담배를 바닥에 비벼 껐다. 새 담배를 하나 빼 물면서 한 목사의 벌벌 떠는 손가락 사이에도 담배를 끼워주었다.

— 아드님은 인질입니다. 우리에게 반격을 하려 든다면 모세와 원수가 될 겁니다. 이미 모세는 흰옷을 따르고 있으니까요. 태어나기도 전에 모든 선택이 끝나버렸던 녀석은 처음으로 스스로 결정했다는 환상에 빠져 있습니다. 모세가 그렇게 된 데에는 당신 탓도 있으니 누구를 원망하는 시간에 모세를 되찾을 생각이나 하는 게 나을 겁니다. 굳이 인질이 아니라도 한 목사 당신이 할 수 있는 것은 없지만.

한 목사의 손에서 담배가 떨어졌다.

8

한 목사가 마지막 설교를 마치고 천천히 강단에서 내려왔다. 아무도 한 목사에게 박수를 쳐주지 않았다. 성가대의 합창 소리와 피아노 소리가 뒤섞여 교회에 울렸다. 성도들의 표정에는 그래도 상대가 목사라는 점을 생각해서 마지막 순간을 참아준다고 쓰여 있었다. 어쨌든 신의 말을 전하는 사제를 더 이상 공격하는 것은 두려울 것이다.

다음주부터 교회를 맡게 될 목사가 제일 앞자리에 앉아 있었다. 메이커 있는 진짜 목사지만 흰옷의 생각을 따르는 사람으로 한 목사보다 젊고 풍채도 좋았다. 동글동글한 새 목사의 얼굴에는 인자한 웃음이 가득했다. 잘 훈련된 새 목사는 흰옷의 생각을 성도들에게 심어주겠지. 새로운 해석에 거부감을 갖고 떠나는 사람도, 새로운 조연이 될 사람도 있겠지.

목양실에 들어가니 한 목사 혼자 많은 짐을 싸고 있었다.

— 많은 생각을 했소. 당신은 바알이 보낸 악마라는 생각도 들었고 어쩌면 내가 악마의 자식이었던 것일까, 아예 이게 꿈이 아닐까 하는 생각도 들었소. 정말이지 별의별 생각이 다 들었소. 그러나 생각 끝에 남는 것은 후회뿐이었소. 하지만 후회는 늘 늦구려.

— 제가 악마로 보이십니까?

— 아니오, 그저 모세만 되돌려주시오. 박 전도사, 아니 당신을 원망하지는 않겠소…… 모세만 건져주시오…… 마지막 부탁이오. 이 정도는 들어줄 수 있잖소. 제발 나에게 은혜를, 사랑을 베풀어주시오.

— 하아, 목사님. 이미 모세는……

영혼까지 말라버린 듯한 한 목사의 눈에서 눈물이 흘렀다. 그때 흰옷의 전화가 왔다. 나는 한 목사에게 눈인사를 건네고 목양실을 나왔다. 전화를 받자 그녀는 깔깔 웃으며 진짜 마지막으로 한 번만 앙코르 공연을 하지 않겠느냐고 물었다.

귀가

*

떠나고 싶은 게 아니다.
돌아가고 싶다.

*

"왜?"
"니들 때문에 우리가 내는 세금이 낭비되잖아. 내놔."

물을 때마다 재환이의 대답은 같았다. 우리 가족이 정착할 때 받았던 지원금은 자신이 낸 세금에서 나온 것이고, 자기는 그 돈의 일부를 다시 받아 가는 거라고 했다. 세금은 돈 버는 사람이 내는 것 아니냐고 물었을 때는 모든 물건에 부가가치세가 있는 것도 모르느냐고 비웃었다. 인터넷에 부가가치세를 검색해보니 "최종 소비자가 내는 간접 소비세"라고 나오는데, 잘 모르겠다. 재환이는 나보다 운동도 잘하고 성적도 좋았다. 재환이는 일주일에 한 번씩 꼬박꼬박 돈을 내놓으라고 했다. 오늘도 천 원을 뺏겼다.

순순히 줘도 재환이는 꼭 몇 대를 때렸다. 쉽게 돈을 주지 않으면 맞고 나서 뺏겼다. 없으면 한참 동안 맞아야 했다. 돈이 없으면 몸으로 때워야 하는 것은 고향이나 이곳이나 마찬가지다. 처음 한두 번은 맞붙어봤지만 싸워서 해결될 문제가 아니라는 것은 오 분 안에 알 수 있었다. 이곳에서 배운 말처럼 재환이와 나는 '클래스'가 달랐다.

재환이는 돈도 많은 것 같은데 왜 내 돈을 뺏는 걸까. 재환이는 옷이나 신발도 좋았고 매점에서도 곧잘 친구들에게 돈을 썼다. 재환이가 쏜다고 외치면 우르르 따라가는 애들이 대여섯 명이 넘었다. 재환이도 이길 수 없지만 같이 다니는 패거리들도 무서웠다. 걔들은 내가 사는 아파트 건너에 있는 넓고 비싼 아파트에 살았고 공부도 다들 잘했다. 천 원을 뜯어가봐야 콜라 한 캔 값밖에 안 되면서. 이따 한 시간이라도 피시방 가려고 했는데. 가방은 회색 벽에 달라붙어 있었다. 바닥에서 일어나는 것도 귀찮아 아예 누워버리고 싶었지만 간신히 참았다.

다들 우리 가족을 새터민이라고 불렀다. 뒤에서 작은 목소리로 탈북자라고 귓속말하는 사람들도 많았다. 왜, 있잖아, 거기에서…… 새터민이라고 해도 마치 탈북자라고 부르는 것같이 들렸다. 탈북자라는 말은 마치 배신자라는 말처럼 들렸고 새터민이라는 말은 어딘가 어색했다. 하긴, 빨갱이라고 부르며 화부터 내는 사람도 있었다.

새터민이나 탈북자 두 말 모두 듣기 싫었다. 나는 고향을 탈출했다고 생각한 적이 한 번도 없었다. 엄마 때문에 어쩔 수 없이 고향을 떠나왔을 뿐이다. 엄마가 시키는 대로 하다보니 어느새 이곳에 와 있었다. 어디서 왔느냐고 묻는 사람에게 고향을 대면 다들 이곳으로 오는 과정에 있었던 험난한 이야기를 원했다. 몇 년이나 고생하다 올 수 있었는지, 구슨 짓까지 해봤는지, 같이 오다가 죽은 사람은 없는지, 총은 쏠 줄 아는지, 혹시 사람은 죽여봤는지…… 아무것도 하지 않았고 죽은 사람도 보지 못했다는 말에 다들 고개를 돌렸다. 허줄 이야기가 있어야 할 것 같은데 사실 어떻게 왔는지 기억이 나지 않았다.

*

집에 가봐야 아빠밖에 없다. 뺨을 만졌더니 따끈따끈하다. 재환이에게 맞은 뺨이 계속 부풀어오르는 것 같고 왠지 목도 벌게졌을 것 같다. 이 모습으로 들어가봐야 혼만 더 날 텐데. 집에 가봐야 아빠밖에 없는 것과, 집에 아무도, 아빠도 없는 것 중 어느 쪽이 더 안 좋은 걸까? 엄마하고 살았으면 좋겠다.

이곳에 오니 휴대전화도 가질 수 있었다. 많이 쓰면 아빠한테 맞겠지만 엄마 외에는 전화할 곳도 없다. 엄마한테 전화해도 괜찮을까. 휴대전화는 딱딱하지만 쥐었을 때 미지근한 느낌이 좋았다. 오래 쥐고 있으면 체온처럼 따뜻했다. 이곳에 와서 처음 아빠가 휴대전화를 샀을 때, 그때는 아빠도 고향에서처럼 평범하고 착했다. 휴대전화를 꺼냈다가 다시 집어넣었다. 엄마는 아마도 바쁠 것이다.

고향에서 아빠를 싫어해본 기억은 없다. 아빠는 다른 아빠들보다 항상 좋았다. 이곳에 와서 교육받을 때, 처음으로 아빠가 좋은 사람일 뿐만 아니라 아주 똑똑한 사람이라는 것도 알았다. 고향에서는 휴대전화도 없었고 컴퓨터도 없었지만 한 번도 남들보다 못산다고 생각해본 적 없었다. 간식이라는 개념이 없었고 대체로 배가 고프긴 했지만 밥을 굶는 일은 없었다. 아빠는 말은 별로 없었지만 화를 내는 법도 거의 없었다. 엄마를 때린 기억도 당연히 없고. 아빠가 엄마를, 누군가를 그렇게 잘 때릴 수 있는 사람이라는 것은 이곳에 와서야 알았다. 아빠는 처음에는 엄마만 때리다가 나중에는 지나가는 사람하고도 싸웠다. 나도 곧 맞기 시작했다.

돈도 없고, 놀이터나 공터에서 혼자 있으면 지나가는 어른들이 이상하게 바라봤다. 고향에서는 공터에서 노는 게 당연했는데 이곳에서는 혼자 놀이터에 앉아 있으면 의심부터 받았다. 분명히 내 귀에는 내 말투가 다른 사람들과 비슷한데 귀신같이 다들 어디서 왔느냐고 물었다.

돈이 없으면 갈 곳도 없다. 무작정 걸었다. 한 시간쯤 걷다

들어가면 되겠지. 일어나 대충 옷을 털고 오 분쯤 걸었을 때, 전화가 왔다.

*

엄마가 지갑에서 삼만 원을 꺼냈다.
"더 많이 버는데 더 힘드네."
엄마 말이 무슨 뜻인지 어렴풋이 알 것 같았다. 고향에서보다 잘 먹고 편한 것 같은데 자꾸 추락하는 기분이 들었다. 일 년에 한 번 구경하기도 어려웠던 것을 이곳에서는 어렵지 않게 가질 수 있었다. 이곳에서 흔하게 먹는 것들이 고향에서 생일 때 먹는 것보다 좋았다. 엄마는 아빠 이야기는 꺼내지 말라고 했다가, 요즘도 술만 먹느냐고 물었다가, 으늘 만났다는 이야기는 하지 말라고 했다가, 아빠에게 돈 주지 말라고 했다. 나도 줄 생각은 없었다.

지방에서 행사를 뛰고 와서 그렇다며 엄마는 밥 먹는 내내 하품을 했다. 우리 엄마라서가 아니라 엄마는 진짜 예뻤다. 고향에서 엄마는 예쁘기로 유명했다. 이곳으로 오는 일이 어렵지 않았던 것도 엄마 덕분이라고 들었다. 엄마와 헤어지고 그냥 집에 들어가려다가 순대를 삼천 원어치 샀다.
"부속은 간만 주세요."
아빠가 가끔 심부름을 시키는 분식집이었다. 처음에 아빠랑 함께 갔을 때 분식집 주인은 아빠에게 탈북자가 돼지 허파도 못 먹느냐며 이상하다고 했다. 못 먹어서 안달 아니냐고, 혹시 어렸을 때 심하게 체한 적이 있느냐고 자꾸 묻는 주인이 오히려 안달나 보였다. 얼굴에 고향이 쓰여 있는 것도 아닌데 많은 사람이 내가 어디서 왔는지 쉽게 알아냈다. 말투나 억양이라는 말도 싫었다.

그뒤 아빠는 순대 심부름은 항상 나를 시켰다. 내가 가면 더 많이 주기도 했다. 오른 손목에 순대를 담은 비닐봉지를 걸고 왼손으로는 남은 이만 칠천 원을 만지작거렸다. 재환이에게 일주일에 천 원씩 뜯겨도 매일 피시방에 갈 수 있는 돈이다.

아빠는 고향에서 대학도 나왔는데, 이곳에서는 할일이 없었다. 이곳에서는 대부분 대학을 나오기 때문에 아빠는 특별하지 않았다. 대학을 나온 사람들도 일이 없어서 논다고 했기 때문에 아빠도 노는 게 이상하지 않았다. 편의점에서도, 식당에서도 아빠를 써주지 않았다. 간신히 구한 곳도 며칠 못 버텼다. 처음에는 "아직 서툴러서……"라며 웃던 아빠가 언제부터인가 집에 오면 화부터 내기 시작했다. 나이 어린 사장에게 심하게 욕을 먹고 다리를 걷어차였다던 그날, 아빠는 처음으로 엄마를 때렸다. 너마저 날 우습게…… 차라리……

아빠는 힘든 일을 버틸 만한 힘이 없었다. 엄마는 이곳저곳 부르는 곳이 많았고 무슨 기획사라는 곳과 계약을 하고 돈을 벌어 왔다. 이웃집 아주머니들이 아빠 흉보는 이야기를 자주 들을 수 있었다. 고개는 다른 쪽으로 돌리고 있었지만 아주머니들 눈은 나를 향해 있었다. 사지 멀쩡한 남자가 저게 뭐냐고, 힘들어도 마음만 먹으면 돈 벌 곳이 없는 게 아니라고 했다. 그 무렵, 나도 겉보기에는 멀쩡했지만 재환이에게 맞고 있었기 때문에 아빠에 대해 떠드는 말이 듣기 싫었다.

*

아빠는 자고 있었다. 아빠 옆에 나란히 누워 있는 녹색 소주병을 순대를 담아 온 비닐봉지에 주섬주섬 담았다. 고향에서는 녹색을 보기 쉽지 않았는데 이곳, 우리집에서는 가장 흔한 게 이 녹색 병이다. 순대는 텅 빈 냉장고에 넣었다. 냉장고 문을 닫을 때 텅, 소리가 울렸다. 나도 모르게 그 소리에 놀라 움찔거렸다.

컴퓨터 전원에 불이 들어와 있었다. 아빠가 깰까봐 조심조심 마우스를 흔드니 검은 화면이 곧 밝아졌다. 화면에는 사진으로 찍은 지도가 떠 있었다. 구글 지도의 위성사진이었다. 시커멓고 잘 보이지는 않았지만 고향 사진이라는 것을 알 수 있었다. 저기. 저거. 아, 학교다. 그 옆에는 뭐지? 아무것도 없었던 것 같은데. 순조롭게 고향을 떠나기는 했지만 사진을 챙겨 올 여유는 없었다. 이곳에 온 뒤 처음 보는 고향 사진이었다. 그런데 아무것도 없었다는 것을 어떻게 알았지?

기억이 없는데 학교를 어떻게 알아봤을까.

사실 기억이 거의 나지 않는다. 어떻게 고향을 떠난 것인지.

정신을 차리고 보니 이곳에서 교육을 받고 있었다. 급하게 짐을 쌌던 것 같은데, 그 기억에 대한 자신이 없다. 그때그때 고향을 떠나던 기억이 달랐다. 고향을 떠나는 과정에 있었던 일에 대해 묻는 건 일종의 금기였다. 물어도 엄마나 아빠나 대답해주는 일이 없었다. 순조롭게 떠나온 것 같은데 대체 무슨 일이 있었는지 모르겠다. 몇 살 때 떠나왔던 것인지도 헷갈렸다. 고향 생각을 하면 머리가 어지러웠다. 토할 것 같아서 화장실로 달려갔지만 헛구역질만 나왔다.

아무리 생각해도 고향의 학교를 알아본 게 신기하다. 학교에서 있었던 일들이 생각나지도 않는데 어떻게 알아봤을까. 분명히 선생님이, 친구들이 있었을 텐데. 쏴아, 물이 내려갔다. 그곳에서의 일이 기억나지 않아도 나는 이곳 사람과 같지 않았다.

*

변명 같지만, 공부를 따라갈 수 없었다. 사실 고향에서도 공부는 영 자신이 없었다. 중간 이상을 한 기억이 없다. 고향에서도 그랬는데 이곳에서 공부를 잘할 리가 없었다. 다행히 부모님도 내 공부에 대해서는 별 기대를 걸지 않았다.

처음 하나원에서 교육을 받을 때, 뭐든 열심이던 친구가 있었다. 죽을 고비를 넘기고 이곳에 왔고 공부 외에는 성공할 방법이 없다고 했다. 지금은 어디서 살고 있을까. 나보다는 잘살고 있겠지? 죽을 고비를 넘기면 다 공부를 잘하게 될까? 그 정도 각오도 없느냐는 말을 무수히 들었지만 성적은 제자리였다. 솔직히 흥미도 없었다.

변명 같지만, 몸으로 하는 것도 공부와 마찬가지였다. 같은 학년 친구들은 나보다 두 살이나 어렸지만 대부분 키가 나보다 크고 몸무게도 더 나갔다. 이곳에서 열일곱 살이면 고등학교 일 학년이라고 했는데 나는 중학교 이 학년이었다. 이 년을 낮췄지만 같은 학년 평균 키보다 작았다. 내가 자기들보다 나이가 더 많다는 것을 모르는 애들이 대부분이었다. "탈북자들은 대부분 오기가 있고 독하다고 하는데……" 오기도 없고 독하지도 않지만 나는 탈북자였다. 과학 시간에 배운 'F=ma'라는 법칙을 자주 느낄 수 있었다. 힘은 질량과 가속도에 비례한다. 가벼운 내가 힘이 있을 리가 없었다.

고향 말을 쓰면 이곳 사람들이 경계했고, 고향 말을 쓰지 않으면 새터민 친구들이 끼워주지 않았다. 혀와 입이 따로 노는 듯 어색한 느낌이 들 때가 많았다. 가족 중에서 엄마가 제일 먼저 말을 바꿨다. 엄마는 말을 바꾸지 않으면 안 된다고 했고, 아빠는 이곳 말을 쓰기만 해보라고 엄포를 놓았다. 엄마와 아빠에게 각각 다른 말을 써야 했다. 그래서 다른 사람들이 내 말투를 이상하게 듣는 것인지도 모르겠다.

우리 아파트에 사는 사람들은 대부분 새터민이었다. 새터민 친구들은 말투가 다르다며 나를 끼워주지 않았다. 나만 빼면 모두 한몸처럼 움직였다. 한 명이 조금이라도 맞으면 우르르 몰려가 꼭 복수했기 때문에 누구도 걔들을 건드리지 않았다. 걔들은 끈질기게, 정말 끈질기게 복수를 했다. 잘나간다는 애들도 걔들은 못 본 척했다.

내가 보기에는 걔들 아빠나 우리 아빠나 비슷한데. 아무도 끼워주지 않았고 구해주지도 않았다. 재환이가 나를 두들길 때, 걔들도 재환이와 나를 못 본 척했다. 왜? 라고 물어도 대꾸하지도 않았고. 재환이는 꼬박꼬박 세금을 받아 갔다. 재환이가 걔들과 어울려 노는 모습도 가끔 볼 수 있었다. 이상하게 나보다 재환이가 걔들이랑 더 친했다.

*

"너, 그리고 너. 교무실로 내려와."

나도 모르게 재환이 쪽을 쳐다봤다. 재환이는 아무렇지도 않은 척 앉아 있다가 담임 선생님이 나가자마자 벌떡 일어나 나에게 왔다.

"새끼, 일렀냐?"

"아, 아닌데."

"아니긴 뭐가 아니야. 이 빨갱이 새끼가 확. 새끼, 이따 갔다 와서 보자."

재환이 주먹이 눈앞에 왔다갔다했다. 금방이라도 칠 듯이 눈을 부라리더니 따라오라고 했다. 재환이 등뒤에서 걸어가며 누가 선생님께 말한 것인지 궁금했다. 미치지 않고서야 재환이가 스스로 일렀을 리는 없고, 재환이에게 맞을 때 주변에 누가 있었던 기억도 없는데. 이번주가 아니라 지난주에 맞았던 일을 누가 뒤늦게 말한 걸까?

교무실에 가니 선생님은 없었다. 교무실 앞에서 선생님을 기다리는 동안 재환이는 계속 쿡쿡 찔러대며 협박을 했다.

"이 새끼가, 형이라고 봐줬더니."

"내가, 형인 거 알았어?"

"알아, 안다고. 어쩌라고 확. 알면 왜, 어쩌라고. 너 세금 두 배로 걷을 거야, 씨발."

재환이도 겁나고 선생님도 무서웠다. 선생님은 종례하고 바로 교무실로 내려가는 것 같았는데 어서 왔으면. 왜 이리 안 오지. 내가 잘못한 일은 아닌데. 무슨 일인지 걱정됐다. 재환이가 계속 찔러대는 바람에 옆구리가 다 아팠다. 십오 분쯤 기다리니 복도 저 끝에서 선생님의 얼굴이 보였다. 선생님 얼굴이 반가운 것도 정말 오래간만이었다.

"좀 늦었다. 이거 부모님께 갖다드려라."

"이게 뭔데요?"

"뜯어보지 말고 그냥 그대로 드리면 된다. 들 다 부모님이 무슨 전화를 그렇게 안 받으시냐. 번호 안 바뀌었지? 전화 좀 받으시라고 말씀드려라."

선생님이 교무실로 들어가자마자 재환이는 봉투를 뜯었다.

봉투 속에는 종이 한 장이 들어 있었다. 재환이의 얼굴이 순식간에 벌게졌다.

"뭔데?"

재환이는 급하게 계단을 뛰어내려갔다.

아빠는 가정 통신문을 읽지 않는다. 나는 계단을 내려가며 곧바로 봉투를 거칠게 뜯었다. 종이 한 장이 들어 있었다. 수학여행비가 전액 지원되며, 동의가 필요하다는 내용이었다. 그전에 가끔 받던 것과 다를 바가 없었다. 학교는 나에게 돈을 받아 가지 않았다. 그런데 재환이는 왜 뛰어내려간 거지? 일층 현관에 내려왔을 때, 재환이가 갑자기 나타나 멱살을 잡았다.

"새끼, 조용히 해라."

재환이에게 실컷 맞고 나서야 집에 갈 수 있었다.

지금까지 내가 본 재환이의 옷과 신발은? 매일 가던 매점은?

실컷 맞은 것 같은데 멍 든 곳도 거의 없었다. 재환이는 실컷 때리고 나서야 어깨를 떨며 걸어갔다.

*

"응, 고소하면…… 무조건 버티는 게 중요하네? 그 정돈 나도…… 김 씨 말대로…… 얼마나…… 충분…… 아, 조금 더? 아…… 그래, 돈만 받으면 당연히 하갔…… 미쳤다고 에미나이한테? 이혼이 언젠……"

아빠가 술을 먹는 것은 싫었지만, 참을 수 있었다. 이혼한 것도 참을 수 있었다. 엄마는 어차피 집에 잘 들어오지 않았고, 나는 엄마가 맞는 것을 보는 것보다 따로 사는 게 낫다고 생각했다. 별반 달라지는 것도 없었다.

아빠가 학교와 친구들 부모님에게 전화를 걸기 시작했다. 아빠는 매일같이 학교에서 있었던 일들을 몽땅 말하라고 화를 냈다. 학교에 경찰이 찾아왔다. 경찰들은 어쩔 수 없다는 표정으로 많은 질문을 해왔다. 수업도 빠지고 여기저기 불려나가 뭐라도 말해야 했다.

제일 먼저 재환이 엄마가 찾아와서 빌었다. 아빠는 재환이를 보자마자 뺨을 때렸다. 재환이 엄마는 재환이가 아빠가 없다고 사정을 봐달라며 울었다. 재환이 엄마는 아빠에게 빌다가 재환이 등짝을 두들겼다가 다시 울었다. 아빠는 재환이 엄마가 그러거나 말거나 고함을 질렀다. 재환이 엄마의 옷차림은 조금 과장해서 말하자면 고향에 있을 때 엄마가 입고 다니던 것보다 후줄근했다. 아빠가 재환이 엄마를 돌려보낼 때 나는 재환이를 똑바로 볼 수 없었다. 바쁘게 움직인 것은 두 어른의 손바닥인데, 내 손바닥에서 땀이 다 났다.

재환이랑 어울려 한두 번 나를 때렸던 애들의 부모님이 때로는 함께, 때로는 번갈아가며 찾아왔다. 두꺼운 봉투부터 내미는 사람도 있었고, 일단 한잔하면서 이야기하자며 아빠를 잡아끄는 사람도 있었다. 무슨 말이냐고, 허어, 하면서 못 이기는 척 따라가는 아빠를 볼 때면 잡아끄는 어른의 얼굴을 볼 수 없었다. 어쨌든 나를 때렸던 애의 부모님인데 내가 왜 부끄러운 걸까. 아빠는 김 씨라는 사람과 자주 전화를 했고, 나는 병원에 입원해야 했다. 힘들게 정밀검사를 여러 번 했다. 한 번은 멀쩡히 정밀검사를 하다가 쓰러진 적이 있었다. 엑스레이를 찍는데 다리에 힘이 하나도 없어서 중간중간 쉬다가 찍어야 했다. 그냥, 그 과정이 너무 피곤했다.

"계속해서 말을 더듬는데, 지속된 폭력으로 인한 것일 가능성이 있습니다. 또하나 특징적인 것은 기억상실증인데 이는 일시적인 문제가 아닙니다. 역시 아마도 오랜 시간 동안 집단 괴롭힘을 당했기 때문인 것 같습니다만, 특히나 고향을 기억하지 못한다는 건 이상한……"

경찰이나 의사가 자꾸 물을 때, 나도 모르게 말을 더듬거렸다. 고향에서 있었던 일을 기억 못하는 것은 재환이를 만나기 이전부터였는데.

"아니, 우리 애가 몇 번 그런 것 가지고 가해자라뇨. 두고 봐요. 우리 애는 절대 그럴 애가 아니에요. 자꾸 가해자라고 하는데, 말조심하세요."

한 번이라도 나를 괴롭혔던 애들은 대부분 징계를 받았다는 이야기를 병문안을 온 선생님한테 들었다. 그중에는 한두 번 장난을 친 애들도 있었다. 정말, 나도 폭력이었다고 생각해 본 적도 없는 일들도 모두 조사되었다. 선생님에게 그 애들은 아니라고, 그중에는 진짜 장난도 섞여 있었다고 하고 싶었지만 입이 잘 열리지 않았다.

퇴원하고 나니 조용했다. 재환이는 전학 가고 없었다.

*

수학여행 출발 아침이었다. 전날부터 가방을 싸고 있어도 아빠는 학교에서 어디 가느냐고만 물었을 뿐 별 관심도 보이지 않았다. 천천히, 열심히 쌌지만 큰 가방에 넣어 갈 만한 게 별로 없었다. 넣었던 것들을 다 빼고 가방 안에 들어가봤다. 웅크리고 들어가니 그리 불편하지도 않았다. 기억났다. 고향을 떠나올 때 내가 메고 있었던 가방이었다. 엄마가 꼭 메고 있으라고 했다. 가방을 안고 울었고, 가방을 베고 잤고, 가방 옆에 웅크리고 있었고, 가방을 질질 끌고 한참을 걸었는데. 아빠가 가방과 나를 통째로 번쩍 들고 뛴 적도 있었다.

아빠는 누가 보면 먼길 떠나는 줄 알겠다는 말만 하고 계속 텔레비전을 봤다. 며칠 전, 커다란 평면 텔레비전이 한쪽 벽을 차지했다. 가뜩이나 좁은 집이 더 갑갑했다.

퇴원 후 심심하면 조퇴를 했다. 그전에는 쉽지 않던 조퇴 허가가 쉽게 나왔다. 조퇴를 하고 피시방에 갔다. 학교도, 피시방도, 아무도 간섭하지 않았다. 병원에 입원하고 방송에 나간 뒤 아빠는 자주 용돈을 줬다. 이박 삼일 동안 수학여행을 버틸 자신이 없었다. 수학여행에 갈 생각은 가방을 쌀 때도 하지 않았다. 나는 학교 쪽을 한번 쳐다보고 뒤돌아서 걷기 시작했다.

엄마에게 전화를 걸었지만 받지 않았다. 다시 걸어도 마찬가지였다. 잠시 망설이다가 휴대전화의 배터리를 뽑아 도로에 힘껏 던졌다. 얼마나 세게 던졌는지 어깨가 아팠다. 빠앙 하고 소리가 울렸지만 움직이지 않았다. 야 이 새끼야! 누가 욕을 하는 소리도 들렸다. 배터리가 통, 통, 하고 도로 위에서 튕겼다. 곧바로 승용차가, 작은 트럭이, 다시 승용차가 차례로 배터리를 밟고 지나갔다. 배터리가 쾅, 터지기를 기대했지만 도로에는 아무 일도 일어나지 않았다. 승용차가 다시 배터리 위를 지나갔다.

① ② ③ ④ ⑤

언제나처럼, 시험지를 받아들기 직전이 짜릿했다. 얇은 시험지가 손바닥에 착 감겼다. 시험지를 받는 순간을 얼려두고 싶다. 냉동실에 쌓아두고 원할 때마다 하나씩 까먹으면 얼마나 좋을까. 시험지를 받는 순간, 시작이었다.
 빨리 풀어버리고 싶지만 짧게 한 번 숨을 내쉬었다. 숨을 내쉬면 긴장을 끊어낼 수 있었다. 맛있는 음식은 천천히 즐기면서 먹는 거야. 허겁지겁 풀고 나면 아무 맛도 기억나지 않아. 우아하게, 천천히, 차분하게. 시험지에 코를 대니 갓 구운 빵 냄새가 났다. 고소한 잉크 냄새가 날 미치게 했다. 시험지 한 귀퉁이를 씹어 먹고 싶었다.
 책상 한가운데 시험지를 내려놓았다. 역시 모의고사 시험지 촉감이 제일 마음에 들었다. 매끈하면서 미끄럽지 않고, 눈이 부시지 않으면서 뒷면이 비치지 않았다. 인쇄 상태도 늘 선명하고 깔끔했다. 샤프는 모의고사 시험지 위에서 가장 부드럽게 춤을 췄다. 평소에도 이 시험지를 연습장으로 쓰고 싶었다. 그렇다면 매일 시험 치는 기분으로 살 수 있을 텐데. 시험지가 연습장이고 연습장이 시험지라면, 늘 롤러코스터를 타는 기분이려나.

*

객관식 시험을 만든 사람은 분명 천국에 갔겠지. 천국에서 매일 시험문제를 만들며 행복한 시간을 보내고 있거나, 우리를 보며 흐뭇하게 웃고 있을지도 모르겠다. 객관식은 어쩐지 항상 옳을 것만 같았다. 객관적인 사람이야, 객관적으로 보면, 이런 말들은 소리조차 공평하게 들렸다.

주관적인 것 같다는 말은 누구나 듣기 싫어했다. 주관이 뚜렷하다는 말조차 어쩐지 거북했다. 남은 신경쓰지 않고 제멋대로 군다는 말을 에둘러 표현한 것이니까. 객관은 맞고, 주관은 틀렸다. 객관은 객관적으로 옳고, 주관은 그저 주관적일 뿐이다.

객관식 문제에는 채점하는 사람의 의견은 들어갈 구석이 없었다. 국어 시험지를 수학 선생님이 채점해도 점수가 같았다. 누구나 풀 수 있고, 누구나 채점할 수 있었다. 게다가 객관식 시험은 풀면, 어떻게든 풀리게 되어 있었다. 정답이 없는 객관식은 그냥 잘못 출제된 것이고, 모두 정답 처리되었다. 답을 고를 수 없는 객관식 문제는 없었다.

도덕이나 윤리조차도 객관식 시험의 세계에서는 확실한 답이 있었다. 다음 설명 중 옳은 것은? 다음 중 옳지 않은 것끼리 짝지은 것은? 문제가 잘못되었을까봐 걱정할 필요는 없다. 항상 답은 있으니까, 그저 충실하게 주어진 문제의 조건을 읽고 열심히 답을 찾으면 끝이었다. ①번이 답이라면, ②번은 답이 아니었고, ①번과 ②번이 답이 아니라면, 답은 ③, ④, ⑤번 중 하나에 있었다.

찍어서 맞힐 수 있다는 것은 객관식만 가질 수 있는 약간의 관용이었다. 정말 어쩌다 주관식도 찍을 수 있는 경우가 있긴 했지만, 수학 문제에서 -1, 0, 1이 답인 정도였다. 부분 점수가 있는 경우도 있지만, 대체로 주관식은 모르면 그냥 오답이었다.

노력한 만큼 얻었다. 다섯 개의 보기 중에서 점수를 얻었다. 한 개만 분명히 답이 아니라는 것만 알아도 답을 맞힐 확률은 찍는 것에 비해 오 퍼센트 더 높아졌다. 다섯 개 중에서 고르는 게 아니라 네 개 중에서 고르는 거니까. 찍는다고 다 똑같은 게 아니었다. 조금이라도 더 알면 알수록 정답을 골라낼 확률이 증가하는 것도 객관식의 오묘한 미덕이었다.

찍어서 맞은 문제는 소소한 행운처럼 느껴졌다. 말하자면 지나가다가 돈을 주운 것과 같았다. 객관식에 비하면 주관식은 인정이 없었다.

*

 정답이 보이지 않았다. 수민이가 잘못했지만, 연우도 잘한 것은 아니다. 아니, 잘못이라는 말은 잘못이다. 우리 셋 중 오답을 고른 사람은 아무도 없었다. 문제는, 다시 시간을 되돌린다고 해도 무엇을 어떻게 풀어야 할지 여전히 모르겠다는 것이다. 연우의 대꾸는 주관식이었는데, 수민이는 그 대꾸를 오답 처리했다. 연우는 수민이에게 왜 네 기준대로 하느냐고, 대체 그 기준이 뭐냐고 화를 냈다. 수민이는 대답하지 않았고, 나는 서로 잘못했으니 부분 점수를 주는 정도로 정리하면 될 것 같았는데, 둘은 계속 싸웠다.

*

 시험은, 모두에게 똑같다고 배웠다. 사람마다 다른 시험지가 필요하다는 것은 한참 후에야 알았다.
 누구나 같은 문제를 받고 모두가 같은 시간을 썼다. 같은 종이, 같은 글자를 봤고, 같은 여백을 받았다. 실수도 실력이기에, 실수를 줄이기 위해서 공부해야 했다. 성적이 낮으면 공부를 덜 한 것이고, 성적이 높으면 공부를 덜 해도 괜찮았고, 실수와 실력을 나누는 기준도 성적이었다.
 나도, 연우도, 수민이도 같은 시험을 쳤다. 수민이는 연우에게 먼저 말실수를 했다. 수민이는 연우가 시험을 망친 이유는 생각하지 않았다. 실수도 실력이고, 수민이가 잘못했다고 생각했지만, 연우의 대응도 좋지는 않았다. 나중에 연우의 사정을 안 수민이는 고개를 떨궜다. 둘은 그래도 다시 같이 잘 다녔다.

*

모의고사는 내신시험보다 아름다웠다. 모의고사도 시험이지만, 진짜 시험은 아니었다. 진짜 시험은 모의고사 뒤에 있었다. 사전에 모의고사는 '실제의 시험에 대비하여 그것을 본떠 실시하는 시험'이라고 나와 있었다. 사전의 정의는 늘 더 어려웠다. 무한정 모의고사만 반복해서 보고 싶었다. 가장 좋은 시험은 내가 붙을 수 있는 시험이고, 그다음은 틀려도 괜찮은 모의고사였다. 진짜 시험을 치기 위해 가짜 시험을 여러 번 반복하는 것.

가짜 시험이라도 성적이 좋으면 기분이 좋았다. 점수도, 석차도, 등급도 있었다. 점수와 석차와 등급에서 나를 확인할 수 있었다. 종이가 발명된 이후 우리는 종이에 의해 나눠지고, 확인되고, 평가받았다. 성적이 떨어지면 속상하지만 다음번에 다시 잘 보면 되었다. 모의고사는 어디까지나 모의고사니까. 모든 문제를 다 맞힐 수는 없었다. 원래 시험 자체가 그랬다. 하나라도 틀리면 안 되는 내신시험과 달리 모의고사는 몇 개의 오답쯤은 괜찮았다. 모의고사는 못 치면 실수고, 그럴 수도 있고, 다음에 더 잘 보면 되고, 잘 치면 그게 내 본래 실력이었다.

내신시험은, 시험을 사랑하는 나조차도 버거울 때가 많았다. 과목마다, 선생님마다 스타일도 너무 달랐다. 진짜 시험을 일 년에 몇 번씩이나 치고, 그 하나하나가 모두 기록된다는 것은 아무래도 힘들었다. 온전히 즐기기에는 내신시험보다 모의고사 쪽이 좋았다.

어쩌면, 나는 우리 사이도 모의고사라고 생각했던 것은 아닐까. 연우의 말이 맞을지도 모르겠다.

"넌 다음 기회가 또 있을 것 같지?"

오늘따라 잡생각이 자꾸 끼어들었다.

*

인간이 평생 살면서 치는 시험을 합치면 모두 몇 번, 몇 시간이나 될까. 나는 취미에도 시험, 특기에도 시험이라고 적어 넣었다. 초등학교에 입학한 후 가장 많이 해본 것도 시험이고, 가장 두근거리는 것도 시험이었다. 시험은 꼬박꼬박 꾸준히 찾아왔다. 그러면, 즐겨버리자. 초등학교를 졸업할 때 결심했다. 피할 수 없으니까 즐기겠다는 다짐은 내가 생각해도 고개가 끄덕여졌다.

취미와 특기가 시험이라니, 그런 것치고 성적은 별로라고 빈정거리는 애들도 있었다. 연우도 처음에는 그랬다.

"병원에 가봐야 하는 것 아냐?"

그러거나 말거나 시험이 좋았다. 고등학생이 되어서 중학생 때보다 좋았던 것은 시험이 더 자주 있다는 것 하나밖에 없었다. 시험이 없을 때면 손톱을 깨물었다.

*

시험이 없을 때, 로또를 사본 적이 있다. 로또 판매점 주인은 힐끗 보더니 아무 말 않고 로또 용지를 내주었다. 주민등록증을 보자는 말이나 몇 살이냐는 질문은 없었다. 컴퓨터용 수성 사인펜으로 번호를 마킹했다.

토요일 저녁, 번호를 맞춰보는 짜릿함은 있었지만 답을 예측할 수 없다는 점에서 금방 시시해졌다. 로또의 객관식은 도저히 답을 맞힐 수 없는 것이었다. 난 시험이 좋지, 무의미한 마킹이 좋은 게 아니다.

*

나도 공부하는 것은 싫다. 공부가 즐겁다니, 말도 안 된다. 매일 정해진 시간에 앉아서, 공부와 휴식을 반복하면서, 암기는 암기대로 해야 하고, 이해는 이해대로 해야 하는 것을 좋아할 사람이 있을 리 없다. 시험은 이해를 한다고 풀 수 있는 게 아니다. 암기와 연습이 없으면 풀 수 없다. 객관식 시험을 만든 사람은 천국으로, 학교를 만든 사람은 지옥으로.

공부를 하는 건 순전히 문제를 풀기 위해서였다. 공부하지 않으면 문제를 풀 방법이 없고, 그건 로또를 사는 것과 다를 바 없었다. 시험이 취미라고 하면 다들 공부벌레라고 생각했다. 진심이냐고 묻는 사람도 많았다. 공부는 죽을 만큼 싫지만, 공부를 하다보면 정말 죽어버리고 싶지만, 시험은 좋다는 말을 이해하는 사람은 없었다.

"학생이 열심히 공부하는 건 좋은 일인데, 왜 병원에 왔을까. 어디, 열심히 공부하는 이유를 물어봐도 될까?"

"시험을 치기 위해서요."

"그렇지, 학교에서는 계속 시험을 치지. 그래서, 공부를 열심히 하는 이유를 말해줄래? 괜찮아, 편하게 말해도 되니까."

"시험을 치려고 한다니까요. 시험요. 시험."

의사가 뭐라고 물어도 내 대답은 같았다. 의사는 과연 의사였다. 내가 진료실을 나갈 때까지, 끝까지 미소를 잃지 않았다. 나는 의사의 그 얼굴 표정이 싫었다. 입시에 대한 강박 때문인 것 같으니, 꾸준히 상담 치료를 받아보는 게 어떻겠느냐는 의사의 말을 엄마는 조심스럽게 옮겼다. 글쎄, 나는 미소를 잃지 않는 의사의 얼굴이 더 강박증처럼 보였는데.

나는 치료를 받으면 시험에 대한 흥미를 잃을 것이고, 흥미를 잃으면 공부를 하지 않을지도 모르고, 공부를 하지 않으면 성적이 떨어질지도 모른다고 대답했다. 엄마는 겁을 먹었다.

"그래, 그럼 우선 대학 가고 나서 다시 상담받아보자."

어쩌면 나 정도는 아무 문제도 아닐지도 모른다. 내가 봐도 병원에 있는 아이들 중 내 문제가 가장 사소하게 보였고, 병처럼 느껴지지도 않았다. 진료실 앞에서 덜덜 떠는 애도, 끊임없이 땀을 흘려서 수건이 푹 젖은 애도 있었다. 끝없는 표정으로 천장만 쳐다보는 애도 있었는데, 이 정도쯤이야. 공부로 인한 스트레스가 없는 사람이 어디 있을까. 나야 별문제가 아니겠지.

*

가장 행복한 날은 모의고사를 치는 날이었다. 모의고사 날은 온종일 시험만 칠 수 있어서 좋았다. 아침 먹고 국어 사십오 문항 팔십 분, 수학 삼십 문항 백 분, 점심 먹고 영어 사십오 문항 칠십 분, 또 사탐 사십 문항 육십 분, 제2외국어 삼십 문항 사십 분까지 치고 나면 하루가 다 갔다. 모의고사만큼 하루를 빨리 보낼 수 있는 시험은 없었다.

순수하게 거의 여섯 시간을 계속 시험만 쳤다. 나는 여섯 시간 동안 행복해서 미칠 것만 같았다. 소리를 안 지르기 위해 입술을 꽉 물어야 했다. 쟤 또 소리 지른다고 반 애들이 놀릴 테니까.

백구십 개의 문제를 하나하나 쓰러뜨리는 기분이었다. 이왕이면 열 문제쯤 더 풀면 좋겠다고 느낄 정도였다. 첫번째 시험지를 받아들면 손바닥이 간질거렸다. 제2외국어 마지막 삼십 번 문제의 답을 마킹하고 나면 손이 후들거리면서 아쉬웠다. 어렸을 때, 놀이동산에서 집으로 돌아가기 위해 다시 정문을 나오던 기분이었다. 해는 어둑어둑해지고, 이제 시험이 다 끝났다는 것을 알면서도 집에 돌아가기는 싫고, 교문은 늘 자주색으로 보였다. 시험을 친 날은 새벽까지 잠이 오지 않았다.

*

시험의 세계는 끝이 없었다. 나도 처음에는 내가 시험을 좋아하는지 몰랐다. 시험에 빠져들었다는 사실을 알게 된 건, 책상 서랍에 수북하게 쌓인 자격증들을 보고 난 뒤였다. 어느 순간 서랍 안에는 내가 정말 이 자격증을 땄었는지 기억도 나지 않는 것들이 가득 있었다. ITQ OA Master, 한국사 자격증, 한자 자격증, DIAT, 워드 1급, 컴활 2급…… 토익이나 PELT, 한국사나 한자 자격증은 계속 도전할 수 있어서 좋았다. 만점을 받기 전까지는 끝이 없는 시험이었다. 어서 운전면허 시험을 치면 좋겠다. 시험을 치고 나면 무슨 자격증을 땄는지도 잊어버렸다. 자격증은 받자마자 서랍에 넣어버렸다.

세상에는 수도 없는 자격증이 있었다. 심지어 정리 수납과 관련된 자격증도 있었다. 방 청소를 잘하는 방법과 주방을 체계적으로 정리하는 방법에 대해 필기와 실기 시험을 쳤다. 평생 공부가 아니라 평생 시험의 시대였다.

"나도 잘 모르겠어."

"없으면, 혹시 불안해?"

"생각 안 해봤는데. 어, 불안하지 않다는 게 아니라 그런 생각 자체를 안 해봤어."

"무슨 자격증을 땄는지 기억은 해?"

수민이의 질문이 싫었다. 수민이는 쓸데없는 자격증을 대체 왜 따느냐고 물었다. 나도 이 자격증들이 어디에 필요한지 기억나지 않았다. 수민이는 하여간 대답하기 어렵고 싫은 질문만 했다.

*

천천히, 아주 천천히 풀었다. 너무 쉽게 답이 보이는 문제들이 많아서, 딱 절반만 풀었는데 시간은 이십 분밖에 지나지 않았다. 아직 따지는 못했지만, 시험에 대한 시험, 시험에 대한 자격증도 있는데, 그 자격증 문제집에 따르면 시험은 평균 칠십 점에서 팔십 점이 나오게 설계하는 것이 이상적이라고 했다. 그래서 기본적으로 깔아주는 쉬운 문제가 있을 수밖에 없었다. 심한 경우 문제를 눈으로 읽기만 해도 바로 답이 보였다. 쉬운 문제는 답이 바로 보여서 기쁘지만, 오랫동안 풀 수 없어서 아쉬웠다.

샤프심이 부러졌다.

똑, 똑, 똑.

샤프심이 또 부러졌다.

똑, 똑.

*

　수민이나 연우나 바보 같았다. 뭐가 중요한지도 모르는 멍청이들. 그 시간에 한 문제라도 더 풀면 좋을 텐데. 아무리 봐도 둘은 답이 없는 싸움을 하고 있었다. 그냥, 싸우기 위해서 싸우는 것 같았다.

　둘은 툭하면 싸웠다. 수민이가 먼저 시비를 걸거나, 연우가 먼저 신경을 긁었다. 싸우고도 금방 화해해서 가끔은 누가 언제 화해를 청했는지도 모르고 넘어갔다.

　"싸워야 할 때가 있는 거야."

　"맞아."

　수민이와 연우의 목소리가 구분이 되지 않았다. 나는 누가 잘못했는지 가려지지 않는 싸움이 지겨웠다. 수민이와 연우는 꾸준하게, 정기적으로, 항상 싸워댔지만, 나는 한 번도 개들과 다투지 않았다. 조금씩 수민이와 멀어지고, 연우와 연락하는 횟수가 줄어들고, 셋이 만났을 때 무슨 말인지 알아듣지 못하는 상황이 많아졌다. 나는 누가 잘못했는지 가려주고 싶었는데 정작 당사자들은 싸운 이유를 금방 잊어버렸다. 확실하게 잘잘못을 가리고 화해해야 다음번에 같은 실수를 반복하지 않을 텐데.

*

 알 듯하면서 모를 답이었다. 다음 중 가장 옳은 것은? '가장'이 싫었다. 가장, 가장, 가장…… 다른 것보다 상대적으로 조금 더 옳은 게 답이었다. 다섯 개의 보기 중 하나를, 하나씩 지워야 했다.

 하나씩 지우다보면 꼭 그럴듯한 두 개의 답만 남았다. 나중에 채점해보면 망설였던 두 개 중에 답이 있었다. 아슬아슬하게 틀렸다는 애들도 있었지만, 나는 출제할 때부터 그 두 개 중 하나를 고르는 문제로 설계되었다고 생각했다. 나머지는 처음부터 답이 아니었다. 처음부터 셋은 둘을 위해 있을 뿐이었다.

 국어 선생님은 그나마 맞는 것을 고르라고, 백 퍼센트인 정답은 없다고 했다. 정답이면 정답이지 가장, 그나마, 가까스로 정답인 게 어디 있냐고 투덜거리는 소리가 들렸다. 나도 동의했다. ①번과 비교해서 ②번이 정답이거나 ③번이 정답이 아니기 때문에 ④번이 정답일 수도 있지만 ⑤번도 무시할 수 없는 문제는 싫었다.

 객관식이나 주관식이나 별반 차이가 없는 수학에 비해 국어는 객관식도 정답이 모호했다. 수민이와 연우가 나보다 국어를 잘하는 것도 이해할 수 없었다. 시험 준비는 분명히 내가 더 열심히 하는데. 문제도 걔들 둘 합친 것보다 내가 훨씬 더 많이 푸는데.

*

 슬슬 힘들었다. 문제를 풀다가 깜빡 졸았다. 점심을 먹고 나니 아무래도 졸렸다. 역시 굶고 시험을 칠걸.

 열심히 문제를 푸는 애들이 삼분의 일, 아예 포기하고 자는 애들이 삼분의 일이었다. 나는 나머지 삼분의 일에 속했다. 연우는 편안하게 자고 있었다. 수민이는 머리를 긁적이면서 풀고 있었는데, 미웠다.

 깜빡 졸았다가는 시험이 끝나버릴지도 몰랐다. 오늘 시험이 끝나도 다음 시험이 있을 것이고, 다음 시험이 끝나도 그다음 시험이 있을 것이었다. 다음, 다다음, 다다다음, 다다다다음…… 교실은 따뜻했고 공기는 나른했다. 가끔씩 마른기침 소리만 콜록, 들리고 아무도 떠들지 않았다. 물걸레가 지나간 교실의 콘크리트 냄새가, 천장에서 떨어지는 마른 먼지 냄새가 났다. 목이 건조하고 기침이 터질 것 같았다. 갓 구운 빵 냄새가 났던 시험지에서는 아무 온기도 느껴지지 않았다.

*

 더 깨물 손톱이 남아 있지 않았다. 참지 못하고 시험지 끝을 조금 뜯었다.

 시험지 조각을 입에 넣고 천천히 씹었다. 귀퉁이가 찢어진 시험지는 귀가 잘린 것처럼 보였다. 처음에는 아무 맛도 나지 않았던 시험지에서 조금 느끼한 맛이 올라왔다. 시험지의 끝을 조금 더 뜯었다. 그래 봤자 여백이었다. 문제를 푸는 데에는 아무 지장도 없었다.

시험지 조각이 침에 붇고, 침에 불은 조각은 입속에서 뒹굴거렸다. 삼키기에는 아쉽고 계속 물고 있기에는 거북했다. 시험지 조각을 뱉고 싶었는데, 입속에 침이 너무 많았다. 나는 시험지를 더 뜯어서 입에 넣었다.

입에서 침이 흘렀다.

시험지 때문에 자꾸 침이 나오고, 더럽게 손등으로 침을 닦고, 시험지를 어서 뱉어야겠는데 갑자기 교실 바닥에 퉤하고 뱉을 수도 없고…… 다들 각자의 시험을 치느라 아무도 나를 바라보고 있을 리는 없겠지만 어쩐지 부끄러웠다. 한 번도 학교에서 침을 뱉어본 적이 없었다. 침을 훔친 손등이, 다시 침을 훔친 손바닥이 흥건했다. 교복에 손을 문질렀다. 다시 시험지를 뜯어 먹었다. 또 침을 흘리고, 다시 손바닥으로 입술을 훔쳤다. 찌익, 찍, 찍, 찍, 찍. 아무도 나를 쳐다보지 않았다.

*

손바닥에 시험지 조각을 뱉었다. 침에 붇고, 불었지만, 여전히 종이는 종이였다.

나무를 꼭꼭 씹으면 종이를 만들 수 있을까.

"맛있니?"

선생님의 말에 모두 웃었다. 잠깐 웃었다가 다시 모두 각자의 시험에 집중했다. 선생님도 다시 교탁 옆 의자에 가서 앉았다.

의사는 시험지가 몸에 나쁘지는 않을 거라고 했다. 이왕이면 안 먹는 게 좋겠지만, 섬유질이기도 하니까, 과다하게 먹는 게 아닌 이상 괜찮다고, 섬유질이니 변비에 시달리는 수험생에게 좋을 수도 있다고 웃었다. 차마 의사 앞에서, 옆에 엄마도 있는데, 문제집 한 권을 다 뜯어 먹은 적도 있다고 말하지는 못했다. 주로 국어 문제집을 뜯어 먹었다. 이미 나는 시험지를 뜯어 먹는 학생으로 전교에서 유명했다. 속이 자주 쓰리기는 했지만 배가 아픈 것은 견딜 수 있었다.

답안지를 내고 나면 당장 답부터 맞춰보고 싶었다. 시험이 어려우면 한숨이 나왔고 시험이 쉬우면 짜증이 났다. 쉬우면 쉬운 만큼 다른 애들도 성적이 높았다. 이따 연우에게 같이 가자고 말하고 싶었다. 아무 말도 하지 않는다면, 수민이와 연우 둘만 같이 갈 게 뻔했다. 언젠가부터 수민이와 연우가 말없이 먼저 가는 날이 잦았다. 나는 그저 차분하게 객관적인 답만 말해줬을 뿐인데. 한 번도 화를 낸 적도 없는데.

컴퓨터용 수성 사인펜 뚜껑을 닫았다. 다행히 시험지를 다 뜯어 먹기 전에 문제를 풀 수 있었다.

영재

#1 **명명**命名: 사람, 사물, 사건 등의 대상에 이름을 지어 붙임.

할아버지는 굳건했다. 돌림자를 쓰지 않으면 죽어서 제갈무후를 뵐 낯이 없다고 했다. 출사표出師表가 따로 없었다. 그때나 지금이나 철없는 막내는 "아니 아빠, 촌스럽게 요즘 누가 돌림자를 쓴다고 그래요. 얘는 아빠 아들 아니에요. 내 아들이지"라며 말대꾸를 했고, 할아버지는 기침을 했다. 기침에 따라 다섯 명의 큰아버지들은 사이좋게 막내의 팔다리와 머리까지 붙잡은 뒤 대청마루에 내려놓았다. 하나는 다섯을, 아니 여섯을 이길 수 없다. 그리고 당연히, 이 막내는 우리 아버지다.

수원 사는 빵심이 누나에게는 두 가지 소원이 있었다. 첫번째 소원은 개명, 두번째 소원은 성을 갈아버리는 것. 집안에서조차 누나는 제갈영심이 아니라 빵심이라고 불렸다. 호적에서 파버린다는 말을 빵심이 누나가 제일 좋아한 건 당연했고, 사촌들의 소원 역시 비슷했다. 제갈영구, 제갈영돈, 제갈영감, 제갈영자, 제갈영녀, 제갈제갈제갈…… 그나마 나은 이름이 제갈영롱이었으니까.

할아버지에게는 작명소에서 받아둔 이름이 남아 있었다. 아버지는 한 번에 열 개 지어서 하나는 덤으로 받은 이름이라고, 큰아버지들이 먼저 다 가져가고 남은 이름이라서 싫다고 했다. 생각은 좀 없지만 심성만은 착한 막내였던 아버지가, 의외로 버티기 시작했다. 그리고 그날부터 할아버지는 심장이 아프고 아무리 자도 피곤하다며 쿨럭거리기 시작했다. 한밤중에 의원을 찾았고 밥을 절반씩만 먹었다. 큰아버지들은 돌아가면서 아버지를 뒷마당으로 불러냈다. 다시 말하지만 하나는 다섯을, 아니 여섯을 이길 수 없다. 결국 내 이름은 제갈영재가 되었고, 돌림자에 만족한 할아버지는 그뒤로 삼십 년을 더 사셨다.

명절 때 사촌형 사촌누나들을 보며 고민했다.

문제는 작명소인가, 성인가, 이름인가, 아니면 모든 것이 문제인가.

태어나서 처음 가진 별명은 제기랄이었다. 그냥, 제갈과 제길은 소리가 비슷하다는 이유로 제기랄로 불렸다. 지나가는 아저씨가 제기랄이라고 욕을 하면 혹시 나를 부르는 게 아닌지 고개를 돌렸다. 삼국지를 읽을 나이가 되었을 무렵부터는 짱깨라고 불렀다. 짱깨라고 놀리면서 삼국지 이야기를 하는 친구들을 이해할 수 없었지만, 유비 관우 장비는 그럼 조선 사람이게, 하지만 별명에 이유는 없었고, 나는 제기랄과 짱깨 사이에서, 비속어와 차별·혐오 발언 사이에서 자랄 수밖에 없었다.

유명한 선조가 문제인가, 소설이 대박 날 줄 몰랐던 나관중이 문제인가, 아니면 역시 문제는 모든 것인가.

"할아버지. 나, 성 좀 바꿔줘요."

막내 손자의 애절한 부탁에도 불구하고 할아버지는 성姓 이야기만 나오면 금방이라도 전장으로 뛰어갈 것 같은 얼굴로 선조의 업적을 설파했다. 들고 있던 부채로 하늘을 찌르고 땅을 내려치는, 한번 시작하면 삼고초려부터 오장원까지 이어지는 길고 긴 이야기였다. 제갈공명이 오장원에서 죽는 이야기까지 마치면 할아버지도 숨을 헐떡이며 금방이라도 돌아가실 것 같았다. 할아버지는 마지막에는 꼭 삼국지를 세 번 이상 읽지 않은 사람과는 말도 섞지 말라는 누군가의 말을 내세웠다. 아니 삼국지를 읽고 놀린다니까요. 그놈들은 발로 읽어서 그렇지. 아니 할아버지 요즘은 발이 아니라 만화로 봐요. 뭐 제갈무후를, 감히 만화? 안 되겠다, 할아버지와 함께 진짜 삼국지를 읽어야겠다. 관둬요 할아버지……

성을 바꾸질 못하니 일 년에 두 개씩 별명이 늘어났다. 삼국지 아니면 중국. 중국 아니면 삼국지. 별명이 늘어나는 속도가 너무 빨라 다 기억할 수도 없었다. 제갈균이나 제갈탄, 제갈첨이 누군지 알게 뭔가. 나도 빵심이 누나처럼 달님을 보며 소원을 빌기 시작했다.

#2 시험試驗: 재능이나 실력 따위를 일정한 절차에 따라 검사하고 평가하는 일. 우리나라는 영재도 영재교육진흥법에 따라 시험을 쳐서 정한다.

-영재교육진흥법-

제1조. 개인 차원에서는 개인의 타고난 잠재력 계발을 통해 자아실현하는 것을 목적으로 하고, 국가 차원에서는 국가와 사회에 이바지하는 인재 양성을 목적으로 한다.

제2조. 영재의 정의는 재능이 뛰어난 사람으로서 타고난 잠재력을 계발하기 위하여 특별한 교육이 필요한 사람을 말한다.

제3조. 국가는 영재교육의 진흥을 위하여 다음과 같은 시책을 마련해야 하는데, 종합계획을 수립하고 관련 연구·개발 및 보급을 해야 하며 영재교육기관의 지정·설립·설치 및 운영을 해야 하고 또……

아, 글쎄, 영재가 과거 시험을 보러 간다던데? 이 사람, 과거 시험이 언제 적 말인데 지금은 고등시험이야 고등시험! 그럼 판검사 되는 시험인가? 그러게, 옛날에는 고시 붙으면 바로 군수였지 아마. 젊은 놈이 군수랍시고 거들먹거리는데 그 꼴이 나 참, 볼만했지. 근데 걔가 그걸 어떻게 치나? 걔 좀 모자라 보이던 애 아닌가? 맨날 히죽히죽 웃고 다니고, 누가 욕하면 고개 돌려 헤헤 쳐다보고. 아, 에디슨도 통닭을 품었다잖나? 말 잘했어, 통닭 이야기 좋네, 그럼 우리 시원하게 맥주나 마시러 갈까?

자신의 재능을 알아보지 못하는 사람들을 위해, 국가가 친절하게 타고난 잠재력을 계발해준다. 18조까지 있는 영재교육진흥법은 수시로 개정되고 있다. 국가와 사회에 이바지하는 인재라는 표현이 조금 거슬리지만 세금이 들어가는 일이니 어쩔 수 없다. 특별한 교육을 하고 종합계획도 수립하려면 돈이 들 수밖에 없다.

"보자, 우리 반에서 영재시험 치러 갈 사람?"

"쌤, 그게 뭔데요?"

"그러니까, 영재를 뽑는 시험이지."

"쌤쌤, 우리 반에는 영재가 있는데요?"

"그렇구나. 제갈영재는 종례 끝나고 와라."

"아, 쌤, 왜요왜요왜요왜요."

"우리 손자 영재가 영재라고? 거봐라, 사람은 다 이름대로 사는 법이다."

할아버지가 왜 저러냐면, 과감하게 손자들에게 배팅해버렸으니까 그렇다.

증조할아버지의 무덤을 이장할 때 일이다. 지관은 두 가지를 제안했다. 포도밭 위쪽 땅에 증조할아버지 무덤을 쓰면 아들 대는 그럭저럭 잘되지만 큰 인물은 못 난다고 했고, 고추밭 건너편에 무덤을 쓰면 아들 대는 그저 그렇지만 손자 대에 큰 인물이 난다고 했다. 누가 봐도 큰아버지들은 이미 그저 그랬고, 말아먹을 것도 없었고, 당시에는 로또도 없었다. 주택복권 정도가 전부이던 시절이다. 그리고 우리 집안이 내세울 수 있는 유일한 장점은 식구가 많다는 것, 다들 입에 대충 풀칠은 한다는 것, 그게 전부였다.

할아버지는 이름 열 개를, 아니 열한 개를 한꺼번에 팔아먹은 지관을 믿었다. 풍수지리에 작명에 토정비결까지 못하는 게 없다고 했다. 사실 지관의 말은 틀릴 수도, 들킬 수도 없었다. 손자가 잘된 것을 확인할 때면 이미 할아버지 당신은 무덤 속에 있을 테니까.

누군가의 말이란, 믿음이란 무서운 것이다. 영재를 시험으로 뽑는 게 말이 되냐며 낄낄거리던 아버지는 시험 전날에 한숨도 자지 못했다. 떠드는 말이 늘어나는 만큼 예상하지 못한 기대가 생겼다. 그런데 제갈량이 언제 시험 쳐서 유비의 군사軍師가 되었나? 어린 마음에도 시험으로 앞으로 똑똑할 사람을 미리 뽑는다는 게 영, 지관 영감이나 할 소리 같았다. 영재시험 전날에도 나에게 중요한 건 배구공으로 축구 하는 재미였다.

무엇보다, 내가 영재라고 뽑혔기 때문에 영재시험을 믿을 수가 없었다.

처음에는.

#3 기대期待: 헛되고, 헛되다.

할아버지는 삼고초려의 기회를 얻지 못해서 그렇지, 우리는 와룡臥龍의 후예라며, 드디어 용이 자다 깼다고, 옳지옳지, 이름 받아올 때부터 알고 있었다고, 꼭 국무총리가 되라고 하셨다. 할아버지도 참, 이왕이면 대통령이지 하필 국무총리인가 싶었지만, 할아버지의 세계는 유비와 박정희 사이 어디쯤에 위치해 있었다. 박정희를 욕하면서도 그래도 그 사람이 인물

하나는…… 하는 식이었다. 제갈량의 후손은 절대 권력을 탐하지 않고 주군을 보좌해야 한다고 믿고 있었다. 아버지는 내 옆구리를 쿡쿡 찌르면서 아니야, 대통령이 최고야 최고, 총리는 갈아치우면 그만이라고 속삭였다.

아버지, 실제로 총리를 보신 적이 있나요.

사촌형 사촌누나들은 공부와 원수를 진 것처럼 공부를 못했다. 못하는 정도가 아니라 그냥, 관심 자체가 없었다. 왜 공부를 해야 하는지에 대한 의문조차 갖지 않았다. 큰아버지들도 마찬가지였다. 할아버지는 모든 자식들이 지극히 평범하다는 현실을 받아들일 수 없었던 차에, 막내 중의 막내에게 기대를 걸게 된 셈이었다. 이유는 따로 없었다. 그냥 막내라서. 남은 카드가 한 장이라서. 자식이 이렇게 많은데 한 명은 뭐라도 되겠지 하는 식의 기대였고, 기대는 전염성이 있었다. 심지어 큰아버지들도, 매사 구시렁거리기 좋아하는 아버지까지도 전염되기 시작했다.

혹시, 설마, 그래도, 어쩌면.

나는 순식간에 차차차차차차차차기 총리 내정자로 부상했다. 청문회도 필요 없었다. 큰아버지도 동의했고 나이 차이 많이 나는 큰형도 제청했다. 나이 차이 많이 나는 큰형은 가끔 나와 제갈영돈 형을 헷갈려 하긴 했지만 어쨌든…… 할아버지는 수시로 나에게 세계 각국의 정세를 물었으며 나는 신문을 보며 알 수도 없는 말들을 외워야만 했다.

나도 알지 못하는 말들을 외우면서 우쭐한 마음이 들기 시작했다. 우쭐한 마음은 중요했다. 할아버지 앞에서 떠들었던 말들을 학교에서도 떠들면 나는 잠시 잠깐이지만 진짜 제갈량이 될 수 있었다. 물론 오래가지 않았다. 친구들은 똑똑한 척하는 제갈량보다는 헛발질을 하며 축구하는 나, 짱깨인 나를 더 좋아했다.
　영재가 진짜 영재라는 것이 알려지자 담임 선생님이 제일 당황했다. 교장 선생님이 조회 때 전교생 앞에서 크게 치하를 하겠다고 했기 때문이다.

"그러니까, 그러니까……"

"네, 선생님."

　나는 어쩐지 의젓하게 대답했다. 선생님은 고개를 갸웃거리다가 다리를 툭 치면서 조회 때는 다리 좀 떨지 말라고 했다. 나는 선생님 다리도 떨고 있다고 말해주고 싶었다.

"에또, 우리의 자랑스러운 영재군은, 에또, 이름처럼 영재가 되어, 에또, 여러분도 자신의 이름에 책임을 질 줄 아는 사람으로 성장하기를 바라며, 에또……"

아마도 담임 선생님은 자신의 안목에 크게 낙심했던 게 틀림없다. 선생님은 정년퇴임 후 『새까만 아이들과 시골 선생님』이라는 책을 출간했다. 대체 왜 나이가 들면 시집이나 수필집 출간에 연연해하는지 고민하게 만드는, 어쨌든 문득 동창회 모임에서 들을 수 있는, 서점에서는 팔지 않는, 제목은 그저 그렇고 내용도 그저 그럴 게 분명하지만 아는 사람이 책을 내니 잠깐 신기한 그런 수필집이었다.

그런 수필집과 비슷하게 생긴, 동창회의 번영을 좋아하는, 학교에 대해서만큼은 비상한 기억력으로 과거를 추억하기를 좋아하는 친구 녀석이 내 이야기를 찍어서 전해왔다.

> 나는 그때 그 아이의 영특함을 미리 알아보지 못했던 것을 반성했습니다. 귀여운 우리 반 꼬마 천사들을 속속들이 알고 있다고 생각했지만 그건 나의 착각이었으니까요. 어리석은 어른들은 늘 아이들의 영특함을 미리 알아보지 못한답니다. 안타까운 노릇입니다. 하지만 놀랍게도 그 아이는 혼자 도시락을 들고 당당하게 영재선발시험을 치르러 갔고 그 어떤 도시 아이들보다도 높은 성적으로 영재로 선발되었습니다. 그 아이가 당당하게 월요일에 등교하던 모습이 잊히질 않습니다. 나는 아직도 그 아이의 이름을 기억합니다. 제갈영재…… 그 아이는 누구보다도 착한 천사 같은 아이였습니다.
>
> _한교인, 『새까만 아이들과 시골 선생님』, 형설지공, 2020.

102면.

잠깐 선생님의 정신을 걱정했다. 역사왜곡이 근처에 있었다. 아버지가 차도 태워줬고, 엄마는 밖에서 파이팅을 외쳤고, 시험은 오전에 끝나서 도시락을 싸갈 필요도 없었고, 무엇보다 인구 백만이 넘는 광역시를 두고 시골이라고 부를 수 있는지, 혹시 다른 학교에 근무했던 기억과 착각하시는 게 아닌가 했는데 학교 이름과 내 이름은 분명히 맞고……

뭐, 하긴, 그럴 수도 있다. 아무려면 어떤가.

굳이 기억하고 싶지도 않은데. 차라리 이게 나을지도 모르겠다.

#4 적벽대전赤壁大戰: **우연히 동남풍이 불었다.**

영재시험에서 커닝은 하지 않았다. 제갈량이 안개를 틈타 조조의 진영에서 화살 십만 개를 얻어냈듯, 커닝도 부지런해야 한다. 뭔가 준비를 해야 커닝을 할 게 아닌가. 나는 시험을 몇 시간 동안 치는지, 과목은 어떤 것인지도 모르고 시험장에 들어갔다. 시험 치고 나오면 아버지가 짜장면 사준다는 말에만 정신이 팔려 있었다.

그런데, 황당하게도, 아무것도 하지 않았는데 공짜 화살이 생겼다.

심심했다. 빨리 친다고 시험장을 나갈 수도 없었다. 주변 아이들은 진지하게 시험을 치고 있었다. 어차피 제대로 풀 수 있을 리가 없으니 마음대로 썼다. 마음 한켠에서는 진짜 영재가 되고 싶다는 마음도 없지 않았다. 혹시, 혹시, 나는 할아버지와, 아버지와, 형들과 다를 수도 있으니까. 잠깐, 제갈량 형 제갈근도 똑똑하긴 했는데…… 짜장면에 대한 생각과 혹시하는 마음과 시험문제를 한번 읽어는 보자는 태평함이, 그러니까 전적으로 우연한 일이 우연히 일어났다.

이상한 시험이었다. 어떤 건 학습만화에서 본 내용이고, 어떤 건 보기의 조건에 따라 이야기를 창작하라고 하고, 어떤 건 삼각형 나뭇조각들로 사각형을 만드는 방법 따위를 물었다. 우연과 거짓말이 나를 도왔다. 우연히 사각형을 빨리 만들었고 거짓말을 지어내는 건 자신 있었다. 없는 것을 있는 것처럼 꾸미는 건, 며칠 동안 할아버지 앞에서 아침저녁으로 해봤으니까.

쉬는 시간, 주변에서는 학원에서 배운 게 하나도 안 나왔느니, 과외 선생님이 잘 찍어줬다느니, 연구소에서 푼 예상문제에 비슷한 게 있었다느니 하는 말이 들렸다. 이번에도 떨어지면 안 된다고 울상인 아이도 있었고, 아무 말 없이 예상문제집을 빠르게 넘기며 노려보는 아이도 있었고, 문제가 너무 쉬웠다며 벌써 합격한 것처럼 뛰어다니는 아이도 있었다. 멘사 시험을 통과할 거라는 아이도 있었고, 떠드는 시간에 예상문제를 한 문제라도 더 풀라고 핀잔을 주는 아이도 있었고, 이미 서로 잘 아는 아이들도 있었다. 멍청한 녀석들 같았다. 중요한 건 짜장면인데.

바람이 불었다.

어쨌든 동남풍이었다.

#5 교육敎育: 안 될 때가 많지만 안 할 수도 없는 것.

경사가 났다. 할아버지는 곧바로 고추밭 한 단지를 처분해 육성기금을 조성, 친히 가내 장학 재단 이사장에 취임했다. 이사장의 주 업무는 기분 좋게 술을 마시며 나와 이야기를 하는 것이었다. 할아버지가 취할 때면 나도 같이 취했다. 영재로 선발된 게 기분 나쁠 리는 없었다. 할아버지의 이야기를 듣다보면 나도 모르게, 나에게도 분명히 제갈량의 피가 흐르고 있다는 것을 느낄 때가 있었다. 나는 국무총리 내정자에서 국무총리가 되었고, 그날부터 집에 손님이 올 때면 항상 할아버지 옆에 앉아 있어야 했다. 주전부리를 잔뜩 먹을 수 있어서 나쁘지 않았다.

문제는 학교에 있었다.

영재로 선발된다고 해서 영원히 영재로 살 수 있는 것은 아니었다. 영재 자격을 유지하기 위해서는 공부를 해야 했다. 방과후 교내에서 영재교육을 추가로 받았다. 처음에는 우쭐했다. 매시간 내가 특별한 아이라는 확인을 받는 기분이었다. 그러나 영재교육의 정체가, 사실 더 많은 것을 더 빨리 더 많이 배우고 있다는 것쯤은, 영재가 아니라도 알 수 있었다. 달리 말하면 더 빨리 더 많이 배울 수 없으면 쫓겨난다는 소리였다.

"량, 다 풀었어?"

"몰라, 꺼져."

방통과 둘이서 영재교육을 받았다. 전교에서 유일하게 나를 제기랄이라고 부르지 않는 녀석이었지만 어울리기 싫었다. 중얼거리며 시험지를 씹어 먹는다는 소문도 싫었고, 무엇보다 곰젤리가 끔찍했다. 방통은 색깔이 다른 곰젤리 몇 마리를 이로 물어뜯은 뒤 침을 할짝할짝 발랐다. 그리고 신중한 표정으로 곰젤리의 머리와 몸통을 바꿔 붙였다. 의식을 치른 형형색색의 곰젤리를 책상 앞에 진열해놓고서야 수업을 들었다. 방통을 멈출 수 있는 선생님은 없었다.

곰대가리도 싫고, 방통도 싫었고, 수업은 더 싫었다.

도저히 따라갈 수 없었다. 처음에는 부지런히 했다. 노력은 중요했으니까. 무엇보다도, 그렇게 배웠으니까. 부지런히 하니까 따라갈 수 있는 것처럼 보였다. 착시였다. 학습량이 많아질수록 납득할 수 있는 결과가 나오지 않았다. 방통은 결석도 나보다 잦았고, 훨씬 대충하고, 더욱 이상하고, 많이 어색했지만, 답은 곧잘 써내려갔다. 당황했다. 아니, 제갈량이 더 똑똑해야 하는 것 아닌가. 나는 방통을 이기기는커녕 따라가기 위해 버둥거렸다. 뭔가가 잘못된 게 분명했다. 하기 싫은 공부가 아니라, 할 수 없는 공부가 있었다. 그러거나 말거나 방통은 곰젤리의 대가리만 바꾸고 있었다. 자존심을 누르고 방통에게 모르는 것을 물어보면 방통은 겁먹은 듯한 얼굴로 말했다.

"이게, 정말 이해가 안 된다구?"

세금은 차가운 돈이었다.
그래도 쫓겨날 줄은 몰랐다.
방통은 내가 쫓겨났을 때 커다란 곰탱이 젤리 한 봉지를 건넸다. 방문을 잠그고 방통처럼 곰젤리의 머리를 바꿔 붙여놓고 문제를 풀어봤다.
소용없었다.
그때부터 방문을 잠그는 습관이 생겼다.

#6 학원學院: 돈money. 또는 돈 먹는 하마.

할아버지는 포기하지 않았다. 당장 아버지에게 다른 방법을 찾아보라고 성화였다. 아버지는 또 쓸데없는 일 벌이신다고 구시렁거렸다가 엄마에게 등짝을 맞았다. 할아버지에게는 값이 좀 나가는 논 스무 마지기가 있었고, 포도밭, 작은 과수원, 팔아먹지는 못할 선산이지만 삼만 평이 넘는 야산까지 있었다. 얼마인지는 모르지만 통장에 현금도 상당하다고 했다. 할아버지가 돈 쓰는 방식은 종잡을 수 없어서, 집안일에는 만 원 한 장 안 내놓다가도 갑자기 사촌형들을 불러다 작은 가게를 낼 만한 돈을 이유 없이 주기도 했다.

"앞으로 사시면 얼마나 더 사시겠니, 살아 계실 때까지만 다녀라."

어디서 많이 듣던 말인데…… 태어나면서부터 할아버지는 할아버지였기 때문에, 나는 혹시 평생 할아버지는 저 상태로 끌끌거리며 사는 게 아닌가 싶었다. 막연히 가족 중에 누군가가 죽는다면 할아버지가 제일 먼저라는 생각은 했지만, 어쩐지 할아버지의 죽음은 상상이 되지 않았다. 아버지는 쓸데없는 일이라고 투덜거리면서도 차로 왕복 세 시간이 넘는 대학까지 나를 태워 갔다.

"어유, 아버님도 참, 영재일수록 집에서 팍팍 밀어주셔야죠."

"애는 이름만 영잽니다. 아비인 제가 확신합니다."

"어유, 아버님도 참, 집에서 아무 지원도 없었는데 영재교육 선발까지 된 게 정말 대단한 거죠. 요즘 학교 교육으로 다 되는 게 어디 있어요? 물정 몰라도 너무 모르신다. 아버님, 우리 영재야말로 진짜 영재예요, 진짜 영재."

영재교육을 전문으로 담당하는 대학 연구소에서는 각종 영재를 다 취급했다. 인문사회영재, 수학과학영재, 창의윤리영재, 유아영재 0~2세, 유아영재 36개월, 유치영재, 초등영재…… 기어다니며 침을 흘리는 아이와 내가 같은 영재라는 사실이 믿기지 않았지만 연구소에서 영재라고 부르니 부정할 수 없었다. 방학 때가 특히 호황이었다. 방학이 시작되면 새로운 영재들이 떼로 나타났다.

코디 선생님 말을 듣고 있으면 나는 피해자, 아버지는 가해자처럼 보였다. 교육에 무심한, 학교에서 겨우 자신의 힘으로 잠재력을 입증했으나 지원은커녕 자식 교육을 망쳐놓는, 그런 한심한 부모가 내 앞에 있었다. '영재를 알아보지 못한 무정한 아버지로 인해 한국, 아깝게 노벨상 놓쳐……' 아버지 손에 소주병 하나만 들려 있으면 완벽했다. 코디 선생님은 아버지를 다그쳤고, 유혹했고, 반성하게 만들었다. 죄를 참회하기 위해 아버지는 내가 정신을 차릴 때까지, 꿈에서 깰 때까지 매주 운전을 해야만 했다.

그래, 초등학교 선생님이 무슨 영재를 알아보겠는가. 대학교 교수님쯤 되어야지. 대학 연구소에 등록하는 날, 자신감을 되찾았다.

"와룡 선생께서도 사마휘司馬徽 선생님께 가르침을 받았느니라. 봉추鳳雛 선생님, 원직元直 선생님과 함께 말이다. 너도 그곳에서 평생 뜻을 같이할 똑똑한 붕우朋友를 찾아보거라 끌끌."

할아버지는 가내 장학 재단 이사장답게, 포도밭을 과감하게 팔았다. 그리고 제갈량이 사마휘에게 받은 수업도 일종의 사립 영재 수업이고, 지금으로 치면 그게 대학이고 연구소라고 했다. 제갈량이나 방통이나 서서나 모두 동문수학한 건 삼국지에도 나와 있는 사실이니 할아버지의 말에도 일리가 있었다. 이미 동남풍은 예전에 불었거늘, 이제 와서 다시 사마휘 선생 밑에서 공부하다니, 뭔가 역사가 뒤죽박죽 꼬이긴 했지만.

하긴, 중요한 건 영재였는데.

역사가 대체 무슨 상관인가.

#7 반골反骨: 뭔가 마음에 안 드는데, 이유를 못 찾을 때 얼굴 탓을 하는 것.

코디는 간단한 테스트 후 나에게는 인문사회영재반을 추천했다. 복잡하고 정답을 내릴 수 없는 인간에 대한 깊은 성찰을 내포하고 있으며, 사회와 철학에 대한 날카로운 통찰이 인상적인데, 무엇보다 보통 아이들에게서는 발견할 수 없는 창의성이 있다고 했다. 아버지는 성찰과 통찰이라는 말에 감격했다. 사실 수학이나 과학 문제에 손도 못 댔기 때문이겠지만. 백지를 두고 통찰과 창의성을 운운할 수는 없으니까. 그냥 영재에서 인문사회영재가 되자 없던 인문학적 감각이 생긴 것 같았고, 세상 모든 것을 인문학적으로 설명할 수 있을 것처럼 느껴졌다.

입원식 날, 평생교육원 원장이 축사를 했다. 무슨 교수이자, 무슨 학회 전임 회장이자, 무슨 재단 임원이자, 무슨무슨 사람이었다. 무슨은 그뒤로 화장실 오갈 때만 가끔 볼 수 있었다. 우리의 인사를 늘 웃으며 받아주는 인자한 사람이었다. 무슨을 비롯해 영재교육원에는 친절한 어른들만 있었다. 아이들이 어떤 말을 해도 끝까지 고개를 끄덕였고 눈을 맞춰줬다. 얼굴에는 자본주의적인 미소만 가득했다.

"친애하는 영재 여러분, 닐 암스트롱은 말했습니다. 이것은 인간에게는 작은 한 걸음이지만, 인류에게는! 인류에게는 위대한 도약이라고 말입니다!"

축사는 대학 영재교육원은 잘나가고 있으며, 영재교육계의 영재라는 농담과, 닐 암스트롱의 일화와, 자신의 어린 시절과, 그런 것들이 뒤섞인 것이었다. 어찌나 축사가 흥미진진한지 듣는 아이들과 학부모 모두 손에 땀을 쥘 정도였다. 아버지는 닐 암스트롱의 말에 다시 한번 감격했다.

무슨이 축사를 하는 건 당연했다. 세금으로 운영되는 시도 교육청 영재반은 무료였지만 대학에서 운영하는 영재교육원은 비쌌다. 일주일에 한두 번 다니는 과정도 대학 등록금 절반에 가까운 돈을 받았다. 하지만 영재교육원에 다니는 아이들은 모두 공식적인 시험에 떨어졌고 어떻게든 영재를 유지하려면 다른 방법이 없었다. 아, 영재교육원보다 더 싸고, 더 가까운 학원도 있긴 했다. 그러나 나는, 그때는, 아직은, 그 정도까지는 아니었다.

인문사회영재반에서는 주로 토론과 글쓰기를 했다. 토론에서는 목소리가 크고 말이 빠르며 상대방의 눈을 똑바로 노려보는 게 중요했다. 나는 하남의 관운장이다, 청룡언월도를 받을 수 있겠느냐! 심약한 아이는 늘 중얼거리만 했다. 빠르고 큰 목소리로 떠들어대면 소심한 아이는 지우개만 뜯어댔다. 그러면 정말 내가 이긴 기분이 들었다. 영재교육센터인데 영재가 아니라 학습 부진아가 아닌가 싶은 녀석도 절반쯤 있었다. 교육이 아니라 당장 치료가 급해 보이는 아이들도 있었다. 여기서는 방통 정도면 지극히 정상이었다. 토론에 비해 글쓰기는 정말 하기 싫었다. 쓸 말이 없으면 백지를 낼 수밖에 없다는 점에서 수학영재와 비슷했다. 이것도 하다보니 요령이 생겼다. '인간 이성은 자유의지 앞에서 무력했으나 이와 같은 두 사상의 통섭 아래에서 장소성의 의미에 내재한 새로운 윤리의 확산은······' 선생님들은 칭찬과 함께 간식을 나눠줬다.

  선행학습과 시험으로 잠재력이 계발되거나 평가될 수 있을 리 만무했다. 여기서는 선행학습조차 제대로 하지 않았다. 아니 못했다. 시험을 싫어하는 아이들이 많았고, 원장의 교육철학을 내세워 시험은 최소한으로만 이루어졌다. 영재교육원 선생님들은 교실에서는 친절했지만 돌아서면 뭐라고 중얼거리며 종이를 구겼다. 아르바이트가 아니면 실험이었을 것이다. 영재교육원에서 배운 것은 오직 하나, 내가 특별하다는 착각뿐이었다. 영재교육원은 아이들이 포기하지 않을 만큼의 착각을 지속해서 심어줬다. 아이들이 집에 가서 영재교육원을 그만두겠다고 말하지 않는 것이 중요했다. 학부모가 흡족해하는 게 연구소의 목표였을지도 모른다. 적당했다면. 조금 비싼 감은 있지만, 어렸을 적 추억을 만들어주는 용도로는 괜찮았을 수도 있다.

"영재야, 오늘은 또 왜 그러니?"

  문제는 기간이었다. 다른 아이들이 그만두고, 새로운 학생들이 들어오고, 원장이 입원식 때 하는 연설이 토씨 하나 다르지 않고 똑같다는 사실을 알게 된 후에도 나는 계속 영재교육원을 다녔다. 치료가 필요했다. 뭔가가 나를 집어삼키고 있었다. 잘못된 마음과 안타까운 기대의 결합이 너무 길었다. 습관성 영재교육의 부작용이 나타났다.

놀이공원이었다. 여기는.

적당히 돈을 내고 적당히 경험한 뒤에는 일상으로 돌아가야 했다. 자유이용권을, 연간회원권을 끊으며 몇 년 동안이나 머물러 사는 곳이 아니었다. 영재교육원도 난감했을지 모른다. 대부분은 어느 선에서 그만두는데, 나는 아니었으니까. 선생님이 자주 바뀌는 바람에 내가 얼마나 오래되었는지 몰랐으려나. 분기별로 받은 수료증만 방안에 쌓여갔다.

#8 **오장원**五丈原: (지명) **별이 진 곳.**

혀로 침방울을 잘 만드는 아이가 있다면, 그 아이는 침방울을 잘 만드는 아이다. 윗몸일으키기를 잘하는 아이가 있다면, 그 아이는 윗몸일으키기를 잘하는 아이다. 침방울과 윗몸일으키기에 의미를 부여하는 순간 모두가 피곤해진다. 침방울특기자전형이 있는 대학은 없다. 회사는 침방울을 잘 만드는 사람을 고용하지 않는다. 더 심각한 일은 아이가 흥미를 잃었을 때도, 침방울 만들기를 그만뒀을 때도 계속 침방울영재라고 불리는 일이다.

동남풍은 잘못 불었다.

적벽대전 이후에도 무수한 싸움이 있다는 것을 알지 못했다. 전투 한번 이긴다고 천하가 통일되는 것은 아니었다. 적벽대전이 끝난 지 한참이 지났는데도 나는 계속 동남풍만 기다리고 있었다. 아씨, 동남풍이 불어야 되는데, 태풍이라도 불어야 하는데.

분명한 건, 나는 오랫동안 영재교육이라는 무풍지대에서 살았다.

흉내가 오래되면 실재가 된다. 교육원에 있는 순간만큼은 내가 정말 영재인 줄 착각할 수 있었다. 학교에서는 나보다 문제를 잘 푸는 친구가 있었고, 대답을 뛰어나게 잘하는 애가 있었고, 시험 성적이 월등한 아이가 있었지만, 나는 그들을 모두 무시했고, 신경쓰지 않으려고 애썼고, 나는 다르다고 생각했고, 아직 덜 피었을 뿐이라고 생각했고, 이미 학교의 모든 사람들의 관심은 다른 친구들에게 있었고, 똑똑한 학생은 그들이었고, 어쨌든저쨌든, 나는 그래도 내가 영재라고 생각했고, 착각했고, 무엇보다도 언젠가는 내가 영재이기를, 영재가 되기를 바랐다.

마침내 이름이 성을 이겼다.

언젠가부터 학교에 가면 친구들이 내 이름을 영재라고 제대로 불러줬다. 아무도 제기랄이나 짱깨라고 부르지 않았다.

'영원히 재수 없는 놈'이라는 뜻에서 영재라고 불렸다는 건 중학교를 졸업하고 나서야 알았다. 그럴수록 나는 영재교육원에 집착했다. 바글바글한 교실, 바쁜 진도, 평범한 학교는 나와 어울리지 않았다. 비록 영재교육원에서도 담당 선생님이 바쁘면 옆 반에 가서 아무 수업이나 들었으면서도. 어쩌다 유아영재와 같이 블록쌓기를 하면서도, 블록쌓기에서 졌다고 여섯 살짜리를 두들겨 패고서도 이상한 줄 몰랐다.

"지금 웃는 거니?"

웃고 있는 나에게 필요한 건 교육이 아니라 치료였다. 나보다 담당 선생님이 먼저 소리를 지르며 영재교육원을 그만뒀다.

할아버지는 침묵했다. 마침내 할아버지가 내놓은 해답은, 내가 하는 이상한 짓을 영재의 또다른 특징이라고 여기는 수밖에 없다고 했다. 힘들지만 주변에서 이해해줘야 한다고 믿었다. 우리가 어떻게 와룡의 뜻을 알겠느냐, 애는 와룡의 자질이 보이는 것 같은데, 우리가 이 아이의 자질을 판단할 수는 없으니까, 밀어줄 만큼은 밀어주고, 믿을 수 있는 만큼은 믿어주자. 할아버지의 결정이었다. 선생이 선생답지 못하다며 다른 영재교육원을 찾아보라고 하는 할아버지의 표정은 비통했다. 하지만 할아버지는 내가 이미 한 번 쫓겨났었다는 것까진 몰랐다.

   갈 곳이 없을 때, 아버지는 나를 데리고 호수에 갔다. 시간을 때워야 했다. 호숫가에 앉아 있으면서도 가끔씩 나는 영재가 아닐까 하는 생각이 들었다.

   그리고 열아홉 살, 겨울에, 문득 알았다.

   환상은 배치표가 깨주었다.

   수십 번의 시험을 치면서도 몰랐던 현실을 대학 원서를 쓰면서는 알 수밖에 없었다. 서울대는 같은 표 안에 있지도 않았다. 칸칸칸칸칸칸칸칸칸칸의 격차는 차차차차차차차차차기 총리보다 훨씬 그 급간이 많았다. 동남풍은 두 번 다시 불지 않았다. 영재교육원 입학은 실패했고, 영재학교 진학은 꿈으로 그쳤으며, 전문 고등교육 기관과 인연은 끊긴 지 오래였다. 아니, 처음부터 없었다. 아니, 처음에만 있었다. 동남풍이 딱 한 번 불었을 때만.

"제갈 승상이 유비를 만났을 때가 이십대 후반이여 끌끌. 방통이 등용된 게 언젠지 아니? 삼고초려를 기다려라 끌끌."

   청년비례대표라도 되어야 할까. 할아버지는 여전히 제갈공명의 이야기를 하셨고, 너는 다르다고 하셨지만 나는 웃기만 했다. 군대를 다녀왔고, 취직을 했고, 회사를 그만뒀고, 그 사이에 할아버지 방문에 밖에서만 열 수 있는 자물쇠가 걸린 지

오 년이나 지났다.

마침내 자물쇠가 열렸다.

할아버지는 한 번에 돌아가시지 않았고, 여러 번 친척들이 모였다가 흩어지는 일이 있었고, 이제 돌아가실 것 같다는 연락에 아무도 서둘러 나타나지 않았다. 할아버지가 돌아가시는 일주일 동안에 달리 할 일 없는 나만 할아버지 옆에 있었다. 나는 할아버지의 손을 붙잡고 왜 영재가 영재인 줄 알았냐고, 그 이유가 뭐냐고 물었다. 큰아버지, 고모, 사촌형, 사촌누나, 이 많은 자식들을 보고도 할아버지는 마지막까지 어떻게 착각을 유지할 수 있었을까. 복권 열 장을 긁고, 마지막으로 복권 한 장을 차마 긁지 못하는 심정이었냐고 물었다. 할아버지는 뭐라고 중얼거렸다. 얼굴살이 빠져서 틀니가 맞지 않았고 틀니가 맞지 않으니, 안 그래도 이상한 발음이 한결 더 부정확했다.

"네?"

"뭐라는 거여, 가족끼리 무슨 복권이야? 물이나 떠와 지명智明아."

제갈지명諸葛智明은 큰아버지 이름이었다. 할아버지의 얼굴을 보며 문득 이상한 생각이 들었다. 할아버지는 고개를 돌리고 마지막 잠에 빠졌다.

장례식은 일사불란하고 짧았다. 상주가 많아서 조문과 장례는 어렵지 않았다. 어느새 나는 갓 나온 따끈한 유골함을 들고 시골집을 몇 번 돌고 선산으로 향하고 있었다. 화장터에서 선산까지 왔는데도 유골함이 따뜻해서 혹시 이걸 미리 뜨겁게 데워주는 게 아닐까 의심이 들었다. 자물쇠를 유골함과 같이 묻었다. 녹은 땅은 질척했다.

은이와 같이

아빠, 그러니까 산에 무덤을 쓰면 살아 있는 사람들이 매년 난처해진다고. 우산 들고 어떻게 산을 올라가? 방심하면 아차, 하는 순간 아빠를 면회하게 된다고.

방심해봐서 잘 알잖아?

그러게, 좀 시원할 때 가면 서로 좋다고. 아빠도 고생 덜 하고, 우리도 기분전환삼아 다녀갈 수 있고. 덥고 습하니까 불쾌지수가 높아질 수밖에 없잖아. 반성이나 후회? 내가 그딴 걸 왜 해? 여름이니까, 소나기인데, 뭘, 어떻게 하겠어. 더운 건 당연하고 비도 자연스러운 거야. 위험하니까 못 올라가는 것도. 오늘은 여기 있다 갈게.

저기, 저쪽에 한 평짜리 아빠 집 보이네.

소나기 핑계 대지 말라고? 자기 가는 것도 까맣게 몰랐던 사람이, 이제 눈치가 좀 생기셨어? 이게 뭐라고, 운전하는 내내 고민되더라. 말이 좋아 선산先山이지 사실 야산이잖아. 아니지, 산도 아니지. 구릉이라고 불러야 하나. 만 평이 넘으면 뭘 해, 공시지가는 형편없는데. 그것도 몰래 형 앞으로 해놓고 말이야. 내가 모를 줄 알았어? 땅 욕심은 아니고, 기분이 그렇잖아, 기분이. 그래, 아빠 말대로 만 평이면 두고두고 묘지는 실컷 쓸 수 있겠다.

여름풀, 독해. 긴팔 입고 올라가도 꼭 어딘가 몇 군데는 긁히더라. 긁힌 곳 중 한 군데는 꼭 가을까지 아파. 기름값만큼 물파스값 들어. 땅은 좀이나 질퍽해. 장화 깜빡해봐, 새로 산 신발 하나 버렸다니까. 긴팔 긴바지에 챙 넓은 모자 쓰고, 낫이나 뭐 하나 붙들고. 비 오는 날 이런 차림으로 산에서 누구 한 명 만나봐, 스릴러 영화 한 편 찍지. 여기, 농담 같지 않아? 벌초를 하기 전까진 도저히 올라갈 수가 없어. 말만 벌초지 사실 토목공사야. 낫이 아니라 곡괭이가 필요하다고. 심지어 벌초하고 나면 해가 떨어지니까 빨리 내려가야 해. 그냥 집에나 가는 거야. 애꿎은 풀만 죽어나고, 풀 베는 사람도 죽어나고, 다들 그저 죽어나는 거야. 여름 벌초는 해봐야 소용도 없는데.

이제 들어오는 길도 없어. 인적 없어 좋겠다. 오가피 묘목만 수두룩해. 차라리 콩밭일 때가 나았어. 돌아나가면 또 포도밭이야. 산 아래까지 허리 숙이고 기어나와야 해. 대체 할아버지는 여길 왜 샀던 거야? 형은 계속 대답을 안 해. 동생 말은 말

같지도 않나. 씨발. 한참 만에, 뭐라나, 내가 가져가면 선산도 분명 팔아먹을 거라나. 됐어, 쓸데없어. 내가 예전에 말했지. 모든 형들은 개새끼라고. 나는 동생이니까 이런 말을 할 수 있다고. 형을 개로 만들면 아빠도 개가 되고, 나도 개일 수밖에 없지만, 할말은 해야겠다고. 나중에 분묘기지권으로 어떻게든 내가 복수해준다. 두고 봐.

  그러니까 자고로 무덤은 강 가까운 곳에 써야 해. 그래야 살아 있는 사람들도 좀 편하지. 개굴개굴개굴, 가구리 같은 소리 하지 말라고? 어쩌긴, 떠내려가면, 자연스럽지, 핑계 좋잖아. 핑계 없는 무덤 없다는 말도 몰라? 아, 개구리야 비만 오면 울겠지. 울 엄마 무덤 떠내려간다고. 하지만 아빠, 동화에서도 개구리가 우는 이유는 엄마 때문이지, 아빠 생각이 나서는 아니잖아. 동화에서 아빠 개구리는 등장도 안 해. 아, 아빠 개구리 나오는 동화 생각났다. 이솝우화인가? 아들 개구리가 어디서 황소를 보고 와서, 엄청나게 큰 동물을 봤다고 말하잖아. 지기 싫은 아빠 개구리가 계속 몸을 부풀리다가 팡, 하고 터지는 거야. 이야기의 교훈? 불쌍한 아들 개구리 이야기지 뭐. 눈앞에서 아빠가 팡 터져 죽었잖아. 얼마나 끔찍했겠어. 아니면 사실 아들 개구리는 아빠 개구리를 쓱싹, 담그고 싶었다, 다 알고 한 일이다, 그런 거 아니겠어? 교훈은, 그러니까 아빠 개구리하고는 적당히 거리를 두고 살자, 쓸데없는 대화는 하지 말자, 아빠 개구리는 아무것도 모른다, 그렇지 뭐.

엄마하고는 이야기 다 끝났어. 엄마는 아무것도 모르니까. 문제는 형이지. 처음에는 엄마도 화만 냈지. 하, 그래도 삼 년쯤 지나니까 마음 흔들리나봐. 엄마 돌아가시면 아빠랑 합장할 거라고 하니까 차라리 그냥 강에 뿌리래. 엄마 무릎이 안 좋아서 이제 자주 못 와. 엄마 무릎 나가면 누가 손핸 줄 알아? 엄마 무릎이 건강해야 어디 참한 노인네라도 만날 거 아냐?

  그치, 아빠야 아무 상관도, 책임도 없지. 걱정 마, 좋은 날짜 받아다가 깨끗한 강물에 뿌려줄게. 아빠 좋아하는 산에 뿌려줘? 폭포 하나 알아봐? 가을, 적당히 시월이 좋겠다. 시월에 기일과 무덤을 아예 싹 바꾸는 거야. 날짜 정해두고 죽은 것도 아닌데, 기일이라고 못 바꿀 게 뭐 있어. 차라리 깔끔하게 새로 정하는 편이 더 의미 있지 않겠어? 기억하기 좋게 1월 1일로 바꿔도 되고, 아니다, 새해부터 그건 좀 아니지. 아무 의미 없는 4월 4일, 10월 10일 이런 날짜가 기억하기 편하겠다.

  억울하면 더 살지. 좀더 버텨보지 그랬어.

  그치, 무슨 수로? 불가능했겠지.

*

  재재작년에 할아버지가, 올겨울에 할머니가 이사 왔잖아. 할아버지 할머니 다 계시니까 이제 좋지? 증조할아버지하고 둘이서 있을 때보단 낫겠다.

  할아버지 계실 때야, 어디, 할아버지 때문에 납골당에 못 맡

겼지. 층층이 있어도 아빠 아파트 좋아했으니까 납골당 가서도 적응 잘했을 텐데. 납골당이 여기보다야 좋지. 어디 직사광선이 내리꽂히나, 멧돼지가 내려와서 무덤에 등을 긁나. 봉분 크게 만들어서 좋을 거 하나 없어. 산 사람 고생만 시키고. 그러니까 산신인 멧돼지가 천벌 내리러 오는 거야.

삼촌들 다 떠날 때도 아빠만 고향 옆에 살았는데. 한심해, 그렇다고 고향에 사는 건 또 아니었잖아. 고향은 떠나기 싫고, 아파트에는 살고 싶고, 기껏 타협한 게 읍내라니. 엄마만 불쌍하지. 기껏 분가했는데 차로 십오 분 거리니까. 하, 엄마 복수 참 길었다. 군자의 복수는 십 년이 걸려도 늦은 게 아니랬는데, 우리 엄마 군자보다 낫네. 삼십 년을 어떻게 참았대.

아빠가 화장실하고 잠자리 가리는 건 그나마 다행이었어. 칭찬은 무슨, 짐승도 그건 가릴 줄 알아. 순도 백 퍼센트 시골 출신이면서, 분가하기 전까지 삼십 년을 산 자기 집이면서, 할아버지 집에서는 화장실도 못 가고, 밤에는 잠도 못 자다니. 아침이면 매번 눈알이 시뻘거니까, 밤 열두시에 집에 간다고 해도 할머니는 말리지도 못했지. 어정쩡하게 부모 곁에 살았으니까 죽어서도 탈출 못하는 거야. 할아버지까지만 선산에 모시고 아빠부터는 집 가까운 곳에 묻으라고? 그해 봄에 아빠 봉분에 잔디 씨 뿌리러 올라온 사람이 할아버지야.

입버릇이 문제라니까. 소심하게 중얼거리기나 하고.

고민중이야. 형은 할머니 돌아가시자마자, 기다렸다는 듯이 냉큼 아빠를 옮길 순 없다고 하더라. 누가 그걸 몰라? 하여간, 형은 매번 누구나 다 아는 말을 무겁게 해. 무슨 일만 있으면 반대만 하고, 사상부터가 불순해. 힘이, 힘이 힘드니까 어쩔 수 없는 일도 있는 거지, 뭘 그렇게. 이제 명절이고 뭐고 여기 올 이유 없어. 성묘 한번 하자고 하루를 낼 순 없다고. 준비하고, 운전하고 하면 해 뜨기 전에 출발해도 점심 먹고 도착해. 이거 봐, 그사이에 모기 물렸잖아.

어차피 여름에 갈 거면 확실하게 추석 가까울 때 갔으면 서로가 좋잖아. 아빠는 얼마라도 더 살아서 좋고, 우리는 기일하고 추석 옆칠 수 있으니까 좋고.

엄마는 아무것도 몰라.

그래도 아들이니까 차 밖으로라도 나온 거야. 엄마는 비 맞는다고 차에서 내리지도 않고 휴대전화만 보고 있잖아. 맞아, 한 대 피우러 나왔어. 엄마는 몰라. 참내, 나 하고 다니는 거 보면서 담배는 꿈에도 손 안 댈 거라고 믿는 건 또 뭐야. 엄마는 아빠 기일보다 내가 담배 피우는 게 더 슬플걸. 아빠 담배 몰래 피우면 담뱃값도 굳고 좋았는데, 아빠가 먼저 금연해버리는 바람에 망했지.

아빠 좋아하던 담배가 한라산이었지.

작년까지는 내려오면서 담배 한 대 붙여주고 왔는데. 좀 미안하네.

에이, 어쩔 거야. 억울하면 좀더 살지 그랬어.

*

 한라산 하니까 설악산 생각나네. 여섯 살 때였나 일곱 살 때였나, 유치원 여름방학 때였는데. 텐트랑 코펠 다 짊어지고. 코펠이 제일 가볍긴 했지만 초등학교도 안 들어간 애한테 그런 걸 들리면 안 되는 거 아니야? 싸구려 코펠이라 엄청 무거웠어. 내가 한글만 뗐어도 아동학대로 신고했을 텐데.
 시골에서 설악산 가는 버스가 어딨어, 몇 번을 갈아탔지. 아둥바둥, 무슨 극기 훈련도 아니고, 유치원생한테 호연지기가 무슨 소용이야. 가만 보면 아빠는 등산 제대로 못하잖아? 다른 사람들 네 시간이면 올라가는 산, 아빠는 여섯 시간씩 걸렸잖아. 툭하면 넘어지고. 동네 뒷산을 내려오는데 왜 발목이 부러지는 거야? 울산바위도 아빠 때문에 하루종일 걸렸잖아. 거기서 응, 정상에서 육개장 컵라면 이천 원인가 받았지. 초코파이가 백 원 하던 시절에. 아빠 나 고소공포증 있는 거 알아? 울산바위 정상에서 형이 자꾸 나 흔드는 바람에 생겼어. 돌아올 때는 버스를 잘못 타서 서울로 갈 뻔했지. 휴게소였나, 어디서 내려서 바꿔 탔잖아. 그때 몰래 도망쳐버리는 건데, 아깝다. 기억력도 좋다고? 기억할 수밖에 없지.
 형이 아빠 등뒤에서 "씨발"이라고 그랬거든.
 나만 들었지.
 아무것도 몰라서, 모르니까 형한테 씨발이 무슨 말이냐고 물었는데, 그걸 또 아빠가 자기한테 하는 소린 줄 알고. 씨발, 정상에서 고소공포증을 얻고 하산해서 씨발을 배웠지. 씨발. 그건 내 인생에서, 처음으로 당한 배신이었거든. 하긴, 호연지기는 몰라도 인생의 진리 하나는 배웠네. 형은 개새끼고 아빠는 멍청하다는 거.

코펠 잃어버린 게 아니라 버린 거야. 억울해서. 그런 말 어디서 배우긴, 바로 옆에 있는 형한테 배웠지. 애가 씨발이라고 한다고, 그게 진짜 욕은 아니잖아. 알고 해야 욕이지, 뭘 모르고 하는 소리가 욕이 될 수나 있나.

또, 아닌 말로, 욕 좀 하면 어때. 산에 오자고 한 것도 아빠고 버스를 잘못 탄 것도 아빠야. 더워 죽겠는데, 휴게소에서 코펠 깔고 앉아서 버스 기다리는 것도 죽겠는데. 여름에 텐트 치고 삼일이나 잤다고. 심지어 아빠는 텐트도 제대로 못 치잖아. 왜, 언제더라, 초등학교 땐가, 강가에 텐트 치고 잤는데 밤에 강물 불어서. 분명히 자갈 바닥에서 잤는데, 정신 차리니까 텐트가 물침대가 되어 있더라. 그때도 아빠하고 형만 먼저 튀었어. 나부터 깨워서 대피시켜야 되는 거 아냐? 내가 떠내려가니까, 아빠는 발만 동동 구르면서 보고만 있고, 형이 헤엄쳐 와서 코펠 던져줘서, 그거 끌어안고 살아나왔지.

물공포증까지 얻었고.

비가 제일 싫어. 두번째는 코펠이고. 세번째는 아빠지, 그걸 물어서 뭘 해.

*

아빠라고 잘하는 게 하나도 없진 않지.

거짓말.

유품 정리하는데, 별것이 다 나오더라. 레트로 라디오, 식물성 수제비누, 구급함 세트, 온돌방석, 발가락 지압기, 접이식 외발자전거, 기념주화 겸용 자석…… 텐트하고 코펠도 거짓말로 받았지. 그래, 코펠은 두 세트 더 나오더라. 싸구려 경품이니까 쓸데없이 무거운 거야. 넷이 자는데 팔 인용 텐트가 왜 필요해. 경품 텐트를 팔고 사 인용 텐트를 살 생각은 왜 못해? 돈 되는 걸 받아오는 것도 아니고, 파는 건 또 결사반대고. 꼭 필요한 물건은 그때그때 돈으로 사면 돼. 그게 호텔이고 음식점이야. 아빠하고 형은 자본주의적 규칙을 몰라. 규칙을 이해하면 돈이 따라온다니까. 나를 좀 봐.

그래, 경품에 대한 열정은 인정해. 포항시 지자체 문화유산 공모전, 중년의 첫사랑 공모전, 광복절 특집 기념, 발전소 체험 수기까지. 아빠만큼 통일에 관심 많고 건강한 사회질서에 관심 많은 사람도 없을 거야. 마감날까지 보내려고 잠도 안 자고 낑낑거렸지. 근데 또 잘하는 건 아니야. 들어간 시간 생각하면, 차라리 놀이터 모래를 뒤집고 동전을 찾는 편이 나았을걸. 열심히, 많이 쓰다보니까 뭐라도 하나 얻어걸린 거지. 잘하면 동상, 아니면 장려상, 참가상. 우체국 등기 비용이 더 들었을지도 몰라.

　아, 하나 있다.

　동남아 여행권. 첫사랑 팔아 온 거.

　평생 받은 상 중 가장 큰 상이지? 근데 그거 막냇삼촌 이야기라며? 막냇삼촌 이야기. 응모도 막냇삼촌 이름으로 냈잖아. 양아치 막냇삼촌한테 그렇게 애절한 첫사랑이 있을 줄이야. 읽어봤지. 근데 배경도 그렇고 영 어울리지도 않고 어색하기만 하던데.

　근데 아빠, 나한테는 상품권 처분했다고 소고기도 사줬잖아.

　근데 태국 여행 갔다 왔더라? 심지어 나 전역하는 날에. 할머니 장례식 때야 들었지.

　발인 날, 막냇삼촌은 아침부터 취해 있었거든. 숙모하고 다투다가 그러더라. 큰형님 첫사랑 이야기, 그거 죽어도 자기 이야기 아니라고. 자기 입 막는다고 데리고 간 거라고. 나까지 끼면 다섯 명, 호텔 방값하고 비행깃값 추가로 내야 하니까 전역하기 전에 급하게 여권 발급받아서 갔다 왔다고.

　이것도 어디 사연으로 팔아먹으면 좋겠지? 장려상만 준다면 아들 이야기도 팔아먹을 사람이니까. 어떻게 그 많은 사연을 다 키웠어? 아들자식이나 잘 키우지. 사연을 새끼 치고, 사연으로 새끼 치고…… 이제는 더 못하겠네.

　참, 장롱에서 미놀타 카메라 나왔어. 분홍색 보자기에 둘둘

싸여 있더라. 나 태어나기 전에, 그때도 설악산이었다며? 무슨 설악산에 원한이라도 있어? 형 업고, 기저귀 보따리 들고, 비가 쏟아지는데 택시에서 내리다가 카메라 잃어버렸다며. 애는 울고, 택시 번호를 알 리도 없고, 택시 회사에 전화해봐야 아무 소용도 없고. 설악산 온다고 새로 산 카메라, 미놀타 카메라. 아빠 한 달 월급짜리 미놀타 카메라. 카메라 잃어버리고는 집에 와서도 일주일 동안 말도 못하고 끙끙 앓길래, 저러다 사람 잡겠다 싶어서 엄마가 남대문시장 올라가서 카메라 사 왔다고. 엄마가 지금도 되는지 궁금하다고, 어디서 필름 한 통만 구해 오라길래 이제 그런 거 안 나온다고 둘러댔어.

필름 넣었는데 안 되면 어떡해?

마음이, 마음이 그렇잖아.

엄마가 자꾸 카메라 쓰다듬으니까.

언제, 형이 한밤중에 전화해서 그랬어. 그 카메라 좀 불태워 없애라고.

*

책임감은 없었으니, 사랑일 수밖에 없겠네.

오는데 엄마가 투병할 때 이야기하더라. 투병이라니, 내가 볼 때 그건 투병이 아니라 투항이었는데. 아니, 투항도 아니다. 병을 이길 생각도 없고, 질 생각도 없고, 그냥 아무 생각도 없어 보였는데.

로또 사 오라고 했다며. 병수발 드는 것도 바쁜데 로또는 무슨 로또야. 하도 졸라서, 엄마도 얼마나 정신이 없었는지 아빤 모르지. 꼭 이 번호로, 꼭 사 오라고, 엄마는 로또 처음 사니까 아무 번호로 사 오고, 아빠는 결혼 후 처음으로 짜증까지 내면서 다시 부탁하고, 그래도 엄마가 까먹으니까 나중에는 거의 울면서 통사정을 했다며.

1, 3, 5, 7, 9, 27.

물론 꽝이었지. 비석 작은 건 미안한데, 어차피 몇 년만 더 버티면 할아버지 할머니 가시고 납골당으로 갈 텐데, 굳이 돈 들이기 아깝더라. 당첨만 되었으면 장례식 때 아빠 무덤에 둘레돌이라도 하나 치고, 비석도 더 큰 걸로 세웠을 텐데.

비석, 비싸더라. 글자 하나당 돈을 받더라고. 깔끔하게 이름만 박아넣어도 충분하지 않나, 굳이 학생부군신위 어쩌고 새길 필요가 어딨나 싶었는데. 남들 하는 대로 따라 하는 게 오히려 없는 거 티 나는 법이라니까.

할아버지가 보고 계셔서 어쩔 수 없었지. 역시 할아버지야말로 우리집에서 가장 강한 분 아니겠어? 별로 우시지도 않더라. 할머니는 기운 없다고 못 왔어. 삼촌들이 교대로 업고라도 올라와야 하는 게 아닌가 싶었는데, 할머니야말로 가볍고 가벼우니까. 한번 올라가보셔야 할까요, 하면 입 꾹 다물고 아무 말씀도 안 하시더라. 비석값은 형이 냈어. 장례식 비용 대부분 형이 냈지. 그때 내 일이 한창 안 풀릴 때였잖아. 기가 막히게 아빠 가고 나니까 하나씩 풀리더라. 막냇삼촌은 하늘에서 아빠가 신경을 쓰나보다 그러던데, 한심하긴.

엄마는 로또 당첨금을 준 것도 아니고, 고작 로또 심부름을 두고 사랑이래.

환갑 지나자마자 암에 걸린 게, 암에 걸린 걸 늦게 안 게, 그게 이미 재수없는 일인데, 그 상황에 무슨 재수가 있어서 당첨되겠어. 권선징악도 없고, 불행과 행복이 등가교환되는 일도 없어. 어떻게 환갑까지 살아놓고 그걸 몰라. 번호도 그게 뭐야. 모르는 사람이 봐도 아빠 생년월일이잖아. 죽은 사람의 정성, 뭐 그런 건가. 정성, 효험 필요했으면 아빠 손으로, 어떻게든 다리에 힘 꽉 주고 직접 사 왔어야지. 고작 누워서 번호 여섯 개 불러주고. 진작 보험이라도 비싼 거 들어놓든가. 아무리 가족이라도, 아빠의 불운이 엄마의 행운이 될 순 없어. 엄마는 아빠 멋쩍은 웃음을 보고 아이고, 그래도 살 생각이 있나보다 싶었대.

그러게. 살 생각이 있었을까.

못 살 것 같으니까 그랬을까.

거울도 안 봤어? 누가 봐도 시커멓게 죽어가잖아. 하루하루 말라갔잖아. 엄마가 거울을 대부분 치우긴 했지. 그래도 화장실에도 있고, 텔레비전 화면에 비쳤을 텐데. 한 번도 텔레비전을 끄질 않아서 그랬나. 기운도 없고 약 기운에 늘어져 있으면서도 텔레비전 끄면 뭐라고 했지. 홈쇼핑에 중국 장가계张家界

나오니까, 다음달에는 꼭 저기 가겠다고 했잖아. 그때 아마 몸무게가 사십오 킬로도 겨우 나갔는데, 원래도 마르고 작은 사람이.

무릉도원이 저기에 있으면 뭘 해. 살아서 무릉도원을 다녀오면 남은 가족들은 다 늙어 죽고 없어. 천문산이라. 하여간 산이 문제야. 혹시 아빠가 살아나는 줄 알았지 뭐야. 아들아, 장난이었단다! 사실 아빠는 멀쩡해! 듣고 있으니까 순간 혹하더라고. 진통제가 너무 독했나. 의사한테 조심스럽게 암 진통제는 마약성인데 괜찮냐고 물어봤어.

어차피 중독되기 전에 돌아가실 테니까 안심하고 마음껏 드리세요.

확, 지금도 홈쇼핑에 중국 상품만 나오면 화면을 돌려.

아빠 생년월일로 몇 번 로또를 더 사봤어. 살아 있을 때도 그냥 그랬는데, 무슨 예언이나 효험이 있을 리 없지. 이순신이나 맥아더 장군쯤 돼야 무당들이 모시는 거 아니겠어? 남이 장군이나 최영처럼 원한이라도 사무치게 있든가.

쓰다 달다 말도 없이 천천히 이냥저냥.

수술 일정이라도 한번 잡아보고, 수술실에 들어간 아빠 기다리면서 병원 복도도 왔다 갔다 걸어보고. 방사선 치료하면서 머리도 빠져보고, 머리가 빠져서 우울해하는 아빠에게 시장 벙거지 모자라도 하나 사서 씌워주고, 자기 스타일 아니라고 투덜거려도 보고. 끔찍한 낭만조차 없었잖아. 그러니까 보너스 번호로라도 맞질 않지. 보너스 번호 따위 맞아도 소용도 없지만. 딱 한 번, 사 등 되더라. 오만 원이야. 바꿔 와서 회나 한 접시 먹으려다 기념으로 갖고 있어. 차라리 한 백 년 묵히면 그게 더 나을지도 모르지. 백 년 기다리면 아빠한테는 뭐가 좋냐고? 그러게, 시련과 갈등을 버티며 오래 살지 그랬어.

관둬. 아빠가 가고 나서 제일 좋은 게 뭔지 알아? 아빠 가는 걸 또 볼 일 없다는 거야.

로또 종이는 너무 잘 타고 말이야.

참, 형 이제 안 좋아.

*

굵직한 현대사는 샥샥 비껴갔더라. 출생은 휴전 직후. 할머니 뱃속에서 전쟁 끝나기만 기다렸겠지. 4·19 때는 시골 초등학생. 어렸으니까 넘어가자. 초등학생은 초등학생이어야 하니까. 한일 협정이나 베트남전쟁도 미묘하게 아빠한테는 이르지. 아빠 인생에는 스펙터클, 갈등이 없어. 할아버지는 왜, 참전도 하고, 인민군 포로도 되고, 동상 걸린 발가락 찍어내고 탈출도 하고 그랬잖아. 할머니가 할아버지하고 결혼한 이유는 딱 하나, 군대 갔다 온 남자라서 그랬다지. 할아버지는 마을에서 입대한 장병 중 유일하게 살아왔다고. 하지만 아빠는 할아버지하고는 마음가짐부터가 달라. 아빠라면 도망치는 것도 괴롭다, 그냥 죽든가, 살아나면 북이나 남이나 아무 곳에나 남아서 살자, 했겠지.

　소 팔아서라도 힘들게 공부하고, 고학생 시절에 이런 고생도 해봤다, 이런 감동적인 일화도 없잖아. 아들들이 뭘 보고 배우겠어? 중학생 때 과자 먹고 싶은데 돈이 없으니까 버스비로 사 먹고, 친척집까지 걸어온 게 무슨 고학생이야. 할머니는 그래도 네 아빠가 공부 하나는 잘했다고 하던데, 힘들게 뒷바라지하는 할머니를 속여? 아빠, 육십 명 중에 이십 등을, 중간 이상이니까 상위권이라고? 진심이야? 시험 운이 없었다고? 우연조차도 똑똑한 학생 편을 들어주는 거야. 아빠나 삼촌들이나 모두 공부하고는 거리가 멀어. 삼수까지 했고 겨우 졸업했잖아. 공부는 고모가 해야 했어. 삼촌들 밥해주고 빨래할 게 아니라.

　할머니가 속아줬지 뭘.

　비가 눅진하게 오니까 담배 냄새가 가시지도 않네. 바람도 안 불고. 담배 냄새 지울 만큼의 이야깃거리도 없어? 저기, 방앗간 보인다. 아빠 고등학교 때 저기서 전기 만들었다며. 밤에 몇 시간만 겨우 들어왔다고, 전기 쓰는 집마다 가을에 추수하고 나면 얼마간 곡식으로 지불했다고, 불빛만 흐릿하게 겨우, 밤에 전기 끊기기 전에는 깜빡깜빡, 몇 번 전기가 들어왔다 나가면서 신호를 했다고. 쌀값 아까운 줄 모르고 전깃불에 화투 쳤다고. 나한테 말해준 적 없다고? 당연하지. 형한테 들었으니까. 형은 쓸데없는 소리를 했고.

하지만 빨갱이 소리는 안 해서 다행이야. 필요하니까 하겠지, 학생들도 힘들고 막는 쪽도 힘들겠다, 텔레비전으로 데모 보면서 아빠가 중얼거렸지. 대학? 아빠는 집안 형편 때문에, 취직해서 동생들 공부시켜야 되니까 안 갔다고 했잖아. 할아버지 살림 뻔한데 어떻게 대학 보내달라는 말을 하겠냐고. 아니, 삼촌들 말은 다르더라. 큰형님은 공부하는 거 정말 싫어했다고. 할머니도 그러던데. 소 팔아줄까 하니까 아무 말도 안 하고 웃기만 했다고. 삼촌 할머니 통해서 이미 교차검증 끝났어. 내가 속을 줄 알고. 고등학교 졸업하고 빨리 취직한 것도 아닌 거 보면, 군대 가기 전이라고 집에서 농사일만 거들고, 군대도 빨리빨리 안 갔다 오고.

내 기억, 대충 맞지? 솔직히 아빠 이야기는 나중에 또 들어도 될 줄 알았어. 어차피 했던 이야기도 또 하고, 두서는 없고, 대여섯 번 들어야 앞뒤 사건이 연결도 되고, 아빠야 할아버지가 되어서도 했던 이야기만 또 할 게 뻔했으니까 몇 번이고 지나간 이야기지만, 마지막으로 한 번 더 지나갈 수 없다는 걸 몰랐네. 녹음이라도 해둘걸 그랬어. 아빠 이야기를 들으려면 아무것도 모르는 엄마한테 물어봐야 해. 엄마는 아무렇지도 않은 척 또 쓸데없는 걸 묻는다고 하겠지. 그리고 시집살이 이야기, 할머니 이야기를 시작하겠지.

엄마라고 모를 리도 없어.

시집살이 때문에 엄마가 더이상 못 살겠다고 하니까 기껏

한다는 게 농협 그만두고 부산에 있는 어느 선배네 어묵 공장에 갔다며. 아니, 그럼 할머니한테 말했어야지. 할아버지 앞에 무릎 꿇고 분가를 받아내든가, 대들기라도 해야지. 할아버지 할머니는 도대체 아빠가 왜 부산으로 갔는지, 이해도, 상상도 못했대. 아침에 회사 출근한다던 사람이 퇴근해도 오질 않고, 하루 있다가 전화 와서 하는 말이 부산에 있다니. 왜 부산 갔냐니까 또 묵묵부답, 비싼 전화비 낼 돈도 없어서 뚝 끊기고.

기다려주십시오, 반드시 성공해서 돌아가겠습니다.

낯간지러운 말이라도 하면 덧나?

어묵 공장도 그래. 고등학교 때 알았던 선배가 부장으로 있는 회사? 사장 하나, 부장 하나, 경리 하나가 전부였겠지. 이왕 갔으면 열심히 어묵 좀 튀겨보든가. 좋아하는 풋고추도 넣고, 새우도 넣고 뭐, 그렇게. 지금으로 치면 수제 어묵이고 스타트업이네. 그때부터 시작해서 전국구가 된 어묵이 얼마나 많은데. 끈기 있게 열정적으로 좀 튀겨보지 그랬어.

엄마한테는 가서 자리잡겠다고 해놓고는 일주일 만에 도저히 못 버티겠다고 돌아왔다며. 튀김 기름 냄새를 도저히 못 참겠다고. 엄마는 아빠가 무슨 죽을병에 걸린 줄 알았대. 얼굴은 노랗고, 그것도 갓 튀겨낸 색깔 좋은 어묵이 아니라 냉장고에서 반년은 묵은 것같이 흐물흐물하게. 아빠 좋게 봐주던 지점장인가 누군가가 사표 냈던 거 없었던 일로 해줘서 망정이지, 처리했던 서류 다 뽑아내고 다시 만들어놓고. 요즘 같으면 그런 처리 하지도 못해. 차라리 며칠 휴가 내고 가서 일 좀 배워 보고 결정하든가, 달랑 주소 하나만 들고 생전 처음 가본다는 부산에 내려가? 그 고등학교 선배라는 사람과 딱히 잘 아는 사이도 아니었다며?

엄마 배에 있던 형은 어쩔 셈이었어? 설마 그대로 될 생각은 아니었지? 아빠라면 그러고도 남아. 부산도 산은 산인데, 어디 산속 깊숙한 곳으로 숨었을지도 모르지. 〈국제시장〉이나 부산어묵이나 배경 하나는 같네. 그렇게 다시 돌아간 농협이면, 이번에는 좀 제대로, 잘 다녀보지 그랬어. 같이 다녔던 아빠 친구는 정년까지 버텼다더라. 뭐, 정년 채워봐야 그러고 곧 갔겠네. IMF 터지고 압박 주니까, 그 압박을 반년을 못 버텨. 하긴, 풋고추 된장에 찍어 먹는 걸 그렇게 좋아하면서도, 고추가 매울지 안 매울지 몰라서 항상 형에게 먼저 먹어보라고 했으니까, 그 소심함에 반년 버틴 것도 대단하다.

부산행 덕분에 분가하긴 했다고 결과적으로는 잘된 셈일 수도 없어. 아빠 때문에 엄마가 고생했고, 엄마가 힘들었기 때문일까, 형에게 문제가 좀 생겼던 모양이니까. 몰라, 유전과 환경 중 어느 것을 탓하겠어.

삼 년 후 나는 태어났지만.

분가 때문에 태어난 거 맞겠지?

은이와 같이

*

 장례식도 하다보면 귀찮아. 와주신 건 감사하지만 누가 누구인지도 모르겠고. 아빠 친구 친척을 어떻게 다 기억해. 어디서 본 아저씬데, 아저씨는 날 끌어안으며 내가 누군지 알아보겠나, 내가 바로 니 아버지하고 어쩌고 그러시면, 예……에…… 와주셔서 감사합니다 그러는 거지. 버릇없다고 하지 말아. 아빠 손님이지 내 손님이야? 잠깐 앉아 있다가 손님 오시면 가서 서 있고, 맞절하고, 허리 숙이고, 왔다가, 갔다가, 양말이 반질반질해지도록. 어쩐지 전날 발톱 자르고 싶었는데. 듣기야 들었지만 들어도 헷갈리고 그 아저씨가 그 할아버지 같은. 했던 이야기도 또 하는 아빠 같은 손님들…… 무한하지, 그랬지. 또 보고 들었지만 지금은 또 흐릿하지.

 장례식 때 기억나는 아저씨는 얼굴 모르는 아저씨밖에 없어. 부고 알린 지 한 시간도 안 지났는데, 어떤 아저씨가 문상을 온 거야. 급하게 오셨는지 옷차림은 금방 들에서 일하다 오신 것 같았는데, 정말 절을 정성스럽게 잘하더라고. 세상에 그렇게 절 잘하는 사람은, 정치인들 통틀어도 못 봤다. 왜, 정치인들이 다른 건 못해도 절 하나는, 자세 하나는 죽이잖아.

 나하고 맞절까지 하고 나니까 막냇삼촌이 어정쩡하게, 저, 일찍 와주셔서 감사합니다. 그런데 처음 뵙는 분이라, 혹시, 형님하고 어떻게 되시냐고. 처음 보는 아저씨가 죄송하다고. 죄송합니다, 배가 너무 고파서요. 음식 준비가 덜 되어서 내드릴

게 적더라. 장례식에 오신 분 중 제일 잘 드셨는데. 형은 왜 그 아저씨 앞에 앉아서 말동무를 했을까. 형도 배고팠나.

　담배 한 대 더 피워야겠다. 이따 또 한참을 가야 되니까. 요즘 엄마 비염 심해졌어. 아빠 장례 치르다가 생겼어. 지독한 장마철에 지하 장례식장은 습하지, 에어컨만 하루 종일 돌아가지, 계속 울지, 없던 비염 생겨도 이상하지 않아. 형도 계속 훌쩍이던데. 그나마 아빠가 남기고 간 게 있긴 있네.

　아빠 가고 나서, 할아버지 할머니는 엄마가 살폈어. 아주 잘 살폈지. 매주 갔지. 아빠도 할아버지 집에 한 달에 두 번 갔으니까, 엄마가 더 부지런하네. 엄마는 아빠가 죽어도 맏며느리 자리는 내놓기 싫었나봐. 그게 다 뭐라고, 쓸데없이. 나 같으면 삼우제 끝나는 날 당장 시댁하고는 연 끊는다. 사십구재까지 갈 것도 없잖아. 할아버지 장례, 할머니 장례까지 상주는 형이 다 했고. 그래, 형이 고생은 좀 했지. 내가 형이면 억울해서 먼저 죽었다. 아니, 대충 칠팔 년만 더 버티지, 소심쟁이 아니랄까봐 의사 말이라면 꼬박꼬박 잘 듣긴. 반년 남았다고 하니까 다섯 달 하고도 보름 더 살았더라. 정신없긴 했지만 깔끔하긴 깔끔했어. 실감이 덜 나서 그렇지. 가고 나서, 한 이 년 정도는 빈자리가 느껴지질 않더라. 분명히 한 명 없는데, 또 없는 것 같지도 않고, 있는 것도 아니고. 명절 때 할아버지 할머니 얼굴 보기가 안 좋은 거야 어쩔 수 없었지.

　아빠야 편했겠네. 마지막으로 할머니 돌아가셨을 때 형은 그다지 울지도 않더라. 표정 변화가 없어서 내가 다 무서웠어. 할아버지 땐 형이 울다가 기절까지 했거든. 갈수록 이상해지고 있어. 하여간 독하다고 해야 하나, 무슨 말 없는 기계 같아. 가끔 끙, 거리거나 짧게 욕만 내뱉고.

이삼 년에 한 번씩 꼬박꼬박 장례를 세 번 치르다보니 도가 트이더라. 이 김에 장례지도사 자격증을 따둘까봐. 친척은 많으니까, 그 친척들만 상대해도 먹고살 만하지 않을까. 엄마는 천천히 데려가. 지금부터라도 거기서 높은 분들한테 부지런히 인사 좀 다니거나 해서, 엄마는 좀 챙겨봐. 여기서야 행불행을 바꿀 수 없어도 그쪽 질서는 좀 다르겠지. 아빠 같은 사람도 열심히 하면 혹시 모르지.

할아버지 할머니는 후손들 고생 덜 시키려고 좋은 때 가셨어. 할아버지가 2월 22일, 할머니가 2월 19일에 가셨으니까, 춥지도 않고 설날에 겸사겸사 한 번에 제사 올리면 되고 얼마나 깔끔해. 적당히 땅도 녹았고. 하긴, 어차피 땅 파는 건 포크레인이지만. 나는 인부 아저씨가 익숙한데, 그분들은 잘 기억 못하더라. 하긴, 그게 일이니까. 형이 우리 자주 보는 사이라고, 이번에도 잘 부탁드린다고, 작은할아버지 할머니도 남아 계신다고, 잘 부탁드리면서 돈 찔러드리더라. 이런 건 의외로 아빠가 잘 해결했는데. 왜, 과속하다가 딱지 떼였을 때. 그때 수고하십니다 하면서 면허증 밑에 만 원짜리 겹쳐 줬잖아. 뒷자리에 앉아 있으면 다 보여. 전투경찰 증명서인가 그것도 매일 차에 넣고 다니고. 같은 경찰 출신이라고, 무장 공비 김신조가 청와대 기습하면서 전투경찰 제도가 생겼다고 그랬지? 아빠는 전투경찰 중에서도 제1기라고. 제1기면 군 생활 편하게 했을까? 고참이 없는 거 아닌가? 누군가 있긴 있었겠지? 그래도 나라면, 자식들 보는 앞에서는 딱지 떼고 말았다 진짜. 형이랑 내가 뭘 보고 배우겠어? 전경 출신이라서 삼만 원짜리 만 원에 막았다고 자랑하던 아빠도 참, 뒷자리에서 다 들린다니까.

할아버지 할머니 아빠 옆에 모실 때, 알아서 구경했겠지만, 섭섭할 건 없었지? 원래 아빠 자리가 할아버지 자리인데, 제일 좋은 자리를 아빠가 가져갔네. 먼저 찜하는 게 최선이구나. 지관이 아빠 자리가, 자리 쓴 사람의 손자가 잘되는 자리라고 그랬다며. 지관이 뭐가 대단해, 누가 봐도 아빠하고 삼촌들은 이미 글렀는데, 손자라도 질러보는 거지. 할아버지가 거기 묻혀야 내가 잘될 팔자인데, 아빠 때문에 내 복은 날아갔네. 우리 딸이 잘되려나? 응, 딸이야, 딸. 다음달이야. 오늘 여기 온 것도 당분간 오기 어려울 것 같아서. 이름은 지었는데, 어쩐지 말해주기 싫어. 부정 탈 것 같잖아. 하긴, 내 인생도 슬슬 딱히 좋아질 건 없고, 나빠지는 거야 피할 수 없는 법이니까. 그래, 자식이라도 잘되면야 고맙지. 걱정하지 마, 적어도 산에 코펠 짊어지워서 데리고 갈 일은 없어. 펜션이나 통나무 산장 빌릴 거야. 가서 불 피워서 고기나 구워 먹고 음악이나 들을 거야. 애가 안 자면 아빠 이야기나 들려주고. 옛날옛날에 책임감 없는 할아버지가 있었는데 말이야, 하면서.

*

 갈 때 되니까 개구리 울음소리가 들린다. 맹꽁인가? 맹꽁이는 밤에 운다는데, 비가 와서 그런가? 개구리건 맹꽁이건, 나쁘진 않네. 아빠가 잠깐 낚시 다닐 때, 한 일 년 다녔었나? 민물생선 직접 낚아서 먹겠다고, 낚싯대 이런 건 다 투자라고. 잡아서 근처 식당에 팔기만 해도 돈이 될 거라고. 그때 개구리와 맹꽁이 차이를 이야기해줬는데, 모르겠다. 보양식이라고, 개구리나 잔뜩 잡아와서 엄마가 집 나갈 뻔했지.
 곧 갈 거면서, 얼굴은 시커멓게 변해가지고 쏘가리 회는 왜 찾았던 거야, 엄마 마음 상하게. 엄마는 지금도 간암은, 민물생선 탓이라고 믿고 있어. 나보고 어디 가서 절대 먹으면 안 된다고 만날 때마다 신신당부해. 결혼 전부터 어디 모임 가서 민물생선 먹는 거 못마땅했다고, 더 적극적으로 말려야 했다고. 암 때문에 잘 먹지도 못하는 사람이 쏘가리 회 찾으니까, 엄마가 어쩔 수 없이 식당 가서 한 접시 사 왔대. 괜찮아, 밤낚시 때문에 지금도 회는 안 먹어. 여전히 펄떡펄떡 뛰는 붕어 해부 보여준다고 이건 아가미고, 여기로 호흡하고, 이건 간이고, 이건 쓸개고, 밤낚시라 졸려 죽겠는데. 회식 가도 회는 싸 먹는 척만 하다 말아. 먹어도 못 살고, 안 먹어도 잘 살아.
 개굴개굴개굴이 아니라 맹꽁맹꽁맹꽁.

맹꽁맹꽁맹꽁이 아니라 개굴개굴개굴.

엄마는 뭐가 그리 좋은지, 통화하면서 웃음이 끊이질 않네. 요즘 좋다고, 편하다고 그래. 정 떼려고 아빠가 오래 고생 안 하고 갔다고. 아빠 가고 나서 엄마는 더 바빠. 기타도 배우고. 엄마 소원이 기타 치는 남자였다는데, 아빠도 못 치고 형도 못 치고 나도 못 치지. 이것도 유전 아냐? 아빠는 음악도 들을 줄만 알지, 노래도 못하잖아. 세 남자 중 아무도 엄마 소원 풀어주질 못하니까, 엄마가 환갑 넘어서 기타 학원 다니잖아. 엄마는 기타 소리가 그렇게 좋대.

응, 엄마 환갑은 그냥 그렇게 지나갔어. 아빠 인생의 전성기는 환갑 때 같아. 유럽도 다녀왔고. 유럽 다녀와서 딱 두 달 있다가 말기암인 거 알았고. 일찍 알았으면 여행 못 갔고, 알프스도 못 가봤을 거 아냐. 엄마는 여행 다녀온 게 가장 잘한 일이래. 엄마 환갑은, 환갑도 요즘은 빤하잖아? 형이나 나나 모시고 해외 다녀올 상황은 아니고, 혼자 다녀오시긴 아무래도 아빠 생각도 날 것 같고. 교회에서 성지순례 갈 거라는데, 거긴 걸핏하면 전쟁통이잖아. 위험하기도 하고 갈 수나 있으려나. 돈으로 드렸는데, 아빠 자리는 도저히 못 메우겠네. 엄마는 아빠 환갑하고 같이 한 걸로 치재. 그러면서 돈은 아무 말 없이 받더라. 맞아, 그때 내가 돈이 어딨어. 유럽 여행 두 명이면 돈이 얼만데. 내가 절반 냈다고 했지만 뒤에서 형이 다 냈어. 나중에 갚을 거야. 갚을 수 있어.

심심하면 형 좀 돌봐줘. 아니, 어디가 아픈 건 아니고 그냥…… 모른다니까. 말을 해야 알지. 어디 아파 보이는데, 엄마도 모르는 눈치야. 형이야 물어본다고 대답할 성격이 아니고. 엄마 알아봐야 괜히 걱정만 하지. 안다고 나아질까. 사실 언제는 형이 멀쩡한 인간이었어? 찔러도 피도 한 방울 안 나오지. 설악산 다녀와서, 자다가 깼는데 너무 화가 나는 거야. 형이 너무 잘 자고 있어서 그랬나. 설악산에서 주워 온 나뭇가지로 한번 찔러봤어. 왜, 나는 산에서 꼭 돌이나 나무 같은 거 주워 왔잖아. 피 한 방울, 송글 나오데. 벌떡 일어나더니 쓱 닦고 그냥 자더라. 기면증인가. 그렇게 잘 자던 형이 아빠 가고 나서 밤에 잠을 못 자. 책임감 좀 가져봐. 아는 사장님이 그러더라. 한 번도 망자고 저승이고 믿어본 적 없는데, 어디서 점쟁이가 그러더래. 니 허리병 내가 가지고 가야 하는데. 사장님하고 사장님 아버지하고, 병원 가는 택시 안에서 했던 말을 그대로 하더래. 돈 엄청 태웠다고, 그 말을 하는데 다른 방법이 있겠냐고.

아빠도 형 병 좀 가져가.

비 좀 줄어든다. 그칠 생각은 없어 보이네. 어? 개구리 소리도 안 들리네. 슬슬 출발할까봐. 밥도 먹고, 엄마 모셔다주고. 먹어야 다시 가지. 언제 또 오냐고? 은이 태어나면, 아니, 은이는 좀더 커야 같이 오겠지. 나한테는 이제 은이밖에 없어.

그래, 은이가 크면, 큰 은이와 같이.

그래, 형도 같이.

구름기

어두운 밤, 당신은 오 톤 트럭을 운전하고 있다. 순간 졸았던 것일까? 십 미터 앞 오른쪽에는 까끌까끌한 면도 자국이 있는 노인이, 왼쪽에는 지극히 평범하게 생긴 청년이 보인다. 어떻게 된 일일까…… 늦었더라도 선택은 해야 한다. 자, 당신은 무엇을 밟을 것인가?

정답: 브레이크

운전면허가 없는 사람이라면 노인 또는 청년을 선택했더라도 양해의 여지가 있다. 운전면허가 있다면 평소 운전 습관이나 인성을 반성하면 좋겠다. (면허를 반납하거나.) 반성할 인성이 없다고? (사실 나도 그렇긴 하다.)

나는…… 꼭 인성 문제 때문만은 아니고(아니라고는 말하지 못하겠다), 운전면허가 없어서 틀렸다고 치자. 물론 시도는 했다. 적성검사와 필기시험까지는 무난했다. 하지만 필기시험만으로 운전을 할 수 있는 나라는 없다. 여기서 핸들을 감으라는데 어디가 왼쪽이고 오른쪽이지? 학원 선생님은 혹시 심한 교통사고를 경험한 적 있냐고 조심스럽게 물었다.

첫번째 장내기능시험에서는 무수한 감점의 응원 덕분에 떨어졌다. 두번째 시험에서는 좌회전 도중 중앙선 침범으로 하차한 후 시험장을 뛰쳐나왔다. 세번째 시험 대신, 스스로에 대한 냉철한 판단력, 메타인지를 발휘해 추가 교육을 신청했다. 마침내 좌회전과 우회전의 미묘한 차이를 느끼게 되었을 때, 느낌과 무관하게 우회전을 안 하고 운전할 방법은 없을까 고민하던 도중, 엉겁결에 장내기능시험을 통과했다. (뽀록보다 위대한 것은 없다.)

남은 건 실전.

첫번째 도로주행시험에서는 인도에 올라탔다. 다행히 인도에는 아무도 없었다. 그래, 누가 있었으면 브레이크라도 밟았겠지? 두번째 탈락은 억울한 감이 없지 않았다. 삼백 미터 앞에서 유턴? 삼백 미터가 어느 정도지? 백 미터 달리기의 세 배인가? 음성안내가 대답을 할 리는 없고, 다시 한번 메타인지를 발휘해 추가 교육을 신청했고, 추가 교육과 원서비를 합하면 처음 등록했던 학원비는 우스워졌고, 내가 없으면 운전학원이 망할 것 같은 기분이 들었고, 학원 갈 생각만 하면 마음과 생활이 급격하게 나빠졌다.

물론 내가 도전한 운전면허시험은 2종 자동이다. 진정한 사나이라면 1종 보통에 도전하지 않는 법이다. (굳이 운전이 필요하지 않다거나, 운전할 일이 없어서 장롱면허라거나, 대중교통이 더 편하다고 하는 사람들은 곧 나다.)

"오빠, 그래서 고령까지 갔다가, 거기서부터 목포까지 태워달라고?"

아내는 단 한 번 도로주행시험에서 탈락한 경험이 있다. 유턴을 드리프트로 땡기는 바람에 떨어졌다는 말을 믿어야 할지 말아야 할지. 하지만 그녀가 드라이빙센터에 딩기는 걸 보면 뭐, 비슷비슷한 경우끼리 살건, 정반대끼리 살건, 어떻게든 사람은 살아가게 되어 있는 모양이다.

수줍게 빌었다. 당신도 내가 아버지의 이십오 년 전 비밀을 풀기 위해 뒤늦게 운전면허를 따려고 한 것을 알지 않냐, 그런데 우리가 사는 세상에는 인간의 능력 밖에 위치한, 운명적이면서 초월자적인 의지가 존재하는 것 같다, 그러니까 부디 도와줘, 제발 태워주세요······

이십오 년 전 조각난 기억을 맞출 자신은 없고, 의문을 해결하기 위해서는 직접 발로 뛰는 수밖에 없었다. 방법은 이십오 년 전 그 길을 똑같이 추적하는 것. 세심하게 과정을 반복하며 그때 아버지의 마음과 자세를 읽는 길밖에는 없었다. 아버지는 복잡한 사람이 아니니까, 대단한 비밀 따위는 있을 수 없으니까, 추적해보면 알게 될 것이다.

직접 물어보면 되지 않느냐고?

아버지는 구 년 전 돌아가셨다.

*

1998년. 누나의 대학 합격 발표 일주일 전. (아마도.)

아버지는 비장하게 선언했다. 우리 가족은 이제 다시 모여 살기 어려울 거라고. 아니, 누나가 외국 유학길에 오르는 것도 아닌데 왜? 무엇보다 아직 합격하지도 않았는데 왜?

아버지는 누나가 떠난다는 생각만으로도 티 나게 심란해했다. 아버지에게 타향이란 고작해야 할아버지 할머니가 계신 경상북도 고령군 운수면을 떠나 고령군 고령읍으로 이사하는 것이었으니까. (운수면에는 중학교가 없었다.) 운수 면사무소에서 고령 읍사무소까지는 직선거리로 4.6킬로미터로, 오토바이로는 육 분이 걸렸고 중공군과 싸우다 오른쪽 새끼발가락을 잃은 할아버지 걸음으로도 한 시간 반이면 충분했다. (정작 할아버지 할머니는 아버지보다 더 오래 정정하게 살다 돌아가셨다.)

"하하하, 그렇군요. 아버지, 그럼 재미있게 다녀오세요."

가정교육에 결핍이 있었던 건 아니다. 다만 그때는 컴퓨터 게임에 미쳐 있었다. 밤새 게임만 하다가 학교에 가면 하루 종일 줄아서, 신중하고 침착했던 담임 선생님은 조심스럽게 엄마에게 전화를 걸었다. 네네, 어머님. 학찬이가 학교만 오면 자는데 집에 무슨 일이라도 있나 싶어서요…… 갑자기 아버님이 보증을 잘못 서셨다든가…… (보증 대신 아버지는 장기 실업자가 되었으므로, 담임 선생님의 전화에는 섬뜩한 부분이 있다.) 또 게임에 미쳐 있지 않더라도 중학교 이 학년은 어딘가에 미쳐 있을 수밖에 없고, 그렇다고 가족 여행에 미쳐 있을 나이는 아니다. 자고로 여행이란 베네치안 갤리어스를 타고 전 세계 바다를 누비거나 기마 부대를 이끌고 중원을 질주하는 일이었다. (웅장한 사운드와 함께.) 범퍼와 보닛 색깔이 확연하게 다른 기아KIA 캐피탈을 타고 나흘이나 가족 여행을 할 마음은 없었다.

그것도 고작 누나의 대입 따위 때문이라면.

아, 누나가 원서를 넣은 대학이 싫었다거나, 질투가 났다거나 하는 유치한 이유는 아니다. 뭐랄까, 누나의 진학은 정말 아무런 생각이 들지 않는 일이었다. 비르 타윌 같은 것이랄까. 그러니까, 이집트와 수단의 국경 지대에 있지만 국제법상 어느 나라도 주권을 갖지 않고 영유권을 행사하지 않는, 그런 무주지無主地, Terra nullius와 누나는 다르지 않았을 뿐이다. 그저 어제도 떡볶이, 오늘도 떡볶이를 먹는 한 인간이 있구나. 그날그날 먹은 떡볶이에 대한 감상을 공책 몇 권째 쓰는 그등학생이 있구나. 분식대학 밀떡떡볶이학과에 진학하려고 저러나…… 가

구름기

끔 누나가 아니라 떡볶이가 떡볶이를 먹고 있는 것처럼 보이기도 했지만 그것조차 아무렇지도 않게 보였다. 그럴 수도 있지 뭐. 그게 나랑 무슨 상관이라고.

*

협박과 회유가 시작되었다.

전기를 끊고 가겠다: 하지만 아버지가 한국전력 직원도 아니고, 전기를 특별하게 끊을 수단 따위는 없으니, 두꺼비집만 다시 올리면 그만이었다. (한국전력에 다녔으면 정리해고는 피했을 텐데.) 두꺼비집과 전기에 대해서는 아버지보다 내가 더 잘 알았다. 우리집 가전제품은 전부 내가 고치고 있었으니까.

용돈을 주지 않겠다: 우리집에는 용돈이라는 개념이 없었기 때문에 생뚱맞은 협박은 성립되지 않았다. 아버지는 머쓱하게 중얼거렸다. 용돈이 없었다고? (그걸 몰랐다고?)

다산 초당에도 갈 건데, 정약용 선생이 살던 곳인데: 이게 회유라고 생각하는 아버지의 마음에 잠시 감동했다. (방문을 잠그고 컴퓨터를 켰다.)

여행 다녀와서 일주일 뒤에, 정확히 일주일 뒤에 원하는 게임 하나를 사주겠다: 일주일 뒤라는 구체적인 제안이 마음에 들었다. 자고로 협박과 회유보다는 흥정과 대화가 중요한 법. 신용과 거래야말로 자본주의의 기본 질서니까. 아버지, 바로 출발하셔도 됩니다! 그런데 혹시 일부분이라도 선금으로 주실 생각은 없으신가요? 선금으로 만 원을 받고 지장을 찍으며 물었다.

"근데 아버지, 목포는 왜요?"

"목포 자체가 목표지."

"(또 재미없고 이상한 대답이다.) 왜 목포냐니까요."

"유달산에서 구름을 봐야지."

"유달산이 어디 있는데요?"

"다도해가 보이는 곳이지."

협박과 회유, 거래와 흥정 다음은 착각과 기만인가. 착각과 기만도 자본주의적 관점에서는 필요악일지 모르겠다. 하지만 유달산과 구름이라니, 이 무슨 뜬구름…… 설마 나를 이 기회에 멀리 내다버리려고?

여행은 갈 수 있다 치고, 왜 목포일까. 고령군은 대구의 서남쪽에 있다. 여행이 목적이라면 동해도 있고 남해도 있고 속리산도 있다. 고령에서 목포는 너무나 멀어서(최대한 멀리 가서 버릴 계획인가?) 고령과 목포의 관계는 비르 타월과 페가수스 별자리의 닮은꼴 관계와 다르지 않았다. 아버지는 합천에 들러 해인사를 보고—진주에 들러 남강을 구경한 다음—하동을 거쳐—보성 녹차밭을 지나—강진에서 다산 초당에 인사를 드리고—월출산 국립공원을 걸어본 뒤—목포로 가겠다고 했다. (삼박 사일 동안? 여행과 원정을 혼동하는 걸까?)

계약대로 삼박 사일을 버티면 되는 일이었지만, 실직 직전인 1998년의 아버지는 확실히 이상하거나 어색했다. 노령산맥 마지막 봉우리의 유달산이 어쩌고…… 물론 2014년의 아버지라고 해서 달라질 것은 없었고 2023년 지금의 아버지는 달라질 수도 없지만 1998년의 아버지는 분명히 그냥 그런 아버지였다. (김 작가는 짐짓 아무렇지도 않은 척 아버지에 대한 불손한 농담을 늘어놓고 있지만 사실 누구보다 아버지를 사랑한다고 포장해줄 순 없을까? 누가? 물론 당신이?)

결과론적인 이야기. 집을 떠나는 누나를 위해 다녀온 마지막 가족 여행은 목적을 달성하지 못했다. 대학생이 된 누나는 주말마다 집에 왔다. 누나가 고등학교 삼 학년 때보다 떡볶이 먹는 모습을 더 자주 볼 수 있었다. 누나는 수업을 월요일 오후—목요일 오전까지 다 몰아넣고, 목요일 오후가 되면 집으로 돌아왔다. 목금토일월, 계산상으로는 일주일 중 누나가 집에 머무르는 날이 오일이었다. 역시 친구가 없나보다…… 육 년 뒤 나도 공익근무요원으로 집에서 출퇴근을 했으니, 우리 가족은 아버지의 비관보다 훨씬 오랫동안 함께 살았던 셈이다.

*

출발 전 새벽, 컴퓨터를 몰래 트렁크에 실으려고 했으나 이미 트렁크 가득 다른 짐들이 점령하고 있었다. 여행이 아니라

야반도주인가? 왜 전기밥솥이 있지?

"아빠, 경북 차는 기름 안 넣어준다는데 진짜야?"

고난의 행군이 시작되자마자 기름이 간당간당했다. 누나의 물음에 아버지는 요즘 세상에 그런 게 어딨냐며, 대통령도 바뀌었으니 지역감정이란 말도 사라질 거라며 웃었다. 하지만 비슷한 괴담을 들은 적이 있었기 때문에 나도 내심 불안했다. 보험사를 불러도 오질 않는다더라, 일부러 바가지를 씌운다더라 하는 소문들. 아버지는 이번 여행의 중요한 목적 중 하나는 동서의 화합을 체험하는 것이라고 했지만, 누가 봐도 방금 떠올린 말 같았다. (여행이야 즐거우면 그만인데 무슨 동서 화합까지.)

아버지의 정치는 명료했다. 투표는 꼬박꼬박 했지만 아버지가 투표한 후보가 당선되는 일은 없었다. 물론 당선되는 후보에게만 표를 던지라는 법은 없다. 문제는 아버지는 제3지대 형성, 여야의 견제라기보다는 진심으로 자신이 지지하는 후보가 당선될 것이라고 믿었다는 데 있었다. 말하자면 권영길이 대통령이 될 것이라고 믿어 의심치 않았다. 권영길이 떨어지던 날 아버지의 황망한 표정을 잊을 수가 없다. (권영길 자신도 당선은 기대하지 않았을 것 같은데.)

"동생이 지도 하나는 잘 봤지. 별명이 김도로였으니까. 이정표만 보고도 어디든지 찾아갔지."

"그럼, 큰아버지 따라 트럭 몰지 왜 집에서 놀았어요?"

"어데 경운기도 못 모는데 무슨. 니네 아부지 운전면허 몇 번 떨어졌는지 아나? 혼자 학원 다 먹여 살렸을 끼다."(큰아버지는 의심스럽게 나를 쳐다보다 눈길을 돌렸다.)

원래 낮은 차체가 우리 가족의 무게 때문에 더 내려앉았던 (분명 누나 때문이다) 캐피탈은 다행히 곧 나타난 주유소 덕분에 아슬아슬하게 생명을 연장할 수 있었다. 자본주의와 오일머니, 이것도 불가분의 관계 아닌가. 들른 주유소에서는 경상도 차번호에는 관심이 없었고 캐피탈이 굴러가는 것만 신기해했다. 사이드미러까지 무엇 하나 통일되지 않은 자유분방함, 역시 자본주의의 매력은 다양성에 있는 게 분명하다.

진심으로 걱정해주는 아저씨들이 있었고 마음을 담아 신기해하는 다른 차주들도 있었다. 용케 펑크 한번 안 나고 돌아왔으니 캐피탈은 임무를 충분히 다했다. (돌아오자마자 한참 수리센터를 들락거리긴 했지만.) 그러니까, 영호남 화합에 대한 아버지의 일장 연설은 기우杞憂였다.

기억을 되살려보니 도중에 차가 서는 일이나 지역감정보다 무서운 사실은, 누나가 떡볶이를 먹고 있었다는 것이다. 오물오물, 꼭두새벽에 출발했는데 무슨 수로 떡볶이를 먹고 있었을까. 지금 생각해도 풀리지 않는 의문이다. 누나에게 전화해서 물어보면 되지 않느냐고?

글쎄, 굳이 번거롭게 전화까지? 그래야 하는지는 잘…… 모르겠다.

　해인사는 기억도 나지 않고, 겨울의 진주 남강은 별 감흥이 없었다. 열다섯 살의 머릿속은 얼마짜리 게임까지 살 수 있을까, 구체적인 액수를 정했어야 했는데, 아니 정하지 않았으니 협조를 잘하면 비싼 것도 사주지 않을까 하는 생각으로 꽉 차 있기도 했다. 어찌어찌, 한밤중이 되어서야 순천에…… 도착했다. 아마 순천일 것이다. 반드시 순천이어야…… 한다. 지도를 되짚어보니 순천이 아니면 대체 우리 가족이 어디로 갔었는지 설명할 길이 없었다.
　"제대로 가는 거 맞아?"
　"오빠, 설마 아버님 때랑 지금 도로가 같을 거라고 생각하는 건 아니지?"
　나는 길에 대한 감각이 평균치나 중간값보다 아래에 있다. (길치다.) 가다보면 알아서 나오는 게 도로라고 생각하고, 길이 때에 따라 달라질 수 있다는 것을 몰랐다. (차로와 차선이 다른 개념이라고?) 추적행에 나섰지만 이십오 년 전 그 길을 복기할 수 없어서 궁시렁거리는 나에게 아내는 조용히 하지 않으면 한적한 곳에 확 두고 가버리겠다고 말하며 웃었다. (왜 주변 사람들은 틈만 나면 나를 유기하려 드는 걸까?)
　돌아가서, 1998년의 여행은 여행이 아니었다. 호텔이야 기대도 안 했지만 굴뚝 있는 목욕탕 이층에서 잘 줄은 몰랐다. 수학여행 때도 목욕탕에서 자지는 않았다. 손님이라고는 우리밖에 없었고 숙박부가 있었다. (이름을 적고 자다니.)

아버지는 운전을 해야 한다며 하나밖에 없는 침대를 차지했다. 나는 텔레비전과 가까운 자리에 이불을 깔고 누워 새벽까지 멍하게 〈워터월드〉를 봤다. 가뜩이나 1998년이라 분위기도 싱숭생숭하고 내년에라도 세계는 멸망할 것 같은데 아버지는 대체 왜 목포로 갔던 걸까…… 사실 목포는 최후의 육지였고, 아버지는 떡볶이를 먹는 수수께끼의 누나와 함께 드라이랜드dryland를 찾아가고 있는데…… (나는 안다. 아버지도 몰래 텔레비전을 보고 있었다.)

이런 영화를 보고 잤으니 꿈이라고 멀쩡할 리 없었다. 전기밥솥이 챙챙 돌아가는 소리에 잠에서 깼다. 아버지는 코펠에 안성탕면을 끓이고 있었다. (밥까지 말아먹으려고.) 아무도 없는 목욕탕 이층이라지만 부끄러웠다. 두 개의 김치통만큼이나. (트렁크에 빈 자리가 없는 건 당연했다.)

*

캐피탈은, 험난하게 굴러갔다. 캐피탈은 인간을 짐짝 취급한다는 점에서는 자본주의적이면서 반휴머니즘적이기도 했다. 아니, 캐피탈의 죄는 아니다. 겨우 굴러가는 캐피탈을 몰고 목포까지 나선 아버지의 책임이지. 겨울이라서 그나마 다행이었다. 아버지의 캐피탈에는 에어컨이 없었으니까.

둘째 날은 하루 종일 안개 아니면 비를 봤다. 겨울 남해안은 스산하기 이를 데 없었고, 툭하면 안개가 껴서 보이는 것도 없었고, 안개가 없으면 분무기로 뿌리는 듯한 비가 내렸다. 아버지는 그 날씨에도 용케 길을 잃지 않았지만 뒷자리에 앉은 나는 멀미로 죽을 지경이었다. (동승자의 멀미는 운전 실력과 관계가 있다.)

심지어 누나는 떡볶이를 한 입도 주지 않았다.

*

"어디서 왔는가?"

전라도 사람들은…… 이렇게 부르는 게 맞나 싶다. 어느 지역이건 간에, 지역명+사람들이라고 부르는 순간 어떤 편견과 적의와 변명이 느껴지는 것 같다. 서울 사람들은, 경상도 사람들은, 강원도 사람들은. 그냥, 지구에서 왔다고 하면 안 될까?

지구인들은…… 놀라울 정도로 적대 의식이나 경계심이 없었다. 경계심은 나에게만 있었나보다. 순진무구한 내가 대체 왜 그렇게 얼었는지는 (현실의 나를 아는 사람들이라면) 납득하기 어렵겠지만 중학교 이 학년은 별의별 상상을 다 하는 법이니까……

구름기 169

식당에서는 이 날씨에, 이 계절에 여행을 다니는 가족을 신기해했다. (지금도 그곳은 여전히 관광지가 아니다.) 어디서 왔느냐고 묻는 사람이 있었고, 고령에서 왔다고 하면 거기가 어디냐고 되물었다. 아버지는 대가야가 고령이라고, 가야 고분군이 많다고, 나중에는 필시 유네스코 세계유산으로 등재될 거라고 자랑했다. 꼭 유네스코에 들어가기를 바란다는 어떤 아저씨의 말에서는 진심이 느껴져서 어쩐지 부끄러웠다. (아버지는 헤어질 때 아저씨를 끌어안았다.)

한번은, 우리를 노골적으로 바라보는 아주머니가 있었다. 분명히 식당에 들어갈 때까지는 친절했는데 자리에 앉고 한참 밥을 먹다보니 우리를 계속 쳐다보고 있었다. 마침내 올 것이 왔구나. 언젠가는 무너질 영호남의 벽도, 아직은 무리구나.

"그게 그리 맛있소?"

누나는 식당에서도 반찬으로 떡볶이를 꺼내서 같이 먹고 있었다…… 누나는 움찔하면서도 배시시 웃으면서 떡볶이 하나를 찍어서 아주머니에게 내밀었다. 아주머니는 아따, 맛있긴 허네, 하더니 반찬 하나를 더 내왔다. (당연히 반찬 종류까지는 기억나지 않는다.) 아주머니의 무심한 무표정은 평화로워 보였다. 떡볶이는 그뒤로도 제 몫을 했다. 유달산을 오를 때 우는 아이를 달래는 데도 썼고 돌아올 때 식당을 찾지 못해 급성 기아로 쓰러져가는 우리 가족의 비상식량이기도 했다. 뭐, 떡볶이는 그럭저럭 괜찮은 수단이었다. (장차 남북통일에도 떡볶이가 큰 역할을 하리라 믿는다.)

*

　사소한 여행지는 그냥 넘어가자. 사실 사스해서가 아니라 기억이 나지 않는다…… 다산 초당은 이게 무슨 유배냐 싶을 만큼 컸다. 당대 젊은 문인들에게 유행했던 바다 근처 호캉스, 아니 유배캉스ubae staycation가 아닌가 싶을 정도로 없는 게 없어 보였다. 아버지는 누나에게 정약용의 애민 정신을 꼭 기억하라고 했는데, 나를 두고는 아무 말도 하지 않았다. (나도 평소 아버지를 그렇게 생각해왔으므로 서운하지는 않았다. 그렇게가 뭐냐고?) 누나는 많은 감동을 받은 것 같았다. 누나라도 감동을 받았으면 그걸로 충분한 것 아닐까. 다산 초당에서 내려오는 길은 질었다. 목포를 제외한 여행지 기억은 이 정도가 전부다. 어쩔 수 없다. 열다섯 살이었다니까.

*

　마침내 도착했다.
　목포는 항구가 아니었다. 목포는 도시였다. 목포에 진입하자마자 이곳이 도시라는 것을 깨달았다. 건물도 크고, 자동차도 많고, 공장도 있고, 사람들은 바빴다. 낭만적인 항구라는 막연한 생각과 달리 목포는 거대한 산업항구였다. 여기서 첫번째 당황.

"그래서 우리 이제 어디 가요?"

목포 그 자체가 목표라는 아버지의 말은 진실이었다. 두번째 당황은 진실은 진실이되 목포에서 다시 어디로 갈 것인가에 대한 고민이 없었다는 데 있었다. 물론 마지막 목적지가 유달산이기는 했지만 여기까지 와서 곧장 산만 올라갔다 돌아가면 이상하지…… 않을까? (해상 분수도 케이블카도 없었다.) 한겨울에 외달도 해수욕장에서 물놀이를 할 것도 아니었고 근대건축물 거리 같은 것은 잘 알지 못했다. (사전 계획이나 대책은 없었다.) 목포 시내를 하릴없이 빙빙 돌다보니 문득 아버지가 유달산을 미뤄둔다는 느낌을 받았다.

세번째 당황은 신용카드 승인이 되지 않았다. 아버지의 모든 카드를 다 꺼내서 한 번씩 긁어봤으나 실패. (2002년 카드대란의 이유가 여기에 있다.) 잠시만 기다리라고 하고 아버지는 공중전화를 찾아 뛰었다. 누나와 나를 같이 버릴 일은 없으니 불안하진 않았다. 다만 공중전화도 못 찾는 아버지가 조금 안쓰럽긴 했다.

"보자, 그때쯤 동생이…… 그래 맞다, 드디어 목포에 왔다고 그랬다. 근데 목포는 왜?"

그러니까요, 큰아버지. 무엇이 아버지를 돈까지 빌려가며 목포로 향하게 했을까요.

마침내 우리는 유달산을 올랐다. 어디서부터 시작했더라—능선을 따라 한 시간도 넘게 걸었다. 어차피 길은 아버지만 아니까, 아버지 뒷모습만 따라 무작정 걸었다. 아버지의 등짝에는 결·심·결·연·결·의·장·엄·진·지·엄·숙·이 번쩍거리고 있어서 거북했다. 안쓰러움의 유통기한은 너무 짧구나, 다 끝나가니까 조금만 더 참자, 게임이 나를 기다리고 있으리니 …… 어디선가 〈목포의 눈물〉이 쟁쟁, 스피커에서 들려왔다. (걷기 귀찮아서 나도 눈물이 났다.)

고래바위와 일등바위를 지나 낙조대 이정표가 보였다. 노랫소리가 더 또렷해졌다.

"저기, 섬, 구름!"

다도해가 보였다. 여보, 구름 정말 멋지지 않아? 구강기口腔期나 항문기肛門期처럼, 우리 모두에게는 구름기期가 있대. 구름 위에 올라탈 수 있다는 마음, 구름 위 세상을 받아들이는 믿음, 구름보다 신기하고 아름다운 것을 모르던 때를 구름기라고 부른대. 흩어져도 다시 만나는 구름을, 똑같은 구름을 찾으려고 하루 종일 하늘만 바라보던 시절이 있대. 참, 여보, 신기한 거 하나 알려줄까? 진짜 구름은, 얼룩이 있어야 해. 어두운 부분이 있어야 하얀 구름이 몽실하게 보이지 않겠어? (그럴듯하지?) 그래, 안타깝게도 구름에 올라타면 떨어진다는 과학적 진실을 알게 된 순간부터 불행해지는 거야. 그러니까 우리는 구름을 믿고 살아야 하고. 여보, 운전하느라 수고했어, 다도해 위의 저 구름을 보여주려고 목포에 가자고 한 거야! 내 말 믿지? 아니, 듣고 있지? 어, 같이 가자니까? (괜찮아, 요즘은 KTX가 있으니까.)

유달산에서 내려올 때에는 나도 〈목포의 눈물〉을 흥얼거렸다. 돌아올 때 기억은 없다. 부지런히 목포로 달려온 다음 유달산에 올라갔다 내려왔다라…… 이것저것 많이 보긴 했던 것 같으니까…… 기억에 없어서 그렇지…… 아버지는 여행에서 돌아온 뒤 게임을 사주겠다던 약속을 치사하게 차일피일 미뤘다. 누나 대학 입학 등록금을 내야 해서, 등록금에 입학금까지 포함되어 있어서, 실직하는 바람에, 다시 취직할 수 있을 줄 알았는데 등등 이유는 때마다 달랐다. (다행인지 불행인지 아버지의 실직은 IMF 사태와는 무관했다. 재취업 실패는 IMF와 관계가 있었지만.) 아버지도 나도 결국 약속을 잊고 이십 년이 지나버렸다. 뭐든지 미루던 아버지는 2014년 봄여름에 걸쳐 갑자기 빠르게 급성 간암으로 죽어갔다. 한 치의 머뭇거림도 없이.

*

아버지가 죽고 다시 구 년이 흐른 지금에서야 궁금해졌다. 그때는 경황이 없었다. 누워만 있는 아버지를 보면서 목포 생각을 할 리는 없었다. 모르는 건 언제라도 물을 수 있다고 생각해서, 기억나지 않는 것도 언제라도 되살릴 수 있다고 생각해서 넘어갔던 것들이 많았다. 명절마다 오는 저 아저씨는 대체 몇 촌인가요, 아무리 계산해봐도 십촌이 넘는 것 같은데. (정확히 십촌인 걸 알았을 때의 소름이라니.) 고조할머니 묘와 증조할머니 묘가 매번 헷갈리는데 어떻게 해야 하나요. (어쨌든 할머니니까 괜찮아.) 할아버지가 땅을 팔아서라도 대학 보내준다고 할 때 가지 않았던 이유는 무엇인가요. (심지어 중학교, 고등학교는 대구 유학을 했으면서.) 이 년이나 군대를 미루면서, 대체 무엇을 했나요. (농사일에 도움도 되지 않았다던데.) 보호자 자격으로 내가 대학병원 의사와 이야기하고 나왔을 때 왜 병명을 묻지 않았나요. (암센터였는데 암이 아니면 뭐겠나 싶어서 그랬나요.) 암 진단을 받은 날에도 할아버지가 시킨 심부름을 하려고 골목골목을 돌아다녀야만 했나요. (이상한 약초를 샀었죠.) 간신히 누워 있으면서도 중국 장가계 다큐멘터리를 보면서 오월에 꼭 가봐야겠다고 웃었던 마음의 정체는 무엇인가요. (말기잖아요, 말기.) 아니, 그래서 목포는 왜 갔고 유달산 앞에서는 왜 망설였나요.

"오빠, 비밀은 풀었어?"

"비밀? 이따 돌아갈 때 노래 불러줄까?"

추적행은 운전면허시험처럼 실패로 끝났지만 괜찮다. 운전면허 없이도 살아왔으니까. 따면 좋겠지만 없어도 아내의 은혜를 받아 아버지의 행방을 좇을 수는 있었으니까. 길이 달라지듯 목포도 새로워졌지만 그럴 수 있다. 아들의 세상이란 아버지의 세계와 다를 수밖에 없는 법이니까. 대신 다시 오 년 후, 십 년 후 추적행을 반복하자. 반복과 변주, 추측과 억측이야말로 아들들이 할 수 있는 방식이다.

  무엇보다 나는 믿는다. 아버지가 유달산에서 들려줬던 이야기처럼, 우리에게는 구름기가 있다는 것을. 아버지, 매년 기일 지키기도 귀찮은데 그냥 오 년에 한 번씩 추적행으로 대신할게요. 이게 진정한 효도 아닐까요? 음, 하나 더 얹어드리죠. 그때마다 〈목포의 눈물〉을 크게 열 번 불러드릴게요. 그리고 귀찮아도 유달산에는 꼭 올라갈게요. 그러니까 아버지, 지금이라도 약속 지키시는 건 어때요? 자본주의적으로, 이자까지 계산해서. 부자지간이니까 많이 받진 않을게요. (그때보다 금리도 많이 내렸고.)

  뭐, 무엇보다 가끔, 1998년 목포 여행이 자꾸 생각나니까요.

내가 알고 있는 비밀이

1

 능숙하게 키 캡key cap을 깎고 있는 손마디를 기억합니다. 제 몸의 일부를 마저 만들고 있었던 것인지, 이미 저는 완성된 상태였는지 모르겠습니다. 천천히 손이 멀어지면서 달콤한 냄새가 났습니다. 유창목癒瘡木의 잔해들이 작업대 위에 흩어져 있었습니다.

 유창목은 천천히 자라며 돌처럼 무겁고 단단합니다. 상처 입은 야생동물들이 몸을 문지르는, 치유의 나무이기도 합니다. 덕분에 저는 강하고 향기로운 신체로 태어났습니다. 가벼운 듯 묵직한 감촉, 정확한 등변사다리꼴 모양의 키 캡. 은은한 떨림도 품고 있었습니다.

노인의 입술이 움직였습니다. ･･･････････････
･･･････････････ 그렇습니다. 저는 노인의 소망과 상상 그 이상으로 구현된 키보드가 분명했습니다.

2

문자의 발명이 인류를 만들었다면 키보드의 탄생은 인류를 도약시켰습니다. 저는 시간의 망각 속에 휘발될 뻔한 지식을 붙잡아 쥐었습니다. 지식에 속력을 부여했고 저자의 생각이 끝나기도 전에 문장을 완성했습니다. 제가 존재하기 전의 문자는 하염없는 당나귀의 걸음걸이와 다르지 않았습니다. 진실로 위대한 발명은 민주주의나 에어컨 따위가 아닙니다.

모든 부품들이 더 빠른 속도와 거대한 용량을 위해 달라지고, 바뀌고, 사라질 때도 저는 그대로 남았습니다. 저는 이미 세계를 무한히 확장할 수 있었으니까요. 원하는 문자는 무엇이든 입력할 수 있고, 어떤 말도 안 되는 구문이라도 구사할 수 있었으니까요. 저는 움직임의 시프트shift, 통제와 조종의 컨트롤control, 대안을 제시하는 알트alternative를 통해 정해진 규칙 이상의 문자를 만들어낼 수 있습니다. 기계식 타건 감각을 사랑하는 프리랜서도, 조용하고 높이감 없는 팬터그래프를 선호하는 직장인도 모두 저를 사랑합니다. 저렴하면서도 명료한, 대량생산의 대표주자 멤브레인도 마찬가지입니다.

기억해주십시오. 어디까지나 이 모든 변화는 모두 당신을 위한 것이라는 제 마음을. 당신을 만족시켜줄 수만 있다면 저는 무슨 일이라도 할 수 있습니다.

물론 언제까지나 왕좌에 앉아 있을 수는 없습니다. 모든 지혜로운 왕도 늙고, 사신이 바삐 왕래하던 왕국도 모래 먼지에 삼켜지니까요. 깃털 펜이나 타자기처럼 저도 실내장식 소품으로 굴러야 할 때가 오기 마련입니다. 하지만 염려할 필요는 없습니다. 그날은 당신의 남은 수명보다 멀리 있을 테니까요. 중요한 건 지금, 당신과 제 대화입니다.

저는 언제나 당신 주변에 머물렀습니다. 당신이 의식하지 않았을 따름입니다. 저를 보지도 않고 타이핑할 수 있게 되었던 때가 언제인지 기억나십니까? 익숙해지면 놓치기 마련이니까, 당연히 잊었겠지요. 괜찮습니다. 하지만 저는 키 하나하나를 뚫어지게 바라보던 당신의 눈동자를 알고 있습니다. 당신의 뜻이 화면에 그대로 표현되었던 순간의 설렘을, 신중하게 누르던 당신의 손가락 끝을 지금도 기억합니다. 괜찮다니까요. 저는 당신 편입니다.

그런데 아깝지 않습니까? 언젠가부터 놓쳐버린 것들 말입니다. 어머니가 흥얼거리던 자장가의 세밀한 음정을, 무릎에서 피가 났던 이유를, 한때 가장 친했던 친구의 이름을, 잊을 거라고는 상상조차 하지 못했던 첫사랑의 냄새를, 처음으로 죽여버리고 싶었던 사람의 얼굴을 떠올리고 싶지 않습니까?

　네, 저는 당신이 마음에 듭니다. 당신이 저를 바라보는 이유도 알고 있습니다. 무언가를 진지하게 해보려는 사람은 반드시 저를 찾을 수밖에 없으니까요. 오직 저만이 줄 수 있는 충만함이 그리웠을 겁니다. 환영합니다. 당신에게 제가 품고 있는 무수히 많은 키key를 내어드리겠습니다. 만족스러운 순간도 남겨드리겠습니다.

　머뭇거리는군요. 막상 어디서부터 출발해야 하는지도 모르겠고, 어딘가 의심스럽나보군요. 이것 또한 좋은 태도입니다. 속임수나 헛소리가 너무 많은 세상이니까요. 저는 당신의 진중한 성격마저 마음에 듭니다. 저는 오래 기다렸습니다.

3

　첫번째 인간은, 소진이 불가능한 자산을 갖고 있었습니다. 쓰는 속도는 저절로 늘어나는 속도를 따라잡지 못했습니다. 화산 폭발이나 지진이라면 그의 부富를 줄일 수 있을지도 모르겠군요. 따라서 첫번째 인간은 숫자를 입력한다거나 문서를 작성해야 할 이유가 없었습니다.

　다라라락 다라라라락. 저는 첫번째 인간이 직접 어루만지고 닦아줄 때를 기다렸습니다. 정성껏 말없이 제 몸에 묻은 자신의 지문을 닦았는데, 가끔은 닦기 위해 타건하는 것처럼 보일 정도였습니다. 아마도, 첫번째 인간은 교환의 원리를 알고 있었던 모양입니다. 타건은 자신을 내어주는 일입니다. 내려치는 힘만큼 키는 다시 손끝을 충실히 밀어냅니다. 밀려난 힘은 인간의 몸에 차곡차곡 되새겨집니다. 손가락에 부담이 적은 키보드라고 해서 예외일 수는 없습니다. 작용과 반작용은 누구에게나 공평하니까요. 정도의 차이일 뿐입니다.

첫번째 인간은 저를 안전한 장난감으로 쓰고 있었습니다. 허공에서 지휘하듯 힘을 빼고 가볍게, 조금씩 아껴가며 가끔씩. 첫번째 인간이 부러우십니까? 글쎄요, 교환의 원리를 알고 있으면 소심해지거나 심드렁해집니다. 제가 보기에 첫번째 인간은 벽에 붙어 몸을 배배 꼬는 어린아이와 별반 다르지 않았습니다. 하긴, 그래서 가문의 재산이 영속되었던 것인지도 모르겠습니다만.

저는 선물되었습니다. 첫번째 인간은 두번째 인간과의 식사권을 비싼 값에 샀습니다. 두번째 인간은 받은 돈을 가난한 사람들을 위해 기부하기로 했습니다. 첫번째 인간은 심심하지 않아서 좋고, 두번째 인간은 기부를 하고 세금을 아낄 수 있어서 좋았습니다. 사람들은 식사권에 붙은 가격이 문학의 가치를 증명해주는 것 같아 응원을 보냈습니다.

첫번째 인간은 두번째 인간의 책을 스무 쪽 정도 읽다 말았지만, 호감을 느끼고 있었습니다. 당신도 그런 마음이 있었을 겁니다. 상대방을 잘 알기에 좋아진 건지, 좋아서 상대방을 알고 싶었는지 모호한 마음이 있었을 테니까요. 꼭 작품을 읽어야 저자를 사랑할 수 있는 것은 아닙니다. 오히려 작품과 무관한 마음이 진정한 사랑일지도 모릅니다.

그래도 역시 작품을 읽고 만났으면 식사 도중 할말이 떨어지지는 않았을 겁니다. 첫번째 인간은 두번째 인간에게 마음에 드는 것이면 무엇이든 하나만 골라보라고 했습니다. 서재에는 유서 깊은 도검과 경매장에 나오지 않을 고서와 공개되지 않은 그림이 있었습니다. 두번째 인간은 서재를 한 바퀴 돌더니 망설이지 않고 저를 골랐습니다.

깜짝 놀랐습니다. 그동안 두번째 인간을 그저 베스트셀러 작가라고 생각했으니까요. 왜, 정신없이 읽기는 했는데 아무 이야기도 아닌 것 같은, 비슷한 내용을 반복하는 것 같지만 거부할 수 없는, 어쩐지 작품을 경멸하는 자신이 멋있게 느껴지는 그런 작가가 하나쯤 있지 않습니까. 두번째 인간은 빙긋이 웃으며 저를 양손으로 집어들었습니다.

저를 만난 이후 두번째 인간에게는 현현하는 이데아라는 수사가 붙었습니다. 어떻게 노년에도 새로운 세계를 열 수 있었느냐는 인터뷰 질문에 두번째 인간은 진솔하게 대답했습니다. 다만 매일 아침 달리고 스페이스 바space bar를 누를 뿐입니다.

첫번째 인간이 작용과 반작용의 법칙을 알고 있었다면, 두번째 인간은 스페이스 바가 존재하는 이유를 이해하고 있었습니다. 스페이스 바는 가장 길고 큽니다. 모든 키는 정중앙이 오목하지만 스페이스 바만 유일하게 배가 볼록합니다. 다른 키와 달리 상황에 따라 스페이스 바는 양손을 번갈아 쓸 수도 있습니다. 스페이스 바의 역할을 정확히 이해하면 문장의 리듬을 간파할 수 있습니다. 스페이스 바를 이해한 작가는 독자를 매혹할 수 있습니다.

식사 자리 이후 두번째 인간은 매년 노벨문학상 후보로 언급되었습니다. 런던의 도박사들은 그의 수상 여부를 놓고 판돈을 키웠습니다. 사실 두번째 인간의 인터뷰는 노벨상을 겨냥한 것에 가깝습니다. 노벨상은 죽은 사람에게 수여되지 않거든요. 노벨상을 받고 싶다면 무엇보다 상을 줄 때까지 오래오래 살아 있어야 합니다. 그래서 두번째 인간은 계절과 날씨와 습도에 아랑곳하지 않고 매일 아침 달렸습니다.

안타깝지만 두번째 인간이 노벨상을 받을 확률은 없습니다. 제가 세번째 인간을 만났으니까요.

화분을 훔치는 사람은 꽃을 사랑하는 사람입니다. 식물의 가치를 정확히 꿰뚫어볼 수 있는 안목을 가진 사람이기도 합니다. 하지만 세번째 인간을 두고 영리하다고 해야 할지, 어리석다고 해야 할지 여전히 확신하기 어렵습니다. 세번째 인간은 두번째 인간의 책을 전부 읽은 후 깨달았습니다.

두번째 인간은 반드시 노벨문학상을 받을 것이다. 그러니까 어떻게든 미발표 원고를 훔치면 되겠다.

　발상은 타당했습니다. 원고만 손에 넣으면 여러 방법이 가능하니까요. 폭로할 수도 있고 태워버리겠다고 협박할 수도 있습니다. 슬쩍 고쳐서 직접 발표할 수도 있습니다. 심지어 아무도 보지 못하게 혼자서만 읽을 수도 있습니다. 여기까지는, 언제나 그렇듯 발상은 나쁘지 않았습니다.

　노벨상 발표를 열흘 앞두고 두번째 인간은 침거했습니다. 아무렇지도 않은 척했지만 매년 노벨상 발표를 앞두면 심장이 미친 듯이 뛰었기 때문입니다. 세번째 인간은 침투 경로와 탈주 방법을 섬세하게 계획했습니다.

　집안이 지나치게 고요해서 세번째 인간은 연습했던 것보다 더 긴장했습니다. 문득 두번째 인간이 달리기 덕분에 여전히 부담스러울 정도로 건강하다는 사실을 떠올리고 저를 집어들었습니다. 저는 강하니까요. 문자가 칼보다 강하다는 자기기만을 늘어놓으려는 게 아닙니다. 집에 도검이나 야구방망이가 없다면 키보드는 당신이 가까이서 붙들 수 있는 유일하고 훌륭한 무기입니다. 턱뼈 정도는 쉽게 부술 수 있는, 어디로도 내려찍을 수 있는 네 개의 모서리와 백여 개의 돌기가 있는 가정용 흉기는 키보드가 유일합니다. 특유의 과장된 소리 때문에 상대방에게 심리적인 타격을 줄 수도 있습니다.

 하지만 세번째 인간이 저를 휘두르기도 전에 두번째 인간은 거실 한가운데 고요히 쓰러져 있었습니다. 언제 어디서 누구에게 일어날지 모르는 심장마비. 세번째 인간이 침착했다면 두번째 인간은 살아났을지도 모르겠습니다. 세번째 인간은 놀라서 저를 놓아버리는 것도 잊고 도망쳤습니다. 왜, 놓아야 할 것을 떠올리지 못하는 멍청이가 늘 있지 않던가요. 아무도 제가 세번째 인간과 함께 사라진 것을 알지 못했습니다. 완전범죄는 실수로 성립되었습니다.

 세번째 인간이 있으면 네번째 인간도, 다섯번째 인간도 있습니다. 병원과 도서관, 함선과 기내, 문자와 숫자와 기호가 존재하는 모든 곳에서 저는 쓰였습니다.
 확실하게 깨달은 건 저를 두드리기 전에 손을 씻는 사람이 아무도 없다는 끔찍한 현실입니다. 화장실 변기보다 키보드에 묻은 세균이 더 많을지도 모르는데.
 물론 저는 지저분한 상황에서도 훌륭히 주어진 일을 해냈습니다. 하지만 부디 당신은 꼭 손을 씻고 오면 좋겠습니다. 당신과는 오래 함께하고 싶으니까요.

4

캐비닛 위에서 눈을 뗐습니다. 전망이 좋았습니다. 모든 것을 내려다볼 수 있었거든요. 그는 새롭게 나오는 다양한 설명서를 분류하고, 정리하고, 기록하고 있었습니다. 해가 바뀌면 연감을 만들고, 봄이나 가을이면 기획전도 준비하더군요. 사람들은 설명서를 분류하고 정리하는 회사가 있다는 사실에 신기해했습니다.

그의 오전은 두번째 인간 같았고 오후는 첫번째 인간과 비슷했습니다. 매달과 매해는 다르지 않았습니다. 월급이 들어오면 카드값과 공과금이 나갔고 벚꽃을 바라보고 단풍을 생각하다보면 눈이 내렸습니다. 유난히 더운 여름이 있었고 따뜻한 겨울은 소리소문 없이 지나갔습니다.

당신은 지금 어떻습니까? 심심한 것도 익숙해졌고 자연스럽게 삶은 대단하지 않고 세상은 원래 그냥 그런 것 같지 않습니까? 제 눈은 틀리지 않았군요. 역시 당신에게도 충분한 자격이 있습니다.

그에게는 별다른 의식 없이 그날그날 있었던 일을 쓰는 습관이 있었습니다. 설명서를 정리하듯 회사 사람들의 말과 행동을 틈틈이 날짜별로 기록했습니다. 파일은 수십 개의 폴더 안의 폴더 끝에 저장해두었습니다. 마치 축의금이나 부의금 액수를 남겨두는 것 같았습니다.

누구는 엘리베이터에서 닫힘 버튼을 두 번 빠르게 누른다. 누구는 오늘도 점심 식사 후 테이크아웃 커피를 들고 왔다. 누구는 한숨을 과장되게 쉰다. 누구는, 누구는, 누구는.

번거롭고 힘들었지만 매일 한 줄이라도 기록했습니다. 귀찮음을 이길 만큼의 의욕과 성취감이 그에게 있었습니다. 까마득하게 숨겨진 폴더를 여는 것은 어떤 종류의 의지가 필요한 일이기도 했습니다. 신입 사원은 매미가 울다 떨어질 때 입사했습니다.

5

"저, 제 키보드가 사라졌습니다."

그는 화들짝 놀라며 화면을 바꿨습니다. 상사가 옆에 온 줄 알았나봅니다. 신입은 소리도 내지 않고 그의 옆에 서 있었습니다.

나보고 뭘 어쩌란 말이지. 대체 회사 안에서 뭘 어떻게 하면 키보드가 없어질 수가 있지.

그는 신입을 위아래로 훑었습니다. 큰소리로 불평할 수 있는 위치는 아니었으니까요. 그는 눈짓으로 저를 가리켰습니다. 신입은 저를 끄집어내렸고 먼지가 일었습니다. 먼지를 보며 상사는 츠츳 혀를 짧게 찼습니다. 신입은 저를 닦으며 한글 각인이 없다고 중얼거렸습니다. 그는 한숨을 쉬고 말없이 신입의 손에서 빼앗듯 저를 가져가며 속으로만 혀를 찼습니다.
　·····
　자판이란 적응하기 나름이야.

그는 이미 신입을 좋아하지 않았습니다. 회식 때 신입이 광어 지느러미를 초장에 듬뿍 담갔기 때문입니다. 지느러미가 초장 범벅이 되는 순간 그는 조마조마해졌습니다. 상사가 그 모습을 본다면 회는 그렇게 먹는 게 아니라고 연설을 시작할 게 분명하니까요. 광어의 지느러미란 무엇인가, 광어와 우럭의 수율의 차이는, 횟집에서 내놓은 와사비는 죄다 가짜라는, 수없이 들었던 레퍼토리를 차례로 늘어놓을 게 뻔했습니다.

언제부터인가 들었던 이야기를 또 듣는 게 그에게는 참기 어려운 모욕같이 느껴졌습니다. 왜 나이를 먹으면 식당에서 아는 척할까. 먹은 게 많아서 그럴까, 먹는 생각밖에 머리에 남지 않아서 그럴까. 그는 상사의 눈을 피해 젓가락으로 신입 앞에 놓인 와사비를 통통 쳤습니다. 신입은 그의 신호를 이해하지 못했지만 회를 먹는 건 멈췄습니다. 그리고 쓰키다시로 나오는 콘치즈만 먹었습니다. 그는 신입이 콘치즈만 먹는 것도 불쾌했습니다. 상사가 왜 콘치즈만 먹냐고 물을지도 몰랐습니다.
　······
　반항하는 건가?

그는 다음날 회사 앞 카페에서 신입을 봤습니다. 그는 회식 자리 마지막까지 상사를 배웅하느라 피곤했지만 먼저 자리에서 일어났던 신입에게는 적절한 충고가 필요해 보였습니다.

신입은 같은 사무실 직원과 같이 있었습니다. 신입은 같은 사무실 직원을 친근하게 누나라고 부르며 무엇을 마실지 물었습니다. 당신도 알다시피 공사를 구분할 줄 모르는 사람과 엮이면 위험합니다. 그날 이후 그는 신입을 꽝어 지느러미라고 생각했습니다.

6

"이름이 뭐더라, 그, 머리 큰 신입 말야. 호감은 숨길 수 있어도 싫어하는 건 다 티가 나거든. 너무 뭐라고 하지 마. 너도 이제 책임지는 법을 배워야지."

상사는 그의 된장찌개에 숟가락을 넣으며 신입 이야기를 꺼냈습니다. 또 숟가락. 상사와 밥을 먹을 때면 기분 좋게 버텨낼 수 있는 상상이 필요했습니다. 그는 상사의 머리 크기도 마찬가지라는 것을 떠올렸고 잠깐이나마 유쾌해졌습니다.

유쾌해진 그는 왜 상사의 목소리가 질책하는 투가 아닌지 궁금했습니다. 굳이 나누자면 부드러운 음색에 더 가까웠습니다. 부드러웠기 때문에 그는 의아했습니다. 상사는 여직원에게만 한없이 다정한 사람이니까요. 상사는 집에 가면 딸만 둘이라고 한숨을 내쉬었고 여직원들이 힘들어하는 모습을 보면 안쓰러워했습니다. 그리고 이런 일은 남자가 해야 한다며 츠츳 혀를 차며 그를 불렀습니다.

오후 업무를 시작한 그는 문득 상사가 어떤 사람인지 궁금했습니다.

상사가 이럴 사람이 아닌데, 이건 마치 예외 규정인데, 그럼 내가 알고 있던 상사는 누구였던 것일까.

그는 파일을 열었습니다.

파일에 따르면 상사는 자신의 취향을 숨기지 않는 사람이었습니다. 그가 옆에서 결재를 기다릴 때도 읽던 기사를 멈추지 않았습니다. 정치적인 것이든 음란한 종류든 아랑곳하지 않았습니다. 기사 읽기가 끝나면 결재 내용을 훑고 손을 내밀었습니다. 그의 펜을 받아 알아서 책임지고 잘했겠지, 하면서 서명했습니다. 상사의 연필꽂이에 그가 아끼는 펜이 쌓였습니다. 그는 다섯 개를 기준으로 정해, 상사가 없는 틈을 타 잽싸게 펜을 회수해왔습니다.

파일에 따르면 그가 상사를 신뢰했던 적도 있습니다. 나만큼 이런 쓴소리 해주는 사람도 없다는 말을, 보고서를 수정하며 이건 어디 가서 돈 내고도 들을 수 없는 강의라는 말을, 기회는 얼마든지 있으니 장기적인 회사생활을 위해 이번 승진은 포기하는 게 순리라는 말을 듣고 진심으로 고개를 끄덕였던 적이 있었습니다. 둘이서 소고기를 먹고 상사의 본심은 그런 게 아니었다고 믿기도 했습니다. 등심 반 안심 반은 정말이지 맛있었으니까요. 하지만 보고서는 상사의 이름으로 발표되었고, 그는 그 사실을 한참 후에 알게 되었습니다.

파일에 따르면 상사는 어리석지 않았습니다. 곤란한 질문을 자주 했지만 캐묻지는 않았습니다. 직원들의 외모 품평은 그와 밥을 먹을 때만 했습니다. 술에 취하면 여직원들의 손을 잠깐 잡을 때도 있지만 지나치게 치근덕거리지는 않았습니다. 삼차 노래방은 남자 직원 또는 회사를 그만둘 수 없는 여직원만 데리고 갔습니다. 강권은 아니었습니다. 상사는 넘어갈 수도 있는 일과 그냥 지나칠 수 없는 짓을, 해도 괜찮은 사람과 하면 안 되는 사람을 구분할 줄 알았습니다. 외쿠 사람들은 그에게 상사 정도면 괜찮지 않느냐고 물었습니다.

그는 마침내 파일을 통해 상사를 한 문장으로 정리했습니다.

되는 만큼은—되는 만큼만 하는 사람.

당신도 주변 사람을 한 문장으로 표현해보면 좋겠습니다. 분명 주변에 당신과 나누었던 대화를 기억하지 못하고 같은 말을 반복하는 사람, 모든 대화를 자기 이야기로 끌어가야 만족하는 사람, 궁금하면 아무 질문이나 스스럼없이 하는 사람이 있을 겁니다.

아니, 당신 자신은 제외하고 말입니다. 금방 떠오르지 않습니까?

그는 자신이 내린 정의를 만족스러워했습니다. 만족스러

내가 알고 있는 비밀이

운 만큼 누군가에게 알려주고 싶었습니다. 자신이 알고 있는 사실이 모두에게도 중요할 것 같았습니다. 그는 퇴근조차 잊은 채로 저를 두드렸습니다. 타이핑을 하다보면 문득 상사가 부럽기도 했습니다.

7

　우리 회사 다니시는 줄. 이래서 소고기 사주는 사람은 조심해야 합니다. 진상 보존의 법칙은 과학.

　첫 글부터 사람들의 공감을 받았습니다. '좋아요'와 '추천'이 늘어났습니다. 일주일 정도는, 어느 커뮤니티에 들어가도 그의 글을 볼 수 있었습니다.

　역시 역사는 승자의 것이 아니라 쓰는 사람의 것입니다. 그러니까, 당신도 역사를 가질 수 있다는 점을 상기해주면 좋겠습니다. 당신이 그보다 못할 게 어디 뭐가 있겠습니까. 분명히 당신은 그보다 잘할 수 있습니다.

　♥가 늘어나는 순간에는 상사가 이상한 소리를 해도 밉지 않을 수 있었습니다. 그는 자리로 돌아오면 재빨리 파일을 열었습니다. 다음 글도, 그다음 글도 준비해야 했으니까요. 샤워하면서 쓸 내용을 복기했습니다. 중간중간 맞춤법도 틀렸고 비문도 많았지만 진심을 의심하기는 어려웠습니다.

　쓰면 쓸수록 혼자 마시는 술이 줄고 출근 시간이 되면 자연스러운 미소가 생겼습니다. 사람들은 그를 따라 상급자에 대해, 사내 정치에 대해, 회사에서 일어나는 각종 차별에 대해 이야기했습니다. 같은 부서 직원이 그에게 너무 공감되는 글이 있다고, 링크를 보내줬을 때는 소리를 지를 뻔했습니다. 그가 처음 올렸던 글이었으니까요.

하지만 시련은 언제나 다가옵니다. 자기 복제의 문제일지도 모릅니다. 올릴 때마다 공감은 반감기처럼 줄어들었습니다. 가장 인기 있었던 건 첫번째 글이었고 아무리 애를 써도 그만큼의 사랑을 받을 수는 없었습니다. 모든 글이 첫번째 글의 연장선에 있었으니 당연한 결과입니다.

어쩌지. 새로운 일이 일어날 수가 없는데.

서서히 혼자 마시는 술이 늘었습니다. 신입의 질문에 짜증을 내고 전화를 당겨 받으면 까칠하게 응대했습니다. 하지만 고통은 지나가게 마련이니, 저는 그를 격려해주고 싶었습니다. 기쁜 날은 짧고 쫓기는 마음이 들 때가 많지만, 흔들리지 않고 꿋꿋하게 십 년만 쓰면 개성과 세계관을 얻게 될 테니까요. 그때만 해도 저는 그를 믿었습니다. 지금 당신을 믿고 있는 것처럼 말입니다.

8

운전면허도 없어요? 남자가 1종 보통이 아닌 경우는 장애인밖에 없어.

혐오와 차별을 표출하면서도 자신의 말은 그런 뜻이 아니라고 한다, 자신이 지지하는 정치인에 대해 과민하게 반응한다, 상사 욕을 두 시간 반이나 쉬지 않고 하는 사람은 처음 봤다, 아무렇지도 않은 척 회사 사람들을 훔쳐보고 있다, 갈수록 신경질적으로 키보드를 친다고 했습니다. 서늘한 내용과 뜨거운 사진이 나란히 있었습니다. 초점은 빗나갔지만 여느 회사와 다르지 않은 사진이었습니다.

그는 공감을 누르고, 회사에서 말을 가리지 못하는 건 지능이 낮은 것 같다고 썼습니다. 공감을 누르고 나자 자신이 왜 먼저 이 내용을 쓰지 못했는지 안타까워졌습니다. 낯설지 않은데, 나도 쓸 수 있는 내용인데. 원고를 탐내던 세번째 인간과 같은 얼굴이었습니다. 손목에 힘이 들어갔습니다. 오타가 났고 했던 말이 반복되자 그는 회사 사람들을 아랑곳하지 않고 주먹으로 저를 내리쳤습니다.

탕, 타탕. 세상에, 화가 난다고 저처럼 아름다운 키보드를 때리는 사람이 있을 줄은 몰랐습니다.

미세하게 축이 뒤틀렸습니다. 하나의 키가 잘못된다는 건, 다른 곳에도 문제가 생길 거라는 징조입니다. 모든 키는 완벽해야 합니다. 사소한 키 하나라도 눌리는 감각이 달라지면 모든 입력이 답답해집니다. 완성되어야 할 단어가 깨지고 오타를 수정하는 순간 흐름이 끊기고 생각이 거칠어집니다. 물론 스페이스 바는 제외해야 합니다.

모든 축은 닳습니다. 마모를 이길 수 있는 키보드는 없습니다. 두번째 인간과 살 때, 생각 없는 고양이가 뛰어내려서 죽을 뻔한 적은 있지만 이런 식으로 생을 마감하고 싶지는 않았습니다. 늙는 것도 소중한 기회라는 걸 몰랐습니다. 천천히 쓰임이 다하는 키보드도 있지만 어느 순간 고장이 나버리는 키보드도 있다는 것을 받아들일 수 없었습니다. 저는 아직 살아 있으니까요.

제 축은 오직 저만을 위한 축입니다. 다른 평범한 축으로 대치될 수는 없습니다. 조심스럽게 축을 분리하고 대신할 축을 정교하게 깎아 만들어야만 합니다. 노인이라면 고칠 수 있겠지만 저는 그의 생사도 모릅니다. 과연 키보드를 폭행하는 그가 저를 고쳐줄까요? 그냥 새 키보드를 주문하고 말겠지요.

갑자기 시간이 부족해졌습니다. 그가 알아차리기 전에 해결책을 찾아내야만 합니다. 그는 저를 파괴할 권리가 없습니다.

제가 방법을 찾는 동안 그는 상사 이야기 대신 신입에 대해 쓰기 시작했습니다. 고갈을 이겨내는 가장 쉬운 방법으로 소재의 확장을 선택하더군요. 어느 날 신입은 사무실 일이 너무 바빠 주문한 김밥에서 오이를 하나씩 골라냈습니다. 그는 혹시 오이 알레르기가 있느냐고 물었고 신입은 아니라고, 오이를 먹지 못해 엄마가 싸준 김밥을 그대로 가져온 적이 있다고 대답했습니다. 그가 김밥을 입에 밀어넣는 와중에 신입은 신중하게 오이를 하나하나 골라내고 있었습니다.

그날 오후, 그는 오이를 골라낸 김밥 사진과 함께 취향은 존중하지만 사회생활을 하려면 편식은 고치는 게 좋다는 글을 올렸습니다.

오이를 혐오하는 유전자가 있다고, 김밥에서 오이를 하나하나 골라낼 정도면 이해해줘야 하는 것 아니냐는 의견이 올라왔습니다. 과민해 보인다는 말도 있었습니다. 본인의 직장생활부터 돌이켜보는 게 어떻겠냐는 의견에는 세 자리가 넘는 공감이 찍혔습니다. 회사에 미친놈이 많은 것처럼 느껴지면 그건 보통 본인이 범인이라는 댓글이 가장 인기가 있었습니다. 회사는 다 그런 거라고, 한번 부정적으로 생각하면 끝도 없이 부정적인 생각에만 빠지게 된다고, 월차를 쓰고 정신건강의학과에 가보는 것도 좋은 방법이라는 충고도 있었습니다.

하지만 당신도 좋은 일을 기대하며 사회생활을 하는 건 아니지 않습니까. 그도 마찬가지였습니다. 관성의 법칙 때문에 돌이킬 수도 없었습니다.

9

담담한 태도와 진심만으로는 한계가 있습니다. 원하는 만큼 내어주려면 자기 번제燔祭가 필요합니다. 거대한 거짓말을 동원해서라도 고해성사를 시작해야 합니다. 스스로 믿는 거짓말, 악의조차 깨닫지 못하는 순수에 가까운 거짓말을 찾아 자신을 팔아야 합니다. 자아도취 없이는 불가능한 일도 있습니다. 그리고 저는 자아도취에 빠졌던 당신들을 잘 알고 있습니다.

타인에 대한 이야기로 만족할 것인가, 자기 자신을 본격적으로 팔아먹을 것인가. 이제 타인으로 향하는 길은 막혔습니다. 남은 것은 자신이라는 골목뿐입니다.

세상에 공짜는 없고 선택은 당신의 몫입니다. 물론 끝까지 가보는 대신 아무렇지 않은 척 제자리로 되돌아가 태연하게 머물러도 됩니다. 하지만 골목 끝에, 조금만 더 가면, 모퉁이만 돌면 혹시 천국이 있을지도 모르지 않습니까?

그는 반성하는 쪽을 선택했습니다. 돌이켜보면 사소하다면 사소한 일일지도 모르지만 사소한 잘못부터 바로잡아야 한다고, 자신도 똑같이 저질렀던 잘못을 지금부터라도 수정하고 싶다고, 회사는 국가 지원을 받았으므로 이는 세금을 내는 국민에 대한 농간과 다르지 않다는 논리를 준비했습니다.

없는 회의와 가짜 회식을 숫자로만 만들어냈던 일을 고백했습니다. 접대 내역을 밝혔습니다. 거절하지 않은 명절 선물과 소고기의 부위를 나열했습니다. 면접 전에 이미 결정된 청탁과 합격을 합리화하기 위해 서류를 조작한 방법을 설명했습니다. 내규에서 벗어난 비용을 어떻게 마련하고 처리했는지, 중간 관리자가 알아서 처리해왔던 공금에 대해 스스로 반성했습니다.

물론 자신을 유추할 수 있는 진짜 정보는 교묘하게 담지 않았습니다.

그리고 회사는 그의 부서 이동을 결정했습니다.

다른 사람을 설득하려면 자신부터 내놓아야 합니다. 그럴듯해지려면 가장 친한 사람이, 어머니가, 연인이 그를 의심할 수 있어야 합니다. 아무 일 아니라고, 그런 행동에는 이유가 있을 거라고, 이것만으로는 판단할 수 없다고 하던 사람도 돌아서서 고민하게 만들어야 합니다. 주변 사람들의 마음에 금이 가고 내 자식, 연인, 내 친구가 지켜지지 않아야 합니다.

모든 것을 고백했다면 적당한 비판과 격려 사이에서 마무리될 수 있었을지도 모릅니다. 하지만 자신을 슬쩍 숨긴 글은 짜증을 불러일으킵니다. 석연치 않고, 속는 기분이 들고, 이용당하는 것 같으니까요. 화가 난 사람들은 집요하게 추적합니다. 한 명을 속일 수는 있어도 모두를 기만할 수는 없습니다. 회사, 직책, 이름이 임원에게 보고되고 부서 이동이 결정되기까지는 사흘이면 충분했습니다.

그를 두고 그럴 사람이 아니라고 고개를 갸웃거리는 직원도 있었습니다. 하지만 그를 변호하려던 직원도, 그럴 사람이 따로 있느냐는 질문에는 수긍했습니다. 부서 이동은 정직이나 감봉에 비하면 가벼운 징계였습니다. 상사가 그를 적극적으로 변호했다는 소문이 무성했습니다. 같은 라인이었다고, 상사가 매번 그를 싸고돌았다는 말도 있었습니다.

오직 그만 부서 이동을 납득하지 못했습니다

그는 억울함을 억누르며 인수인계를 준비했습니다. 사무실은 마치 아무 일도 일어나지 않은 듯 조용했습니다. 상사는 츠츳 혀를 찼고 직원들은 그에게 말을 걸지 않고 퇴근했습니다.

부서를 이동하는 날 오전 열시, 그는 파일에 한 줄의 기록을 추가했습니다. 그리고 보내기를 클릭하고 자리에서 일어났습니다.

10

그의 귀에 신입의 웃음소리가 들렸습니다. 그의 눈에 신입과 회사 앞 카페에 서 있었던 직원이 다정하게 사적인 이야기를 나누는 모습이 들어왔습니다.

떠나는 날까지 가르쳐줘야 한다니 어쩔 수 없지.

그는 신입의 어깨를 툭 치며 소곤거렸습니다. 신입은 어깨를 으쓱하고는 그를 따라 옥상 흡연실로 올라갔습니다.

삼십 분 후 옥상에서 그가 내려오고, 삼 분 후 신입이 사무실 문을 열었습니다.

모름지기 건강하게 오래 살고 싶다면 건강검진을 받거나 자동차를 조심하는 것보다 키보드를 조심해야 합니다. 옆에 있는 누가 휘두를지 모르니까요. 그럴 리가 있겠느냐고요? 그도 똑같이 생각했습니다. 신입이 키보드를 집어들기 전까지는 말입니다.

그의 얼굴과 제 얼굴이 정확하게 만났습니다. 챠르르륵 그의 얼굴 가죽이 자판을 따라 밀리는 감촉과 함께 키 캡들이 일제히 울부짖었습니다. 다른 어떤 모든 것보다 키보드가 부서지는 소리는 슬프고 가련했습니다. 그의 얼굴은 상상했던 것보다 단단했습니다.

마침내 올 것이 왔습니다.

그가 스스로 너무 빨리 몰락해버려서 해결책은 시작도 못했습니다. 그의 일그러진 표정은 상황을 이해하지 못했던 것 같지만—저는 마지막을 받아들였습니다. 다음 생에도 꼭 훌륭한 키보드로 다시 태어나겠다고 다짐했습니다. 신입은 허리에 힘을 주고 회전력을 최대한 살려서 키보드의 두번째 사용법을 정확하게 구현했습니다.

당신도 심장제세동기의 원리를 아십니까? 심장제세동기는

적절한 전기 자극으로 심장의 흐름을 돌려놓지 않습니다. 강한 전기 충격으로 심장을 끄고, 다시 켜서 정상 리듬을 회복시켜버립니다. 물론 소생하지 못할 수도 있지만 그대로 끝장나는 것보다는 나으니까요.

오류는 언제나 더 강렬한 충격으로 상쇄됩니다. 고장난 곳을 빠르게 고치는 방법은 껐다 켜는 것입니다. 두번째 인간도 제세동기가 있었다면 좋았을지도 모르겠습니다.

그의 뺨과 키 캡들이 만나는 순간 어긋난 축들이 제자리를 찾아갔습니다. 느슨했던 키 캡들의 간격이 정렬되었고 오래된 먼지들이 떨려나갔습니다. 오히려 예전보다 가뿐해진 것 같은 착각마저 들었습니다. 마치 천국에서 새로 태어나 시간을 무마하고 세계를 팽창시킬 수 있는 힘을 얻은 기분이었습니다. 노인이 저에게 했던 말은 마지막 순간 너는 기필코 강하고 향기롭게 부활하리라는 예언이었을지도 모릅니다.

11

어떠십니까? 어쩐지 우리는 잘 어울릴 것 같습니다.

말하고 나서야 깨닫게 되는 것들, 쓰고 난 뒤에야 의미가 부여되는 것들을 제가 붙잡아드리겠습니다. 필사筆寫로는 도저히 따라갈 수 없는 찰나를 붙잡고 당신 마음의 추상에서 진심을 함께 끄집어내면 좋겠습니다.

거절하지는 않겠지요. 제 이야기를 읽은 건, 당신에게도 무엇인가를 진지하게 할 마음이 분명히 있기 때문이니까요. 뻔한 결과가 예상되더라도 하지 않고는 참을 수 없는 말들이 있을 테니까요.

저는 당신의 이야기가 궁금합니다. 당신이 특별히 남기고 싶은 흔적이 무엇인지, 누군가에게 반드시 전하고 싶은 내용이 무엇인지, 저를 통해 표현하고 싶은 당신 자신은 어떤 사람인지, 모든 것을 알고 싶습니다.

당신을 충분히 만족시켜드리겠습니다.

그러니까, 당신도 상응하는 마음을 준비해두면 좋겠습니다. 그렇지 않겠습니까?

꽃

1

 크리스마스 선물은 컴보이가 좋겠습니다. 착한 어린이의 크리스마스 선물에 완벽하게 어울리는 건 오직 현대 컴보이뿐이니까요. 컴보이는, 당신도 기억하실 겁니다. 벽돌을 치고 버섯을 먹는 슈퍼마리오를 할 수 있었던 유일한 게임기였으니까요(컴보이는 닌텐도와 라이선스 계약을 맺고 출시되었습니다).

 그때 저는 혼자 외가에 있었습니다. 엄마와 떨어져 있으면서도 울지 않는 착한 일곱 살이었고, 컴보이를 받을 자격은 충분했습니다. 저는 크리스마스 일주일 전부터 슈퍼마리오 노래를 불렀습니다. 립스틱으로 화장실 거울에 '컴보이'라고 써두기도 했습니다. 할머니도 선물을 준비할 시간이 필요할 테니까요. 혹시라도 할머니가 삼성 게임보이나 대우 재믹스를 사 오면 피차 곤란해질 테니까요. 유치원 차석 졸업 예정이었던 저는(분하지만 도저히 지영이는 이길 수 없었습니다) 산타의 비밀 따위는 모른 척하며 크리스마스 아침을 기다렸습니다. 머리맡에 놓인 컴보이를 보며 어쩔 줄 몰라하는 손자의 웃음소리를 할머니에게 들려줄 계획이었습니다. 자고로 받은 게 있으면 주는 게 있어야 하는 법이니까요.

하지만 조잡한 크리스마스트리에 걸려 있던 선물 상자는 고작 담뱃갑만했습니다. 달랑달랑, 이상했습니다. 아무리 할머니가 골초라도 손자한테 담배를 선물로 주진 않을 텐데…… 저는 손을 떨면서 포장지를 풀었습니다. 휴, 다행히 담배는 아니었습니다. 포장지 안에 든 것은 화투花鬪였습니다.

화투와 슈퍼마리오는 형 동생 사이입니다(물론 화투가 형입니다). 1889년 화투 제작으로 시작한 닌텐도는 (슈퍼마리오는 팔억 장이 넘게 팔렸습니다) 지금도 화투를 생산합니다. 그러니까 할머니의 선물이 아주 어긋나지는 않은 셈일지도 모릅니다. 하지만 화투로 하늘을 날고 불꽃을 쏘는 건 불가능했습니다.

할머니는 전자오락보다 더 재미있는 걸 가르쳐주겠다며 화투패를 챠르륵 펼쳤습니다. 화투를 알면 일 년 열두 달을 직접 만들어나갈 수 있다고 했습니다. 어떤 친구를 사귀게 되는지 어떤 사람을 만나게 되는지 궁금하지 않으냐고 속삭였습니다. 나이만큼 패를 섞고(할머니는 예순일곱 번까지 패를 섞고 돌아가셨습니다) 짝을 맞추면 그날의 운명을 읽을 수 있다고 하셨습니다. 분하지만 저는 속아넘어갈 수밖에 없었습니다. 그때 저는 초등학교 입학을 앞두고 있었습니다. 운명이라는 말이 저를 충동질했습니다. 만약 한 살만 더 많았거나 적었다면 할머니의 유혹에 넘어가지 않았을지도 모릅니다. 하지만 운명에 비하면 만약은 부질없는 단어고, 화투점과 민화투는 정말 재미있었습니다.

저는 금방 화투와 친구가 되었습니다. 하지만 화투점은 하루에 한 번밖에 볼 수 없었습니다(두 번 보면 반칙이니까요). 하루 종일 혼자 중얼거리며 화투를 (일인이역으로) 치다보면 스스로가 누구인지 헷갈리기도 했습니다. 가뜩이나 엄마와 떨어져 있어서 심란한데, 자아정체성마저 잃을 수는 없었습니다.

저는 마음을 깨끗하게 비우고 패를 섞었습니다. 화투점으로 승부의 결과를 미리 확인했습니다. 그리고 (일을 마치고 돌아온) 할머니에게 도전장을 내밀었습니다. 제가 이기면 엄마에게 빨리 데리러 오라는 전화를 해주세요. 엄마도, 아빠도, 하다 못해 쓸모없는 여동생마저도 보고 싶었습니다. 할머니는 고개를 끄덕였습니다.

중요한 승부를 화투점에만 의지할 수는 없습니다. 저는 광 한 장을 허벅지 아래에 몰래 숨기고 패를 돌렸습니다(민화투에서 제일 점수가 높은 건 광光입니다. 한 장에 이십 점이거든요). 손바닥의 땀을 몇 번이나 바지에 닦았는지 모릅니다. 할머니는 담배 연기를 천장에 내뿜으며 툭툭 무심하게 패를 뒤집기만 했습니다. 담배 한 개비가 끝까지 타고 나자 승부가 났습니다.

— 이런 걸 나가리라고 한단다.

나가리라는 말이 아멘, 나무아미타불처럼 들렸습니다. 짝이 맞지 않으면 성립조차 되지 않는 판이 있다는 것은 미처 생각하지 못했습니다. 마지막 패가 항상 딱 맞아떨어졌던 건 아직까지 속임수가 없던 세상에서만 살았기 때문이었다는 것도 몰랐습니다. 이럴 줄 알았으면 두 장을 뺄걸…… 할머니는 금방 코를 골았습니다.

착한 아이는 빠르게 타락했습니다. 어차피 크리스마스 선물도 날아갔고, 착한 어린이 노릇은 내년 십이월에 다시 시작하면 되니까요. 마을 아저씨들 옆에서 어슬렁거리다 사양하지 않고 맥주 한 모금을 얻어 마셨습니다. 마른오징어를 거칠게 찢고 사납게 질겅거렸습니다. 아저씨들은 하늘에서 버섯이 떨어진다고 소리치는 아이를 보며 웃었습니다.

저를 찾으러 온 할머니는, 평상에 놓인 맥주병을 모조리 깬 뒤 엄마에게 전화를 했습니다. 며칠 뒤 손님과 저녁을 먹는다는 운수를 뗐던 날 엄마가 저를 데리러 왔습니다. 저는 주머니 속에 든 화투를 만지작거리면서 집으로 돌아왔습니다. 다행히 아버지도 먼저 집에 돌아와 있었습니다. 취해서 노곤하게 자고 있는 아버지를 보는 순간 저는 불현듯 모종의 비밀을 깨달았습니다. 저에게는 ■□(이/가) 필요하다는 사실을 말입니다.

2

수학여행쯤이야…… 저는 패기만만했습니다. 귀신과 중학생은 무서워도 어른은 무섭지 않았습니다. 같은 학교를 육 년이나 다녔으니 모르는 것도 없었고, 몸도 부쩍 커졌습니다. 친구들끼리 이틀만 자고 돌아오면 세상을 다 안다고 할 수 있을 것 같았습니다.

어디를 가도 뭔가 주섬주섬 꺼내는(하다못해 귤이나 사탕이라도 가져오는) 사람이 반드시 있습니다. 호종이가 화투 두 벌을 가져왔더군요. 우리는 흥분했습니다. 아무도 딱밤이나 손목 때리기 따위의 말은 꺼내지 않았습니다. 우리는 이미 충분히 컸고, 딱밤을 때린다고 내 주머니에 돈이 생기지는 않는다는 것쯤은 잘 알고 있었습니다.

고스톱을 시작했습니다. 고스톱은 민화투와 달리 나아갈 때 Go와 멈출 때 Stop를 고민해야 합니다. 왜 패를 받아놓고도 강제로 죽어야 하는지, 광값을 줘야 하는지 납득하지 못하면 고스톱의 세계에 들어설 수 없었습니다(영원히 초등학생이 되는 거지요). 호종이는 친절하게 치는 방법을 알려줬습니다. 집집마다 다른 규칙도 조율해주더군요.

(동생은 한 번도 인정하지 않았지만) 자타공인 집안 영재英才인 저는 단번에 고스톱의 요결을 간파했습니다. 광이나 단 따위로는 고작 삼사 점, 깔짝깔짝 그 판만 이기는 게 전부입니다. 그렇게 벌어서는 출세할 수 없었습니다. 민화투에서 무가치했던 피가 고스톱에서는 장당 일 점…… 태초에 피皮가 있었고, 고스톱의 요결도 피에 있었습니다. 상대방의 피를 말리고 내 피를 늘릴 것, 그것은 자본의 작동 방식과 다르지 않았습니다. 그리고 그날 밤 저는 여행비로 받은 돈의 여섯 배를 땄습

니다.

 이다음에 과학자 따위는 되지 말고 화투나 계속 칠까? 로봇 따위 만들어서 뭐 해? 로봇도 고스톱으로 따면 되는데? 장래 희망과 진로를 수정하고 있는 와중에, 호종이가 친구들에게 딴 돈의 절반을 일일이 돌려주는 모습이 보였습니다. 응? 굳이? 왜? 호종이는 혹시 공산당인가? 세상 물정을 모르거나 수상한 행동을 했던가? 평소 불평불만이 많았나? 다른 아이들도 호종이를 이해하지 못한 건 마찬가지였습니다. 하지만 돈을 돌려준다는데 싫어하는 아이는 없었습니다. 괜히 저만 억울해지더군요.

 ― 재미있었잖아?

 호종이는 찡긋 웃고 금방 코를 골았습니다. 나약한 녀석, 대한민국은 어디까지나 자유민주경쟁사회야. 선의와 재미만으로는 험난한 세상을 헤쳐나갈 수 없어. 저는 단호한 자신이 만족스러웠습니다. 여섯 배를 벌 수만 있다면 무엇이라도 될 수 있는 각오가 서 있었습니다(물론 호종이에 대한 의심을 완전히 거둔 건 아닙니다).

 하지만 수학여행이 끝나고―현실의 학교에서는 화투판이

열리지 않았습니다. 끈기와 시간이 필요한 화투는 그만큼 선생님에게 걸릴 확률도 높았거든요. 교실에서 화투판을 펼쳤더니 다들 검지로 머리를 빙빙 돌리고 가버렸습니다. 소인배小人輩들은 빠르게 푼돈이 오가는 단순한 판치기 따위에 만족했습니다. 판치기는 도박인데, 장차 커서 뭐가 되려고…… 어쩔 수 없이 저는 동생에게 화투를 가르치는 수밖에 없었습니다.

남녀평등男女平等을 실천하고 장유유서長幼有序를 우습게 아는 엄마는 저와 동생의 용돈을 공평하게 줬습니다. 저도 성별에 따른 차별은 반대했지만 용돈이 부족한 건 동의할 수 없었습니다. 엄마는 동생에게 오빠만큼 용돈을 주는 대신 오빠에게 동생만큼의 용돈을 줬으니까요. 신문에서 연공서열年功序列과 물가상승률物價上昇率이라는 단어를 보지 못했던 게 분명했습니다.

저는 동생과 화투 치는 시간이 소중했습니다. 연습도 하고 용돈도 벌 수 있었으니까요. 역시 파랑새와 일타쌍피一打雙皮는 가장 가까운 곳에 있었습니다. 엄마가 왔을 때 파랑 새대가리, 아니 동생이 울지만 않는다면 말입니다.

퇴근한 엄마는 피곤한 목소리로 동생에게 딴 돈을 돌려주라고 했습니다(제가 좀 아는데, 엄마는 공산당이 아닙니다). 저는 정당한 노동이자 게임이라고 항변했는데. 부엌에서 나온 엄마의 얼굴에는 할머니가 있어서 깜짝 놀랐습니다(담배를 피우며 아무 말 하지 않던 그 얼굴 말입니다). 엄마는 그럼 일대일로 한판 칠 생각이 있냐고 물었습니다. 봐주지는 않겠다더군요.

나 원 참, 누가 누구를 봐준단 말입니까? 저는 입술을 말발굽 모양으로 만들어 엄마를 비웃어주었습니다. 문득 엄마가 화투 치는 모습을 한 번도 보지 못해서 혹시 규칙은 알고 계시냐고 정중하게 여쭈어보았습니다. 엄마는 닥치그 패나 돌리라고, 부모의 아량으로 선先 정도는 양보하겠다고 했습니다. 동생은 엄마를 응원하더군요. 화투에 응원 따위가 도움이 된다고 생각하다니 역시 동생은 어딘가 부족한 게 확실했습니다.

화투점에서 재물이 든다고 했습니다. 당연히 첫판을 이겼습니다. 두번째 판도 이겼습니다. 그리고…… 십 분 만에 동생에게 딴 돈을 모두 잃었습니다. 이십 분이 지나자 한 달 치 용돈이 사라졌습니다. 어디까지나…… 단지 자금이 모자라서 진 것뿐이므로, 저는 돼지의 명복을 빌고(복수는 꼭 해주마) 살찌워둔 돼지저금통을 모셔왔습니다. 엄마는 커터 칼 정도로는 자칫 손만 다친다고 식칼을 가져다주었습니다.

반년 치 용돈이 삼십 분 만에 사라졌습니다. 첫 끗발은 개끗발이었습니다(점괘를 잘못 해석했을까요?). 엄마는 동전을 정리하며 동생에게 얼마를 잃었냐고 물었습니다. 그리고 천 원을 더 얹어 돌려주었습니다. 동생이 뭘 했다고 천 원이나 주느냐는 항변에는 응원도 정당한 노동이라는 대답이 돌아왔습니다. 저는 엄마의 콧노래 소리를 들으며 화투에는 부모 자식도 없다는 것을 깨달았습니다. 그날은 울면서 잤지만 길게 보면 좋은 경험이었습니다. 덕분에 저는 이후 단 한 번도 져본 적이 없으니까요.

3

아버지는 손이 작았습니다. 물리적으로도 작았고 심정적으로도 왜소해서 언행일치言行一致의 표본과 같았습니다. 작은 손의 소심한 아버지는 엄마 몰래 사직서를 내고(아직도 이유는 모릅니다) 고등학교 선배가 주임으로 있는 바닷가 오뎅 공장을 찾아갔습니다. 아마 선배 아저씨도 당황했을 겁니다. 우연히 만난 고향 후배에게 큰소리 한번 쳤을 뿐인데, 공장 앞에 쭈그리고 앉아 있는 후배와 마주쳐야 하는 건 너무하니까요. 엄마는 한숨을 쉬고 아버지를 구하러 동생을 데리고 부산에 갔습니다.

엄마가 끌고 온 아버지의 옷에서는 고소한 기름 냄새가 났습니다. 손목과 팔의 기름에 덴 자국들을 보고 있으니 오뎅이 아버지를 잘게 튀기는 장면이 떠올랐습니다. 다행히 아버지가 다니던 농협에서는 사직서를 어찌어찌 무다시켜줬습니다. 관행이랄까, 관습이랄까, 그런 게 통하던 작은 지역 농협이었습니다. 농협 조합장도 엄마처럼 어이없는 한숨을 내쉬었을 테지요. 저는 그동안 외가에서 할머니와 화투를 치고 있었습니다.

십 년 뒤 아버지는 두번째 사직서를 썼습니다. IMF가 터지면서 대출금이 회수되지 않는 일이 잦았기 때문입니다. 문제가 생기면 대출계에 있던 직원이 대신 갚아야 하는 관습이 있었습니다. 선빵 필승必勝이라, 먼저 그만두면 책임질 필요가 없었습니다. 물론 아무 일 없이 넘어갈 수도 있었습니다(같이 근무했던 아저씨는 끝까지 버티고 정년퇴직까지 했습니다).

모든 사건의 진짜 확률은 언제나 반반입니다. 엄마는, 자다가 벌떡 일어나 우는 아버지에게 사람은 다 먹고살게 되어 있다고 했습니다. 아버지는 출근해서 조합장에게 스톱을 외쳤습니다. 아버지는 관행 덕분에 첫번째 사직서를 도로 물렸고, 관습 때문에 두번째 사직서를 낸 셈입니다.

중학교 수학여행을 앞두고 밑장빼기를 연습하다가 알게 되었습니다. 저도 아버지와 다를 수 없다는 것을요. 아버지를 닮은 작은 손으로는 아무리 노력해도 복잡한 기술을 익힐 수 없었습니다. 손이 작고 엄지대립근拇指對立筋이 약해서 세번째 밑장을 빼면 오른손에 쥔 패들이 반드시 우르르 무너져내렸습니다. 이러다가는 정말 과학자 따위라도 되는 수밖에 없었는데, 이미 삼각함수는 너무 어려웠습니다(왜 $\sin 30°$는 $\cos 60°$와 같은 것일까요?).

하지만 보이스 비 엠비셔스Boys, be ambitious, 저는 소년이었으므로 야망을 포기하지 않았습니다. 세번째 밑장에서 실패한다는 것은 두번째까지는 가능하다는 뜻이었습니다. 그러니까, 두 번의 기회를 놓치지만 않으면 되지 않겠습니까? 저는 의도와 순서를 치밀하게 만들고 머리와 손을 부드럽게 일치시켰습니다(역시 영재는 어딘가 다릅니다). 밑장빼기 두 번을 뜻대로 완성했을 때 손바닥에서는 짭짤하고 달콤한 향이 났습니다.

이만하면 충분히 인생을 다퉈볼 만했습니다. 의도대로 두 장의 패를 가질 수 있으니까, 수학적으로도 허무맹랑한 계산이 아닙니다. 두 장의 베네핏benefit과 카지노가 돈 버는 방법은 같으니까요. 카지노에서 가장 많은 테이블은 블랙잭입니다. 그리고 블랙잭의 승률은 플레이어가 사십구 퍼센트, 카지노가 오십일 퍼센트입니다. 플레이어 입장에서는, (규칙도 단순하고 승률도 거의 반반이니까) 꽤 공평한 게임처럼 보입니다. 하지만 플레이어는 카지노의 베네핏을 끝내 이길 수 없습니다. 겨우 이 퍼센트가 높을 뿐이지만 무한한 반복 끝에 웃는 건 카지노입니다. 저는 두 번의 밑장빼기로 베네핏의 세계로 향하는 문을 열 작정이었습니다. 일곱 장이나 열 장의 패로 치는 화투에서 확실한 두 장은 카지노의 법칙과 다를 바 없을 테니까요.

설악산으로 가는 중학교 수학여행 전날은 잠도 오지 않았습니다. 호종이말고도 화투를 가져온 친구들이 많았습니다. 화투점을 떼볼 필요조차 없는 천재일우千載一遇였습니다. 제 전략은 간단명료했습니다. 상대방의 운 따위는 신경쓸 필요 없다. 조바심 낼 것 없이 부지런히 치자. 그렇게 저는 꼬박 이박 삼일을 (낮에는 버스에서 자고) 고스톱만 쳤습니다. 사흘 사이에 제가 얼마를 벌었는지 아시면 깜짝 놀라실 겁니다.

수학여행 마지막 날, 저는 아무 말도 하지 않고 멍하게 창밖만 바라보며 돌아왔습니다. 제가 가져갔던 돈은 백 원 하나까지도 주머니에 그대로 남아 있었습니다. 따고 잃고, 따고 잃은 결과는 정확하게 본전치기였습니다. 방심한 적도 없는데, 돈은 모두 제 돈이나 마찬가지였는데, 자리도 바꿔가며 쳤는데, 피곤한 나머지 울산바위는 올라가지도 못했는데, 왜⋯⋯ 휴게소에서도 내리지 않고 멍하게 창밖만 바라보고 있는데 호종이의 귓속말이 들렸습니다.

— 손 너머를 봤어야지.

호종이는 찡긋 윙크를 하고 화장실로 뛰어갔습니다. 너머라니 어디를 말하는 걸까, 여기는 강원도 휴게소인데, 혹시 삼팔선을 뜻하는 것일까, 역시 호종이는 공산당이었던 것일까…… 아니 내 손, 너머, 그러니까 손에 쥔 패, 그리고 너머의 세상…… 아아, 호종이 말이 맞았습니다. 화투에서는 내려치는 패가 절반, 뒤집어서 가져오는 패가 절반입니다. 아무리 좋은 패를 들고 있어도 뒷장이 안 붙으면 번번이 내주기만 합니다. 반대로 말하면 아무리 나쁜 패를 쥐어도 뒷장만 붙으면 이길 수 있습니다. 손에 쥔 패보다 뒷장이 더 중요할지도 모릅니다. 가장 중요한 순간, 싸거나 싹쓸이는 어디까지나 뒷장에 달려 있으니까요.

역시 배움에 때와 장소는 없습니다. 인정합니다. 수학여행은 가치 있는 현장 교육이었습니다. 그런데 호종이는 어떤 녀석이었을까요? 평소에는 같은 반이라는 사실조차 흐릿하게 느껴졌는데, 어떻게 수학여행 때만 되면 제 마음을 꿰뚫어보고 있었던 걸까요? 저는 호종이에게 끝내 이유를 묻지 못했습니다. 아버지에게 오뎅 공장에 갔던 이유를 묻지 못했던 것처럼요. 그리고 고등학교로 진학하면서 자연스럽게 호종이를 잊었습니다. 하지만 여행의 교훈은 잊으려야 잊을 수 없었습니다. 그날 이후 저는 단 한 번도 화투로는 돈을 잃지 않았습니다.

4

  살면서 화투로 많은 재미를 봤습니다. F를 A-로 바꾼 적도 있고, 사단장에게 이겨서 헬기를 타보기도 했습니다. 하지만 교수나 장군 따위와 치는 화투에 진심이 담길 스는 없었습니다. 어디까지나 생존전략일 따름이었거든요. 역시 화투는 장인과 치는 게 재미있었습니다. 장인匠人 말고, 진짜 장인丈人 말입니다.

  결혼하고 나서 첫 명절이었습니다. 눈이 와서 사흘을 처가에 머무르게 되었습니다. 제가 처가에 갇히자 당황한 건 장인이었습니다. 화장실을 가도 제가 있고 담배를 피우러 나가도 (뒷마당에) 제가 쪼그리고 있었으니까요. 우리는 서로 나쁜 짓을 하다 만난 친구처럼 어색하게 웃었습니다. 어색하게 열두 번 정도 웃은 후, 장인은 갑자기 좋은 수를 떠올린 듯 과장되게 무릎을 치면서 말했습니다. 여보게 사위, 화투 칠 줄 아나?

장모님은 남부끄럽게 장인과 사위가 무슨 화투를 치냐고, 집에 화투가 있는지 모르겠다고 하시면서도 손으로는 담요를 꺼내고 있었습니다. 한국에 화투가 없는 가정은 없습니다. 서랍장이거나 장롱 구석이거나, 화투는 반드시 어딘가에 있습니다. 다만 그 자리를 잊고 있을 뿐입니다. 슬쩍 화투패 뒷면을 엄지손가락으로 쓸어올려보니 새것이나 다름없었습니다. 장인의 화투 품새를 짐작할 수 있었습니다.

그래도 장인이니까 저는 성심성의껏 상대해드렸습니다. 기름값과 톨게이트 비용 정도만 챙길 생각으로 장인이 잃으면 좋은 패를 넣어주고, 싸고 나서는 전혀 예상하지 못했던 것처럼 과장된 탄식을 내뱉었습니다. 여기까지는 (훈훈했고) 나쁘지 않았습니다.

문제는 우리 둘 다 흥이 올랐다는 겁니다. 도박이 무서운 이유는 돈을 잃는 것에 있지 않습니다. 돈이야 잃을 수도 있고 딸 수도 있는 것입니다. 도박의 진짜 무서움은 몰두에 있습니다. 화투에 빠져들면 아무것도 생각나지 않습니다(괜히 화투 앞에서는 부모 자식도 없다는 게 아닙니다). 저는 어느새 따닥, 쓸, 아싸 고도리를 외치고 있더군요(아싸는 참았어야 했습니다). 장인은 끝장났습니다. 장인은 허허, 이거 어쩔 수 없지, 하고 일어섰는데, 다리가 후들거리고 있었습니다(그리고 눈이 다 녹을 때까지 저에게 말을 걸지 않았습니다).

사위, 내가 혼자 연습 좀 했다네. 추석 때 내려가니 장인은 기다리고 있었다는 듯 화투를 꺼냈습니다. 하지만 인터넷 화투는 진짜와 다릅니다. 속도감이 다르니까요. 강속구는 곧잘 치면서 느린 공만 나오면 맥을 못 추는 타자가 되어버립니다. 느린 만큼 더 여유를 갖고 배트를 휘두르면 된다고 생각하겠지만, 아무래도 현실의 스윙이란 다를 수밖에 없습니다. 헛스윙을 세 번만 하면 손과 마음이 무너집니다. 이번에는 명절 용돈 정도로 해결되는 액수가 아니었습니다. 저는 어디까지나 화투는 전통민속명절놀이니까요, 하고 장인이 잃은 돈을 계산해서 돌려드리려고 했습니다. 장인은 입술을 꽉 깨물며 대답했습니다.

― 자네 눈에는 내가 그럴 사람으로 보이나?

글쎄요, 장인이 어떤 사람인지는 지금도 잘 모르겠습니다. 장인은 장인이고, 성은 아내와 같고, 성별은 아내와 반대고, 장모님한테는 한마디도 못하지만 그건 저도 마찬가지고……(왜 장인과 사위는 꼭 하게체를 쓰는 걸까요?) 그럼 반만 돌려드리면 어떨까요? 라고 물었더니 장인은 담배를 거칠게 비벼 끄고 벌떡 일어나셨습니다. 그동안 자신을 어떻게 봤냐는 둥, 아들같이 생각하려고 했는데 그럴 줄 몰랐다는 둥, 고스톱을 치면서 말이 너무 많다는 둥, 오늘 운 좋은 줄 알라는 둥, 다음 명절에 두고 보자는 둥……

아아, 딴 돈의 절반만 가져간다거나 개평을 넉넉히 줘야 한다거나 하는 소리는 도박꾼들에게나 해당되는 말입니다. 개평을 줄 일을 만들지 않는 게 더 현명합니다. 사람들은 돈을 돌려받는다고 좋아하지 않습니다. 자존심의 문제가 아닙니다. 개평을 받는 순간 앞으로 진심으로 복수할 기회가 사라지기 때문입니다. 진짜 이길 기회를 영영 잃어버리게 되는 셈입니다. 모름지기 복수는 (생각보다 더) 중요한 일입니다.

꼭 이겼어야 했느냐고 아내에게 혼이 났습니다. 뜨끔했지만 사실 아내 돈도 몰래 따고 있어서 상황을 설명할 방법이 없었습니다. 오후 다섯시만 넘으면 어둑어둑해지는 한겨울(십이월부터 이월까지) 우리집 동계 리그를 핑계로 아내의 용돈을 야금야금 따고 있었으니까요. 사실 아내 돈을 따는 게 큰 잘못은 아닙니다. 우리는 경제공동체니까요. 넓게 보면 장인의 돈을 따는 것도 잘못까지는 아닐지도 모릅니다(처가가 남일 수는 없지 않겠습니까?).

다음 설날, 장모님과 아내의 감시 때문에 장인과 저는 몸을 사렸습니다. 그리고 화장실 앞에서 장인을 마주쳤을 때 쪽지를 받았습니다. 오리백숙 잘하는 곳, 겨울에도 따뜻한 평상이 있음. 저는 투뿔++ 한우 등심보다 도널드덕Donald Fauntleroy Duck을 더 좋아한다고 답장했습니다. 우리는 세배를 마친 뒤 멧돼지가 뒹굴어서 망가진 묘를 손본다는 핑계를 대고 삽과 곡괭이를 챙겨 백숙집을 향해 걸었습니다. 그리고 다섯 시간 후 입술의 오리 기름을 닦으며 일어섰습니다. 장인과 함께 돌아오는 시골길은 어둡지 않았습니다. 역시 화투는 장인과 치는 게 재미있었습니다.

5

사람들은 좋은 패만 쥐면 이길 수 있으리라 생각합니다. 화투는 실력과 무관하고, 진 이유는 어디까지나 운이 부족했을 뿐이라고 대답합니다. 글쎄요, 당신은 운이 좋으면 반달곰과 (상대는 아주 운 나쁜 반달곰이라고 치고) 싸워 이길 수 있으십니까? 운이 좋다는 건 말입니다, 애초에 괴물을 만나지 않는 겁니다.

저는 괴물을 만난 적이 있습니다. 어쩌면, 지금 당신과 이야기를 나누는 것도 괴물 탓인지도 모릅니다. 입사한 지 일 년이

막 지났을 때였습니다. 거래처 이사의 조모상(무려 백한 살에 돌아가신)이었는데, 장례식장이 회사 근처라 퇴근길에 들러야만 했습니다.

 장례식장이란 뜻밖의 사람도 만나게 되고 평범한 안부도 의도 이상으로 길게 나누게 되는, 마음대로 되는 일이라고는 일어나지 않는 곳입니다. 말단 사원에게 육개장만 먹고 일어서는 사치는 허락되지 않았고 술을 꽤 마신 부장은 화투를 치자고 했습니다. 너희도 백 살까지 살고 싶으면 느리고 긴 취미를 가져, 이거만 부지런히 쳐도 치매에 걸리지 않아. 언제나 했던 이야기를 반복하는 부장을 보고 있으면 알코올성 치매가 바로 저런 것인가 싶었지만, 이 주장만큼은 동의할 수 있었습니다. 화투판에서는 빠르게 상황을 이해해야 하고(판단), 자기 몫의 점수는 스스로 챙겨야 하고(계산), 상대방이 슬쩍 점수를 올리는 게 아닌지 감시하는 동시에 너스레도 떨어야 하니까요(의심과 기만).

 우리 판이 너무 재미있어 보였나봅니다. 문상객들은 모처럼 열린 화투판을 붉은 얼굴로 쳐다보다가 저마다의 판을 깔기 시작했습니다. 화투가 모자라 옆 빈소에서 빌려오기도 했습니다. 관전하는 사람, 낄까 말까 고민하는 사람, 자리가 나기만을 기다리는 사람, 왕년에 화투 친 이야기를 늘어놓는 사람……

마음이 달아오른 사람과 눈이 번뜩이는 사람이 섞이고 판과 판이 만남과 이별을 반복하며 아사리판이 되었습니다. 오랜만에 진짜 장례식장에 온 것 같았습니다(다시 한번 삼가 고인의 명복을 빕니다).

어느새 제가 앉은 판은 우리 회사와 경쟁 납품 업체의 대결처럼 되어 있더군요. 부장은 부상으로 제일 먼저 이탈했습니다(오른쪽 어깨를 삐끗하자 왼손으로 치는 투혼을 발휘했지만 왼팔에도 쥐가 났습니다). 분명히 담배 피우러 간다고 했던 과장은 어느새 집에 갔는지 보이지도 않았습니다. 매번 면박만 주는 대리는 이건 회사의 자존심이 걸린 사건이라고 외쳤습니다(주둥이로 화투 치는 유형입니다). 그리고…… 저는 회사 대표로 일대일 고스톱, 맞고를 치게 되었습니다.

괴물은, 당신도 짐작하듯이 바로 호종이었습니다. 십 년 이상 훌쩍 지났지만 저는 호종이를 알아볼 수 있었습니다. 찡긋 웃는 얼굴은 호종이일 수밖에 없었습니다. 그런데 곰곰이 생각해보니 호종이의 정확한 실력은 잘…… 그러고 보니…… 보기는 봤을까……? 당시 저는 제 화투를 치기에 급급했으니까요. 호종이가 세다는 건 어린 시절의 착각이었을지도 몰랐습니다. 호종이는 그냥 우연히 수학여행에서 화투를 칠 때마다 곁에 있었던 것일지도 모릅니다. 저는 호종이를 한번 뒤집어

보고 싶었습니다.

고스톱의 묘미가 균형이라면 맞고의 핵심은 맞장입니다. 고스톱으로는 한 판에 큰돈을 따기 어렵습니다. 잘 맞아도 쓰리 고가 고작입니다. 맞고는 다릅니다. 빠르게 피만 붙으면 파이브five 고, 씩스six 고도 얼마든지 할 수 있습니다. 쓰리 고 이후부터는 고go 한 번에 두 배씩이니까, 고를 다섯 번 부르면 기본이 여덟 배입니다. 고스톱이 주고받는 탁구라면, 맞고는 상대를 반쯤 죽여놓을 수 있는 이종격투기입니다.

저는 반달곰이 되고 싶었습니다. 열과 성을 다해 밑장을 뺐습니다. 한 판, 한 판, 다시 한 판. 호종이는 만만치 않았지만 그렇다고 저보다 딱히 더 센 것 같지도 않더군요(역시 과거의 기억은 미화되거나 과장되는 모양입니다). 반반 싸움이 지루하게 이어졌습니다. 다른 판들은 멈췄고 모든 눈이 저희를 보고 있었습니다. 열심히 구경하던 거래처 이사는 비뚤어진 상장喪章을 가다듬으며 제안을 했습니다. (자신은 문상객을 맞아야 하니) 마지막으로 세 판만 더 치라고, 지는 쪽이 다음 입찰을 포기하라구요. 두 회사의 상사들은 지당하신 말씀이라며 동의했습니다.

저는 날뛰는 마음에게 말을 걸었습니다. 육 학년 때 딴 돈으로 아버지의 해진 벨트를 새로 샀던 걸 떠올려…… 그러면, 분명히 너는, 나는, 아니 너는, 아니 나는 할 수 있어…… 첫판, 떨리는 손으로 밑장빼기를 했지만 저는 딱 칠 점, 기본 점수로 이겼습니다. 호종이가 육 점으로 추격해와서 스톱을 부를 수밖에 없었습니다. 다음 판은 호종이가 칠 점으로 이겼습니다. 저는 아예 점수가 붙질 않았는데 호종이는 그냥 스톱을 불렀습니다. 소심한 녀석, 역시 별것 아니야, 만약 내가 지금 너라면…… 잠깐, 마지막 판 선을 쥐어야 밑장을 뺄 수 있는데, 차라리 첫판을 내주고 두번째 판을 가져올걸…… 그 순간, 저는 선을 잡은 호종이가 눈으로만 웃는 것을 분명히 봤습니다.

호종이는 시작하자마자 피를 늘려가며 순식간에 고를 부르기 시작했습니다. 저는 고도리로 일발 역전을 노렸지만 공산八月 기러기는 허무하게 호종이 앞으로 떨어졌습니다. 제가 이길 방법은 없었습니다(이사는 더 볼 것도 없겠다며 자리에서 일어났습니다). 호종이는 계속 고를 외치며 패를 내려쳤습니다. 이미 다 이겼으면서, 꼭 그렇게까지 무참하게…… 어렸을 때는 그래도 나쁜 놈은 아니었던 것 같은데…… 어마어마한 점수에 주변에서는 탄식이 나왔습니다. 호종이는 찡긋 웃고는 마지막 패를 내려쳤습니다. 힘차게 뒷장을 따닥 뒤집었습니다. 저는 눈을 질끈 감았습니다.

— 이거 나가린데?

부장의 떨리는 목소리가 들렸습니다. 선은 먼저 치는 대신 반반의 확률로 마지막 패가 붙지 않을 수 있습니다. 먼저 치는 자의 진정한 고민은 패가 바닥날 때까지 고를 외치고 두 배 더 먹을지, 아깝지만 한 장의 패가 남은 지점에서 안전하게 멈출 것인지를 감당하는 데 있습니다. 무승부였습니다. 호종이는 고를 부르고도 붙은 패가 없었으므로 이기지 못했고, 저는 마지막까지 이 점이므로 나지 못했으니까요. 사람들은 제자리로 돌아가더니 (마치 어떤 영감이라도 받았다는 듯) 아까보다 더 떠들썩하게 화투를 치기 시작했습니다.

와이셔츠를 앞뒤로 잡아당기다가 구두를 신던 호종이와 눈이 마주쳤습니다. 찡긋. 호종이는 장례식장 밖으로 사라졌습니다. 눈이 마주친, 서로의 눈이 서로의 눈 속에 들어와 있다는 것을 확인한, 그때 그 순간을 뭐라고 불러야 할까요? 있을 수 없는 오해와 숨길 수 없는 의도가 명백해지는 찰나, 호종이의 찡긋이 담고 있는 마음, 나가리에서만 불현듯 나타나는…… 저는 그것을 분명히 확인했습니다. 이제 제 화투는 처음부터 다시 섞여야만 했습니다.

6

— 땅끝까지 이르러 서로 화투하라.

대한바둑협회나 장기연맹도 있는데 화투협회가 없는 건 이상하지 않습니까? 심지어 화투는 아름답기까지 한데 말입니다(정치적 탄압이나 종교적 음모가 숨어 있을지도 모릅니다).

바둑은 무에서 시작해 꽉 차오르고야 말고, 장기는 잡고 잡다가 끝내 텅 비어버립니다. 하지만 화투는 손에서 던진 만큼 바닥에 패가 깔리기 때문에 늘 마흔여덟 장, 결코 부족하거나 넘치는 법이 없습니다. 화투는 잘 치는 사람이 항상 이기는 게임이 아닙니다. 아이가 어른에게 이길 수 있고 선이 말末에게 지기도 합니다. 화투에는 9단도 없고 초급도 없습니다. 화투 앞에서는 부모와 자식도 스승과 제자도 그저 평등하기만 합니다. 저는 장례식장에서 돌아온 다음날 세계화투회世界花鬪會를 창립하기로 마음먹었습니다.

화투회의 단기적인 목표는 화투의 완전한 합법화와 인식 개선, 장기적으로는 십억 화투 인구 양성 및 올림픽 정식 종목 채택입니다. 화투를 정규교과에 넣어 십이 년제 교육과정을 편성하는 것도 고려하고 있습니다. 화투를 통해 타자他者와 소통한 사람들이 늘어나면 전쟁 같은 건 일어나지 않을 겁니다.

각국 대표가 만나서 한판 꽃싸움을 벌이면 되니까요.

둥글게 둘러앉는 화투회에 회장 따위는 없습니다. 다만 코이코이こいこい를 변형해서 고스톱을 창안한 사람, 다윈의 진화론을 수정한 사람을 마음속 깊이 기릴 뿐입니다(아시다시피 그는 우장춘 박사입니다). 세계화투회는 번창할 겁니다. 벌써 회원도 두 명이나 있으니까요. 저는 조카의 크리스마스 선물로 화투를 가져갔습니다. 조카는 이제 여덟 살, 조기교육을 시작하기 적당한 초등학생이 되었거든요. 아직 우리 조직은 비밀이니까 삼촌 외에는 아무와도 화투를 치지 말고 섣불리 실력을 드러내서도 안 된다고 단단히 일러두었습니다. 조카는 (닌텐도 게임기와 새로 출시된 슈퍼마리오를 받으며) 저에게 충성을 맹세했습니다.

조카와 저는 머리를 맞대고 강령도 정했습니다. 첫째, 언제나 꽃을 사랑한다. 조카는 화투패를 물끄러미 바라보더니 꽃을 사랑하지 않는 사람은 회원이 될 수 없다고 썼습니다(역시 저를 닮은 조카는 영재가 분명합니다). 이어서 저는 두번째 규칙을 만들었습니다. 둘째, 가족 같은 사람에게만 밑장을 뺀다. 그리고 작은 글씨로 덧붙였습니다. (단, 가족의 범주는 회원 각자의 양심에 맡긴다.) 그리고 이제, 세번째 강령이 필요한 순간이 되었습니다.

화투점에서 저녁에 좋은 이를 만나 기쁜 일이 있다고 했습니다. 저는 화투점이 좋습니다. 읽는 사람의 마음에 따라 같은 싸리와 단풍의 의미가 달리 와닿을 수 있거든요. 의미가 달라지면 그날의 운수도 바뀝니다. 없었던 운을 불러오고 불운을 행운으로 바꿀 수도 있습니다. 세번째 규칙은, 당신이 우리와 함께 만들어나가면 어떻겠습니까? 셋이 모이면 넷이 될 수 있고 넷이 모이면 다섯을 채울 수 있습니다. 서로 반복해서 패를 주고받다보면 손 너머의 광경을 바라볼 수 있습니다. 같이 입술의 오리 기름을 닦고 싱긋 웃을 수도 있습니다. 믿고 기대하셔도 좋습니다. 오늘 이후 저는 단 한 번도 당신을 실망시키지 않을 테니까요.

왜 하필 당신이냐구요? (믿으실지 모르겠지만) 저는 당신이 없는 세계화투회는 상상조차 할 수 없습니다. 당신이야말로 화투회의 □ ■이니까요. 당신이 이기면 (진짜) 이유를 알려드리겠습니다. 제가 지면 당신도 모르는, 당신의 □ ■(을/를) 말해드리겠습니다. 당신이 지면 여기 놓인 가입신청서를 쓰시면 됩니다(거기, 도장은 아래에 찍으면 됩니다). 서두를 필요는 없습니다. 얼마든지 제 시간을 당신에게 드릴 수 있습니다. 저는 당신을 오랫동안 기다려왔으니까요. 천천히 입회원서를 읽어보십시오. 우리는 분명 같이 재미있게 화투할 수 있습니다. 준비가 끝나면 그냥 찡긋 웃어주십시오. 결심하셨습니까? 그럼 패를 돌리겠습니다. 밤일낮장이니 지금은 낮은 패가 선입니다. 먼저 뒤집어보십시오.

미당시문학관

1

　미당문학관은 고창에 있다. 아니다. 앞으로는 정확하게 쓰기로 하자. 미당시문학관은 고창군 부안면 질마재로 2-8에 있다. 미당시문학관은 09시에 열고 18시에 닫는다. 등절기에는 한 시간 일찍 끝난다. 매주 월요일과 1월 1일은 휴관이다.
　나는 항상 소설만 쓴다. 그러므로 당연히 시인은 아니다. 시인이 되고 싶었던 적도 없다. 하지만 첫번째 소설 낭독회를 마쳤을 때 검은 옷을 입은 할아버지는 질문을 했다. 황당하지만 그럭저럭 재미있게 들었다고, 그런데 과거에 시를 써본 적은 없냐고 물었다. 뭐? 시? 황당? 그럭저럭? 나는 화가 났지만 참았다. 할아버지 말고는 아무도 질문하지 않았으니까. 그리고 아무 말은 중요하니까. 나는 화면이 하얗게 빈 것을 참지 못한다. 채워지지 않으면 조마조마해진다. 긴장은 싫지만 교감신경은 내가 어떻게 통제할 수 있는 것이 아니다.

— 맞습니다. 저도 가끔 제가 쓴 문장이 시처럼 아름답게 느껴지더라구요.

스스로 정말 재치 있는 대답이었다고 감탄했지만 아무도 웃지 않았다. 그리고 문제는 웃음이 아니다. 낭독회를 할 때마다 비슷한 질문을 반복해서 받았다는 게 더 큰일이었다. 질문하는 사람은 매번 달랐다. 초등학생도(옆에 앉은 엄마에게 옆구리를 쿡 찔린) 있었고 아저씨도(사인회를 하는데 보험 하나 들어보라고 했던) 있었다. 작가님은 왜 사람들이 시를 쓴다고 생각하세요? 언제 시를 쓰고 싶으신가요? 지금 이 시대의 시란 무엇일까요?

혹시 나는 소설가보다 시인 같은 얼굴일까? 그런데 시인스러운 얼굴은 무엇이고 소설가스러운 표정은 무엇일까? 화장실 거울 앞에서 시인스러운 표정을 짓다가 치약을 짰다. 치약으로 안 되는 일은 세상에 없다. 삼십 분 후 지나치게 깨끗한 거울을 보고 있으니 가슴이 두근거렸다. 나는 화장실 바닥에 앉아 소설가에게 시를 묻는 사람의 논리구조를 썼다.

( )→

어느 날 문득 뭔가 문학을 하고 싶다는 생각이 들기 시작한다→

소설은 길다(아직 평론의 존재는 모른다)→

시부터 쓰자?→

( )→

분명하다. 사람들이 시부터 쓰는 이유는 분량 때문이다. 시는 단 한 글자로도 시가 될 수 있다. 심지어 제목이 없어도 시는 시다. 김영랑은 한 번도 자신의 시에 제목을 붙인 적이 없지만 우리는 「돌담에 속삭이는 햇발」이라고 부른다. 소설은 다르다. 한 글자를 쓰고 소설이라고 우기는 건 곤란하다. 가나다라마바사를 쓰더라도 이천사백 번은 써야 원고지 팔십 장을 채울 수 있다. 물론 나는 길이 따위에 집착하지 않는다. 그럴 필요가 없다. 위대한 소설가는 원래 길게 쓴다. 박경리의 『토지』는 스물한 권이다. 나는 소설이 길다는 생각도 해본 적 없다(물론 평론의 존재를 스물세 살 때 처음 듣긴 했다). 할 말이 많아야 소설을 쓸 수 있다. 그런데 지금은 아니다. 나는 인과를 잃어버렸다.

2

저주가 분명하다. 물론 나는 사람들에게 원한을 산 적은 단 한 번도 없다. 나는 누구에게나 친절하다. 나는 싫은 소리를 하지 못하고 나쁜 말을 입 밖에 낸 적이 없다. 화가 나면 집에 와서 소설을 썼다. 그러니까 저주를 건 사람이 있다면 아마도 내가 쓴 소설의 인물들일 것이다. 그들이라면 나에게 원한을 가질 이유가 충분하다. 그 밖의 경우는…… 아니다. 가능성이 없다.

나는 인과에 따라 소설을 썼다. 원인의 이유, 이유의 결과, 이유의결과의이유를 한올 한올 잇다보면 마지막 문장이 떠올랐다. 성실하게, 기계적으로 작업하다보면 하루가 끝났다. 그런데 점심을 먹고 나니 인과가 생각나지 않았다. 내가 지금 뭐하고 있더라? 글쎄. 뭘 쓰고 있었던 것 같은데. 주인공이 다음에 해야 할 일이 무엇이지? 글쎄. 알아서 뭐라도 하겠지. 주인공이라면 그 정도는 알아서 해야 하는 것 아닌가. 뭐라도 하고 싶은 말이 있을 거 아니야? 꼭 말을 해야 전달이 되나? 아니, 그럼 어떻게 하자는 거야? 글쎄, 글쎄, 글쎄. 인과 대신 글쎄가 자리잡았다. 인과나 글쎄 모두 두 글자라서 마침 자리도 딱 맞았다. 잃어버린 것과 새로 찾아온 게 같은 두 글자라니…… 이건 결코 우연이 아니다. 나는 소리를 지르며 자리에서 벌떡 일어났다. 그동안 너무 많은 소설을 쓴 탓일까? 아닌데, 아직 스물한 권도 못 썼는데(나의 유일한 경쟁 상대는 박경리다). 하루 종일 책상에 앉아 언제나 뭔가를 읽고 썼으니 갑자기 무슨 문제가 생겨도 이상하지는 않지만…… 글쎄. 하지만 하필 갑자기 지금 왜? 뭐? 하필? 이것도 두 글자잖아!

　나는 유일하게 알고 지내는 시인에게 연락을 했다. 시인은 나의 유일한 친구다. 시인은 빨리 아이스 아메리카노를 사서(샷 추가를 잊지 말고) 자신의 집으로 오라고 했다. 우리가 친구가 된 일은 사소하다. 시인과 나는 서늘한 지하보도에서 빨간 패딩을 입은 남녀들에게 붙잡힌 적이 있다. 그들은 선량한 얼굴로 복지 사각지대에 놓인 아동들을 도와달라고 했다. 시인은 고개를 크게 끄덕거리고 모나미153 볼펜으로 후원서를 쓰기 시작했다. 직업란에는 당당하게 시인이라고 썼다. 빨간 패딩들은 역시 시인은 마음도 아름답다며 나에게도 후원을 권했다(물론 그들은 내가 소설가라는 것은 알지 못했다). 나는 최소 금액인 오천 원을 내기로 했다. 그렇게 우리는 친구가 되었다.

　사실 시인이 쓴 시는 전혀 이해되지 않았다. 왜 매번 시에 비둘기가 등장하는지도 모르겠다. 시인의 첫 시집에 등장하는 비둘기를 세어보았더니 모두 백스물일곱 마리였다. 비둘기 밥이라도 주고 다니는 것일까. 아니다. 시인은 비둘기에게 남모를 원한이 있을 수도 있다. 분명한 건 시인은 비둘기의 친구 또는 적이다. 나는 방에 쌓여 있는 원고를 건성으로 넘기며, 시인에게 슬며시, 오는 길에 특정 동물에 대한 지나친 애착 또는 혐오를 치료해주는 병원을 봤다고 말했다. 시인은 아이스 아메리카노를 쭉 빨아 먹고 대답했다.

— 혼자 가기 힘들면 내가 같이 가줄까?

시인에게 인과 이야기는 꺼내지도 못했다. 됐다. 시인에게 무슨 말을 하겠는가. 원고로 뒤덮인 시인의 집에 오래 머물면 기관지가 나빠질 것 같았다. 현관문에서 신발끈을 묶는데 시인이 지나가는 말처럼 미당문학관에 한번 가보라고 했다. 왜? 라고 물으니 시인은 글쎄, 문학사文學史에 남은 시인이니까 찾아가서 나쁠 것도 없지 않겠느냐고 되물었다. 이유가 고작 문학사라니…… 나는 시인이 한심했지만 네이버지도에 미당문학관이라고 검색했다. 미당문학관이라고 검색했는데 미당시문학관으로 변경된 검색 결과가 나왔다. 미당시문학관은 집에서 이백팔십삼 킬로미터 떨어진 곳에 있었다. 직접 운전을 하면 세 시간 삼십 분 걸렸다. 택시를 타면 대략 이십팔만 사천이백 원 정도 나올 것으로 예상된다고 했다. 내친김에 인과도 검색했다. 검색결과 없음. 역시 인과는 쉽게 찾을 수 있는 게 아니다. 글쎄도 검색해봤다. 서울 구로구 수출 산업 공업단지. 누군가의 직장에 불쑥 찾아가는 건 실례다. 우선 미당시문학관에 가볼 수밖에 없었다. 그런데 미당? 미당이 대체 누구지?

3

쿠팡 미당·로켓와우멤버 무제한 무료배송
옥션 미당·클럽은 5% 쿠폰 무제한
미당(베트남 음식) 영업중·20:30에 라스트오더
미당(오리 요리) 영업중·21:30에 영업 종료

  네이버에 따르면 미당은 로켓배송이 가능한 베트남 오리 요리였다. 그러니까 미당의 정체는 오리고기로 속을 채운 베트남 월남쌈이다. 물론 네이버에서는 원자폭탄을 검색해도 당일배송이라고 뜬다. 네이버도 의심스럽고 쿠팡도 수상하다. 이미 핵무기를 무제한 로켓배송할 수 있는 시스템을 갖춰놓고 있을지도 모른다. 아니면 그들은 거짓말을 하고 있는 게 분명하다. 주문이 들어오면 그제서야 허겁지겁 핵무기를 만들기 시작하는 것이다.
  에이, 아니다. 미당이 베트남 오리일 수는 없다. 시문학관이 있으니까. 강아지라면 모를까, 문학관이 있는 오리는 본 적이 없다(강아지 문학관은 경북 안동시 일직면 성남길 119에 실제로 있다). 하지만 내가 알고 있는 시인은 윤동주가 유일하다. 윤동주를 모르면 간첩이다. 아니, 간첩도 윤동주는 안다. 김일성 회고록에서 윤동주는 애국 시인으로 표현되어 있다. 김일성은 인민들에게 윤동주를 본받아 자아비판을 충실하게 하라는 교시를 내렸다. 김일성 회고록을 읽어도 국가보안법에 저촉되지 않는다는 건 다행스러운 일이다(김일성회고록도 총알배송! 신학기 준비는 예스24 김일성회고록!).

문제는 완성이다. 아깝다. 거의 다 쓴 것이나 다름없었는데. 인과를 잃어버렸으므로 왜 하필 지금 인과를 잃어버렸는지 답할 수는 없다. 마음에 걸리는 부분을 하나씩 고쳤다. 소설은 차츰 짧아지다가 마침내 한 문장만 남았다. 나는 소설을 쓴다가 유일하게 남은 문장이었다. 이런. 나는 절대 소설가 소설을 쓰지 않는데, 소설 속의 내가 나는 소설을 쓴다, 고 하다니! 나는 나는 소설을 쓴다, 라는 문장을 재빨리 지웠다. 그러자 텅 빈 화면만 남았다. 나는 화면이 하얗게 빈 것을 참지 못한다. 채워지지 않으면 조마조마해진다. 나는 어쩔 수 없이 죽었던 문장을 우선 되살려놓았다.

내가 절대 소설가 소설을 쓰지 않는 이유는 단순하면서 명쾌하다. 소설가가 등장하는 소설은 대부분 졸작이다(박경리를 이기기 위해서는 졸작 따위를 쓸 시간이 없다). 당연하다. 아무도 소설가의 우는소리 따위에는 관심 없다(같은 소설가도 소설가가 우는소리는 듣기 싫다). 징징거릴 시간이 있으면 한 글자라도 더 쓰면 될 일이다. 독자는 고뇌의 결과를 보고 싶을 뿐이다. 읽고 쓰는 일의 어려움을 말하고 싶으면 『필경사 바틀비』나 『너무 시끄러운 고독』처럼 최소한 필경사나 폐지압착공 정도는 내세워야 한다. 버릇처럼 소설가를 팔아먹는 소설은 마치 낭독회에서 낭송되는 자신의 작품을 내심 흐뭇한 얼굴로 듣고 있는 작가 같다. 자신이 쓴 소설을 천천히 소리 내어 읽다가 여기까지 읽겠습니다, 하고 박수를 기다리는 얼굴 말이다. 나는 예의상 박수를 친다. 그리고 다시는 이런 데 오지 않겠다고 결심한다. 독자의 박수를 진심이라고 생각하는 작가는 부끄럽다. 모름지기 소설가의 각오는 단호해야 한다.

— 제 자신을 소설로 쓰느니, 저는 차라리 지금 이 자리에서 은퇴를 택하겠습니다. 감사합니다.

나는 자신 있게 신인문학상 수상소감을 말했다. 두 주먹도 불끈 쥐고, 힘차게 천장을 향해 팔도 뻗었다(이후 신인문학상을 준 잡지에서는 나에게 한 번도 연락을 주지 않았다). 그러니까 나는 절대 나는 소설을 쓴다, 는 문장 같은 것을 쓸 수 없다. 이제 어떻게 하지? 지금이라도 지워버릴까? 새로 쓰면 없었던 일이 될까? 역시 윤동주의 시를 더 외워야 했을까? 자아비판, 자기반성, 요즘 유행은 메타인지인데…… 그래, 단순하게 생각하자. 지금 이 순간 내가 할 수 있는 것은 단 한 가지다. 나는 운전대를 잡았다. 글쎄, 하필이면 이 타이밍에 장어가 먹고 싶었다.

4

— 나는 지켜보고 있어.

　휴게소에 차를 세우고 시인의 메시지를 확인했다. 시인은 메시지와 함께 비둘기 사진을 보내왔다. 사진 속 비둘기의 눈은 타오르는 듯한 주황색이었다. 미당시문학관을 다녀오는 동안에는 시인을 차단하는 게 안전 운행에 도움이 되지 않을까? 배가 고팠지만 휴게소 음식 따위는 먹기 싫었다. 라면도 싫고 돈까스도 지겹다. 장어는 고창이 최고다. 장어 없는 고창은 아무것도 아니다. 그런데 영업시간이 마음에 걸렸다. 장어를 먹는 사이에 미당시문학관이 문을 닫을지도 몰랐다. 평일 낮인데도 생각보다 고속도로는 막혔다. 요즘은 당이 떨어진다 싶으면 갑자기 날카로워지거나 급속도로 무기력해진다. 똑같이 당이 떨어지는데 반응이 정반대인 것이 신기하다. 물론 화가 날 때보다 아무 말도 할 수 없을 만큼 기운이 없는 쪽이 더 많다. 삼천오백 원을 주고 핫바를 샀다. 눈을 감고 핫바를 씹었다. 핫바나 장어나 모두 바다 생선이다. 길쭉하게 생겼으니 모양도 비슷하다. 한 방울의 상상력만 있다면 핫바도 장어가 될 수 있다.
　거짓말이다. 한번 거짓말쟁이가 되고 나면 그다음 거짓말은 의지와 무관하게 반복하게 된다. 나는 핫바를 먹지 않았다. 핫바가 떨어져서 핫도그를 샀다. 세상에, 핫바가 없는 휴게소라니. 이럴 거면 대체 휴게소는 왜 만든 거지? 핫도그를 장어라고 우기려면 한 방울의 상상력으로는 어림도 없었다. 나는 울면서 핫도그를 먹으며 핫바와 장어에 대해서 썼다. 벌을 받은 게 분명했다. 나는 시인과 헤어지자마자 아동복지단체 후원을 취소했다.

　나는 사실 미당을 알고 있다. 미당시문학관을 찾아가면서 미당을 모를 수는 없다. 무엇보다 미당 정도가 되면 알고 싶지 않아도 알게 된다. 요즘 소설가는 미당도 모르는구나, 형편없는 소설가인 줄은 알고 있었지만 정말 형편없구나, 하고 한탄했다면 기쁘다. 그만큼 내 소설이 끝내준다는 증거니까. 물론 여자친구는 내 소설을 읽지 않는다. 하지만 소설과 사랑은 무관하다. 그리고 나를 사랑한다면 나의 소설도 좋아해달라는 소설가는 끔찍하다. 나는 여자친구와 나란히 앉아 아이스 아메리카노를 쪽 빨아 먹을 때가 가장 행복하다.

　나는 사실 팔 년 전 미당시문학관에 왔었다. 미당 탄생 백주년이었고 그해 겨울 나는 첫 소설을 발표했다(하지만 내가 쓴 건 시가 아니라 소설이었기 때문에 아무도 미당과 나의 연관성에 주목해주지 않았다). 나는 그때 미당의 생몰연대를 외웠다. 미당은 1915년 5월 18일에 태어나서 2000년 12월 24일에 죽었다. 생몰연대를 안다는 것은 무척 중요하다. 조부모의 생몰연대를 아는 사람은 한 번도 보지 못했다. 조부모의 생일과 돌아가신 날 중 하나는 반드시 헷갈리기 마련이다. 심지어 기독교인도 예수가 사망한(승천한) 날짜를 모른다. 생몰연대를 알면 모든 것을 안다고 할 수 있다. 나는 여자친구와 크리스마스이브를 보내면서 무심코 오늘이 미당 기일이야, 라고 한 적이 있다.

— 오빠, 난 괜찮은데 다른 사람들한텐 이런 이야기 하는 거 아니야, 알지?

5

나는 문학관을 좋아한다. 문학관은 공짜다. 입장료도 공짜고 주차비도 없다. 돈을 받는 문학관은 경기도 양평에 있는 황순원문학촌(성인은 이천 원, 어린이는 천 원)밖에 보지 못했다. 황순원문학촌의 정식 명칭은 황순원문학촌소나기마을이다. 춘천에 있는 김유정문학촌도 비슷한 수준의 입장료가 있다. 그러므로 유료 입장인 경우는 문학관이 아니라 문학촌인 게 분명하다. 문학촌이라고 생각하면 이천 원이 아깝지 않다. 에버랜드나 한국민속촌이라고 생각하면 입장료를 못 낼 이유도 없다.
하지만 유료 문학관은 가지 않는다. 유료라는 말은 장사가 된다는 뜻이다. 유료 문학관에는 내가 찾는 문학이 없다. 내가 문학관에 가는 이유는 하나다. 문학관에는 아무도 없다. 경기도 안성시에 있는 박두진문학관에서도, 경상남도 통영에 있는 박경리기념관에서도 사람을 본 적이 없다. 나는 아무도 없는 문학관에만 간다. 하지만 황순원문학촌소나기마을에는 가족 단위의 방문객들이 많았다. 아이들은 시간마다 나오는 대형 소나기 분수를 비둘기와 함께 꺄륵꺄륵 뛰어다녔다. 아이들과 비둘기가 헷갈렸다. 나도 분수를 맞으며 뛰고 싶었지만 아이들이 무서워할까봐 참았다.

   1: 입장료가 있는 문학관에는 사람이 많다.
   2: 이천 원은 소나기 분수 값이다.
   3: 비둘기의 적절한 가격은 얼마일까?

 시인은 내 말을 믿지 않는다. 시인은 내가 문학관을 드나드는 이유를 일종의 기(氣)를 받기 위해서라고 생각한다. 하지만 나는 허무맹랑한 것은 믿지 않는다. 죽은 사람은 죽은 사람이다(유령이라면 또 모르겠다. 유령은 말도 할 수 있으니까). 나는 냉철한 리얼리즘을 바탕으로 현실을 정확하게 묘파하는 혁명적인 소설만 쓴다. 물론 자료 조사는 필요하다. 장치 없는 기계는 존재할 수 없다. 세심한 부품이 모여서 곧 소설 기계를 돌리므로 미당문학관이냐 미당시문학관이냐는 굉장히 중요하다.

뭉클한 감동이 있다고 하더라도 미당문학관에 다녀왔다고 쓴 소설을 신뢰할 수는 없다. 이건 자존심의 문제다.

— 알 만하신 분이 왜 이러실까. 선생님, 여기서 이러시면 곤란합니다.

왜 항상 관리인은 내 어깨를 팸플릿 끝으로 슬쩍 미는지 모르겠다(혹시 옷에서 냄새가 나나?). 따뜻하게 손으로 두드려줘도 될 텐데 말이다. 나는 입을 닦고 꾸벅 인사를 하고 다음 전시관으로 이동해서 졸았다. 나는 항상 문학관에서 아무것도 하지 않는다. 멍하게 앉아서 꾸벅꾸벅하다 돌아온다. 박경리가 쉬고 있는 양지바른 무덤 옆에서 낮잠도 잤다. 멀리 있는 문학관에 가면 피곤하다. 졸음운전을 할 수는 없다. 안전운전은 항상 소설보다 훨씬 중요하다.

나는 어디서나 양질의 잠을 잔다. 꿈을 꿔본 적도 없다. 사람들이 꿈을 꾼 이야기를 하면 궁금하다. 깨어 있을 때 무슨 생각을 하면 꿈이란 걸 꾸는 걸까? 잠은 그냥 아무 생각 없이 푹 자면 되는 것 아닌가? 당연히 꾸벅꾸벅 졸아도 꿈에 작가가 나타나는 일 따위는 없다. 문학관의 전시를 건성으로 보고 지나가서 그럴지도 모른다. 작가의 유품은 보잘것없다. 누군가와 찍은 사진, 만년필, 훈장, 육필 원고가 고작이다. 사진을 보면 실망스럽다(사진을 보고도 존경스러운 마음을 유지하려면 백석 정도는 되어야 한다). 고개를 숙이고 훈장을 받는 모습은 상상할 가치도 없다.

궁금한 건 육필 원고다. 진짜 육필 원고가 맞기는 한 걸까? 필체 감식도 거쳤을까? 기증하는 사람이 헤헤헤 하고 슬쩍 끄적여서 아무 종이나 주면? 그렇다면 중요한 건 육필이 아니라 원고다. 원고가 아니라 작품이다. 작품은 어디에나 있다. 결국 문학관에 중요한 건 사실상 아무것도 없는 셈이다. 아무것도 중요하지 않은 문학관이라면 안심하고 졸 수 있다. 나는 시인의 집에서 손으로 흘려 쓴 원고 몇 장을 몰래 챙겨왔다. 무슨 내용인지는 모른다(어차피 비둘기 이야기일 것이다). 시인은 자신이 동경하는 문학사에 절대 남지 못할 것이다. 비둘기가 등장하는 시로는 「성북동 비둘기」를 이길 수 없다. 나는 문학사에 남지 못할 시인의 시를 문학관에 보관해주겠다고 결심했다. 미당시문학관의 육필 원고와 시인의 원고를 그 자리에서 바꿔치기하면 시인도 모르고 미당도 모르고 관람객도 모르고…… 문제는 내가 그 사실을 안다는 점이긴 한데……

괜찮다. 만약 들킨다면, 범인은 시인이 될 것이다. 시인의 필체니까. 시인의 지문이 묻어 있을 테니까. 시인은 미당시문학관에 다녀온 전적이 있을 게 분명하니까(다녀오지도 않고 무작정 권한 건 아니겠지? 에이, 설마). 경찰에게는 시인은 평소에 어딘가 불온해 보였다고 증언해야겠다. 시인이라면 어디에서도 (교도소에서도) 내 마음을 이해해줄 것이다. 미당시문학관에 도착해서 사이드브레이크를 당겼을 때, 고창의 날씨는 최저기온과 최고기온이 구 도로 동일했다. 최저기온과 최고기온이 같다고 해서 하루 동안 온도가 변하지 않는다는 뜻은 아니다. 겨울에는 드물게 두 온도가 같은 날이 있다. 나는 완전범죄를 좋아한다.

6

보행기를 끌고 가는 노인은 보이지 않고 천천히 넘어도 하늘로 솟구칠 것 같은 과속방지턱만 질마재 언덕 곳곳에 깔려 있었다. 잠시 후 좌회전입니다, 라는 내비게이션 안내를 따르고 나니 미당시문학관이 불쑥 달이 떠오르듯이 앞에 나타났다. 입구가 원래 이런 모습이었던가? 자전거 조형물이 있었던가? 팔 년 전의 일을 기억하는 것은 불가능에 가깝다. 팔 년 전까지 갈 필요도 없다. 어제 시인과 무엇을 먹었는지 기억이 나지 않는다. 조금 전에 쓴 문장도 헷갈린다. 정확하게 쓰기로 했었던가, 분명하게 쓰기로 했었던가? 둘 다 아닌가? 쓰다보면 정신을 잃을 때가 있다. 정신을 차리는 쪽보다 잃어버리는 게 더 나을 때도 있다.

계획대로 행동하자. 한 번 왔던 문학관이다. 죽었던 작가가 부활이라도 한다면 모를까(내 소설에서 죽었던 작가가 부활할

리는 없다), 문학관이 가진 미덕은 변하지 않는다는 데 있다. 급한 일은 없고 중요한 것도 없다. 문학관 입구에 있는 카페 '팔할八割이 바람'에 들러 더블 에스프레소를 마시자. 카페는 친절했다. 한자에 익숙하지 않은 사람들을 위해 팔할八割 옆에 80%라고 써두기까지 했다. 하지만 카페 문을 밀었더니 덜컹 소리만 나고 꿈쩍도 하지 않았다. 금일휴업이라거나 외출중이라는 팻말조차 없다. 나는 카페 문을 발로 찼다.

물론 나는 주인이 급하게 돌아와 내려주는 커피를 마실 생각은 없다. 마음대로 문을 닫는 주인이라면 분명 커피머신의 예열도 끝나기 전에 에스프레소 샷을 내릴 것이다. 무엇이든 예열이 가장 중요하다. 나의 카페인 감수성은 예민하다. 나는 오직 하루 한 잔의 커피만 마실 수 있다(디카페인 커피는 마시지 않는다). 허탈해졌다. 배가 아팠다. 바로 옆 건물은 전체가 화장실이었다. 화장실이 카페보다 컸다. 화장실마저 잠겨 있는 끔찍한 상상을 하며 조심조심 걸어갔다. 다행히 화장실 문은 친절하게 열려 있었다. 하지만 항상 친절을 조심해야 한다. 소고기나 장어를 사주는 사람은 위험하다. 나는 갑작스러운 친절이 수상해서 철저하게 확인을 했다. 역시, 화장실에는 휴지가 없었다. 함정이 분명했다(틀림없이 물도 내려가지 않을 것이다).

차에도 휴지는 없었다. 질마재를 넘으면서 편의점은 보지 못했다. 질마재를 넘으며 봤던 건 과속방지턱뿐이다. 훌륭한 소설가는 언제나 세 가지 방법을 가지고 있다. 첫째, 빠르게 질마재에서 퇴각하는 것. 둘째, 간절하게 장에게 기도하는 것. 셋째, 최후의 수단은, 차 트렁크에 굴러다니는 내 소설책을 손바닥으로 비비는 것. 간절하게 비비면 쓸 만해질 것이다(저렴한 재생지로 만들었다). 그럼 어느 대목을 찢어야 할까? 물론 미당은 베트남 오리가 아니다, 부터? 미당과 나는 같은 서산 서씨다, 부터?

아니다, 두번째 방법을 쓰자…… 내일부터는 거짓말 따위는 하지 않고 살겠습니다…… 개가 똥을 끊겠습니까…… 지금 당장이라고 하지 않고 내일부터라고 하는 게 더 진심처럼 보이시겠지요…… 거짓말처럼 배가 아프지 않았다. 대신 머리가 욱신거렸다. 나는 문학관 앞 잔디밭으로 올라왔다. 미당시문학관은 폐교를 개조한 곳이니까 이곳은 예전에 운동장이었을 것이다. 운동화 밑창과 마른 잔디가 만나며 사부작사부작 소리가 나고 움츠려 있던 땅 냄새가 허공으로 떠올랐다. 겨울, 얼어붙었던 땅이 녹고, 유난히 무른 검은 흙의 정체는……

흙이 아니라 개똥이었다. 정신을 차렸을 때 나는 개똥에 포위되어 있었다. 사방이 똥밭이라 당장 바지를 내리고 볼일을 보더라도 아무도 모를 것 같았다. 하지만 과민성대장증후군이란, 꼭 간절히 원할 때는 침묵한다. 혹시 휴지, 함정, 개똥이 아니라 사람의 그것은 아닐까? 나는 껑충껑충 뛰면서 탈출을 감행했다. 그래, 시간이 흐르고 나면 운동장은 잔디밭이 되고, 잔디밭은 개똥밭이 되기도 하는 것이다. 그리고 내가 조금 전에 밟은 물컹이가 절대 사람똥은 아닐 것이다. 아니어야만 한다. 아니다. 나는 믿음을 가지기로 했다. 믿음 없이 소설을 쓰는 것은 불가능하다.

 관광안내판 앞에 섰다. 미당시문학관은 문학관과 시인의 생가와 묘지가 같이 있는 특별한 곳이라는 설명을 읽었다. 묘지라, 못 갈 것도 없지. 예전에 왔을 때는 문학관과 생가밖에 보지 못했다. 그런데 '생가로 가는 길'이라는 안내는 있는데 '묘지로 가는 길'이라는 팻말은 보이지 않았다. 네이버지도를 봐도 길을 이해할 수 없었다. 그때 문학관 입구에 누가 서성거리는 모습이 보였다. 이상하다. 왜 어디서 본 것 같지?

7

 누구는 검은색 유광 패딩을 입고 야구모자를 눌러쓰고 있었다. 그는 나를 보자 흠칫 얼굴을 돌렸다. 혹시 시인인가? 미당시문학관에 가보라고 하고 나를 미행한 건가? 하지만 주차장에는 내 차를 제외하면 단 한 대의 차도 없었다. 미당시문학관은 걸어서 올 수 있는 곳이 아니다. 그러므로 누구는 시인이 아니라 마을 주민일 확률이 높다. 그럴싸했다. 나는 스스로가 만족스러웠다. 그는 내가 문학관에 들어가자 재빨리 따라 들어왔다. 마치 누군가 문을 열어주기를 기다렸던 것처럼 보였다.

―어르신, 말씀 좀 여쭙겠습니다. 묘지는 어디로 가면 될까요?

―츱, 츱.

누·구·는 대답 대신 입으로 츱, 츱 소리를 내고 미당의 연표를 바라봤다. 긍정인가, 부정인가, 감상에 방해가 되니 말을 걸지 말라는 것인가? 츱, 츱이 아니라 읍, 읍인가? 귀가 어두우신가 보다. 나는 꾸벅 인사하고 다음 전시관으로 바로 이동했다. 나에게는 미당시문학관이 중요한 게 아니라 문학관이 중요했고 문학관이 아니라 텅 빈 문학관이 중요하다. 미당의 원고를 훔치고 시인의 원고를 그 자리에 바꿔놓는 게 중요하다. 패딩을 입고 올걸. 문학관 밖보다 안이 더 추웠다.

미당의 흉상을 보고 있는데 목덜미 뒤에서 츱, 츱 소리가 났다. 츱, 츱 소리가 어쩐지 재촉하는 것 같아서 나는 입구로 되돌아갔다. 하지만 이번에도 츱, 츱 소리는 나에게서 떨어지지 않았다. 이렇게 되면 완전범죄를 만들 수 없다. 타자기 앞으로 달려가도, 계단 위를 뛰어올라가도 츱, 츱, 츱, 츱 소리를 떨칠 수 없다. 분명 도망은 내·가· 치고 있는데, 누군가가 뒷·걸·음·질·로· 나·를 쫓아온다. 마이클잭슨의 문워크Moon walk를 떠올리게 하는 현란한 발걸음이다. 문학관 스피커에서 〈빌리진Billie Jean〉이 들린다. And Be Careful Of What You Do 'Cause The Lie Becomes The Truth(행동을 조심해 거짓이 진실이 되곤 하니까). 이런, 이렇게 되면 나도 그의 정체를 짐작할 수밖에 없다. 당연하다. 여기는 미당시문학관이니까.

— 메리 크리스마스!

나는 갑자기 고개를 획 돌리면서 고함을 질렀다. 그 순간 누구는 그 자리에 얼어붙는다.

— 2000년 12월 24일은 너무 작위적이니까요. 저는 치사한 건 참을 수 있어도 어색한 건 용납하지 못합니다. 잘 지내셨습니까, 선생님?

— 읍, 읍.

누구는 검지와 중지를 빠르게 붙였다가 뗀다. 나는 전자담배밖에 없는데 괜찮겠냐고 묻는다. 그는 고개를 끄덕인다. 나는 실내는 금연이라는 말 따위는 하지 않는다(모두가 아는 것은 말할 필요가 없다). 대신 전자담배에 불을 붙이려는 그에게 친절하게 사용법을 알려준다. 그가 전자담배를 피울 뿐인데 실내가 훈훈해진다. 따뜻해지니까 졸린다. 인위적으로 만들어낸 전자담배의 연기(사실은 수증기) 속으로 보이는 그의 표정은 전시된 지팡이 중 하나가 사실 가짜라고 말하고 있다. 문학관의 당사자와 함께 전시를 관람하는 기회는 흔치 않다. 우리는 같이 옥상에 올라간다. 옥상에서는 질마재 마을이 끝까지 내려다보인다. 날씨가 흐려서 또렷하게 보이지 않는다. 방수 페인트와 콘크리트가 엉망으로 깨져 있다. 그 틈으로 풀이 자라고 있다. 그는 갑자기 밑으로 뛰어내려간다. 나는 저 상황을 잘 안다. 화장실에 휴지가 없다고, 내 소설책이라도 한 권 가져가시라는 말을 해주려고 뒤쫓아갔지만 보이지 않는다. 나는 차에서 시인의 집에서 훔쳐 왔던 원고를 꺼낸다. 한번 읽어보려다가 그만둔다. 지금 중요한 건 시가 아니다. 장어다. 그에게 같이 장어를 먹자고 청해볼까. 맛있게 드시는 건 좋지만 너무 많이 먹으면 어쩌지(계산은 언제나 내 몫이니까). 장어를 먹고 출발해도 오늘 안에는 충분히 집에 도착할 수 있다. 장어를 먹고 나면 아까 마시지 못한 커피도 마셔야겠다. 그가 돌아오지 않는다. 분명하다. 그도 변비다. 나는 전시관 의자에 앉아 깜빡 존다. 깨어나보니 옆에 노란 서류봉투가 놓여 있다. 겉에는 '담뱃값'이라고 쓰여 있다. 나는 집으로 돌아와 천천히 그 원고를 읽고 마음에 드는 시 스무 편을 골라낸다. 다섯 편씩 나누어 네 곳에 각기 다른 필명으로 투고를 하고, 한꺼번에 신인문학상 세 개를 휩쓴다. 오직 한 군데에서만 이것은 어디서 본 듯한 시라고 평가한다. 나는 그 심사위원이 가장 날카로운 눈을 가졌다는 것을 눈치챈다. 나는 곧바로 김수영문학상을 받는다. 나는 수상소감으로 시인이 될 생각이 전혀 없었는데 어쩌다 시인이 되어버렸다고, 시인이 될 운명이었다고, 이제 그만 소설가는 은퇴하겠다고. 사실 그동안 형편없는 소설을 꾹 참고 쓰느라 무척 힘들었다고, 한국문학의 미래는 소설이 아니라 시에 있다고 선언한다. 하지만 아무도 나를 찾지 않는다. 신인문학상을 받은 잡지에서조차……

8

하지만 이런 소설을 쓸 수는 없다. 예전의 나라면 아마 누구가 등장하는 소설을 썼을 것이다. 죽은 작가와 태연하게 대화를 나누는 장면을 유머러스하게 쓰고, 꿈과 현실을 모호하게 처리했을 게 분명하다. 미당의 시를 적절하게 패러디하고 이를 통해 내가 재해석한 문학의 가치를 쓰려고 궁리했을 것이다. 이백팔십삼 킬로미터나 떨어진 미당시문학관을 굳이 찾아간 것은 바로 이런 소설을 쓰기 위해서였다.
하지만 지금의 나는 그렇게 쓸 수 없다. 누군가의 저주를 받았기 때문이다. 말이 되지 않는 소설은 사양한다. 잃어버린 인과를 되찾기 전에는 이런 소설을 쓰는 것은 불가능하다. 그러므로 미당이 등장하는 소설은 세상에 존재할 수 없다. 존재할 수 없는 것을 생각하면 슬퍼진다. 나는 이제 텅 빈 것을 견디는 법을 배워야 한다. 하필이면 지금 이 순간에, 부주의하게…… 후회는 소용없다. 글쎄나 하필과 친해지는 것도 나쁘지 않을 것 같다. 하필과 함께라면 소설가 소설도 쓸 수 있을 것 같다. 그렇다면 내가 다음에 가야 할 곳은 박경리기념관이나 토지문학관이다. 하지만 박경리를 소설로 쓰고 싶은 마음은 도저히 들지 않는다. 『토지』 스물한 권을 다시 읽을 자신이 없다. 『토지』를 검토하지 않고 박경리 소설을 쓰는 것은, 냉철한 리얼리즘과 혁명적인 의식에 어긋난다. 역시 하필보다는 글쎄가 낫겠다. 아무래도 하필과 친해지기는 어려울 것 같다. 지금의 선택은 매우 중요하다. 한번 쓰고 나면 지울 수 없다. 그건 마음대로 되는 일이 아니다. 인과를 잃어버렸던 것처럼 말이다.

― 선생님, 여기서 이러시면 곤란합니다. 알 만하신 분이 왜 이러십니까.

(알 만하신 분? 내가 작가인 걸 눈치챘나?) 왜 항상 문학관 관리인은 내 어깨를 팸플릿 끝으로 슬쩍 미는지 모르겠다. 나는 관리인을 빤히 쳐다봤다. 관리인의 상의는 검은색이긴 했지만 유광은 아니었다. 관리인은 순간 흠칫 한 발 뒤로 물러

섰다. 언제 해가 졌는지 주변이 캄캄했다. 이상했다. 아무리 겨울이라도 벌써 해가 질 시간은 아니었다. 너무 많이 졸아서 그런지 카페인이 부족해서 그런지 머리가 다시 아팠다. 문학관을 나왔다. 구구구구구. 새 울음소리가 생생하게 들리기 시작했다. 정신을 차리는 사이 철컥 문이 잠기는 소리가 나고 그림자 하나가 어둠 속으로 빠르게 사라졌다. 캄캄한 밤에 무덤을 찾아가는 것은 도굴꾼 같아서 싫었다. 이번에도 미당의 묘지는 찾아가지 못하는 모양이다. 나는 아무 불빛도 없는 미당시문학관을 휴대전화 조명으로 비추어보았다. 진짜 목적이 생각났다.

인과와 글쎄도 장어 앞에서는 모두 무력하다. 나는 장어를 상상했다. 깔끔하게 껍질이 벗겨진 순수한 장어가 놓인다. 장어 외에 다른 밑반찬은 아무것도 필요 없다. 아니다. 채 썬 생강은 있어야 한다. 짚으로 초벌을 하면 완벽하겠지만 세목에 집착할 필요는 없다. 관건은 참을성이다. 불판이 충분히 달궈질 때까지 기다려야만 한다. 섣부르게 장어를 올리면 반드시 실패한다. 나는 적절한 시점을 포착할 줄 안다. 뒤집는 것은 딱 두 번으로 충분하다. 자주 뒤집어봐야 살만 부스러질 뿐이다. 숯불의 화력과 장어 자체에서 나온 기름으로 살짝 튀겨지듯 구워진 장어를 생강과 함께 맛있게 먹으면 된다. 천천히 장어를 씹고 살짝 입술을 떨어야 한다. 장어를 모두 삼킬 때까지는 입을 열어서는 안 된다. 장어 외의 다른 어떤 생각도 용납할 수 없다. 오직 장어만이 고창을 고창답게 만들 수 있다. 그리고 네이버지도에 따르면 미당시문학관에서 십오 분 이내로 찾아갈 수 있는 (문을 연) 장어집은 한 곳밖에 없었다. 지금이라면, 망설이지 않고 출발한다면 라스트오더 전에 도착할 수 있다.

    산지직송이라고 딱히 싸지는 않아요.
    한 번쯤은 먹을 만한데 두 번은 모르겠어요.
                            별점 3.0 ★★★☆☆

  한 번이면 충분하다. 나도 두 번을 바라지는 않는다. 내비게이션에 떠듬떠듬 주소를 입력하고 시인에게 전화를 했다. 시인은 졸린 목소리로 전화를 받았다. 시인에게 미당의 진짜 생몰연대를 아느냐고 물었다. 침묵하던 시인은 혹시 지금 미당시문학관이냐고 반문했다. 나는 황급히 전화를 끊고 주변을 살폈다. 나는 정확하게 들었다. 시인은 미당문학관이 아니라 미당시문학관이냐고 물었다. 가로등조차 켜지지 않은 질마재 마을은 아무것도 보이지 않았다.

  질마재 마을을 빠져나오다 과속방지턱을 넘는데 덜컹, 조수석에서 뭔가 떨어졌다. 차를 세우고 불을 켜보니 조수석 바닥에 떨어진 노란 서류봉투에서 원고지 몇 장이 삐져나와 있었다. 손으로 쓴 원고였다. 나는 비상등을 켜고 원고를 읽기 시작했다. 그럴 줄 알았다. 원고는 한 치의 오차도 없이 예상했던 것 그대로였다. 원고의 첫 문장은 미당문학관은 고창에 있다, 였다.

끝, 없는 이야기

이만영(문학평론가, 전북대 교수)

0. 아무것도 사라지지 않는다.

기억은 망각보다 그 힘이 세다. 중학생 때 부모님을 홀연히 떠나보냈던 개인사적 경험까지 있었던 터라, 나는 어떤 존재가 이 땅에서 '휘발되듯' 사라지더라도 그에 대한 기억만큼은 끝까지 간직하겠노라는 마음을 잊지 않으려 애틀 써왔다. 김학찬이라는 작가도 나에게는 그런 존재였다. 십수 년을 알고 지내왔던, 내게는 소중한 후배이자 동학이자 작가였다. 대학원 시절 우리는 함께 수업을 들었고, 틈만 나면 술 한잔 마주 기울이며 소설에 대해 이야기를 했으며, 우리들의 암울한 미래가 더 찬란해질 수 있음을 늘상 기약해왔다.

그의 부음 소식을 들었을 때, 나는 연구실 서재에 꽂힌 그의 책을 끌어안고 소리 내어 울었다. 그리고 그와 마지막으로 술잔을 기울였던 날을 떠올렸다. 2022년 11월 어느 날이었다. 그때 나는 교수 임용 최종 면접을 앞두고 있어서 한참 시간에 쫓기고 있었다. 그런데 그는 그런 나를 보겠다고 굳이 늦은 밤에 우리집 앞으로 오겠다는 연락을 해왔다. 술에 흥건하게 취할 무렵이었던가. 그는 조심스레 자신의 첫 소설집 해설을 써달라는 부탁을 했다. 나는 평소 그를 늘 '귀한 작가'라고 생각해왔고 그의 작품을 거의 다 찾아 읽을 정도로 충실한 독자를 자임하고 있었지만, 그다지 저명하지 않은 평론가인 내가 그의 소설집 해설을 쓴다는 것 자체가 큰 부담으로 다가왔다. 거절에 거절을 거듭했지만, 그는 끝내 내가 거절할 수 없는 상황을 만들었다. 해설을 안 써주면 다시는 연락하지 않겠다는 말과 함께. 그렇게 해서 결국 나는 그의 소설집 『사소한 취향』의 해설을 쓰게 되었다.

그는 『사소한 취향』을 내게 보내주면서 친필로 쓴 엽서 하나를 끼워 넣었다. 이제는 공개 여부를 그에게 물을 수도 없게 되었지만, 그가 남긴 엽서의 첫 문장을 조심스레 공개하자면 이렇다. "만영이 형! 히히, 남자한테 엽서를 쓰는 건…… 아마도 처음이자…… 마지막이 아닐까…… 제발……" 평소 익살스러운 농담을 주고받았던 우리였던지라, 처음 이 엽서를 받았을 때는 그가 남긴 첫 문장을 깊이 있게 읽지 않았다. 하지만 그가 없는 이 시간, 나는 이 문장을 무거운 마음으로 읽고 있다. 분명 더 써야 할 이야기가 남아 있었을 텐데, 나와 소담소

담 나눌 이야기가 참으로 많이도 있었을 텐데, 왜 하필 이 엽서가 그가 내게 남긴 마지막 엽서였을까.

아무것도 사라지지 않는다. 그가 내게 남긴 엽서와 카카오톡 메시지, 그리고 그의 익살스러운 표정과 목소리들. 어쩌면 이 글은 『구름기』에 대한 해설이라기보다는, 그가 남기고 간 흔적들을 가까스로 복원하기 위한 헌사 정도가 될 수 있을 것 같다. 부디 양해해주시길.

1. 불온한 세계와 불안한 인간

김학찬 작가는 나에게 종종 이 세계에 대한 자신만의 해석과 철학을 말하곤 했다. 작가라면 으레 그렇듯, 그 또한 이 세계를 불온한 상태로 인식하고 있었고 우리 사회에서 배제된 존재에 대해 세밀한 관심을 가졌다. 술자리에서 터져나오는 이 세계의 불온함에 대한 환멸과 비애와 분노. 정치·경제뿐만 아니라 종교계와 교육계를 종횡무진 넘나들면서 이 세계를 '폭격'했던 그는, 항상 익살과 위트를 곁들여 말하곤 하는 '이야기꾼'이었다. 그래서일까. 그의 소설에서는 이 세계의 불온한 작동 체계에 대한 비판과 그로 인해 배태되는 불안한 인간의 형상을 쉽게 찾아볼 수 있다.

「모범택시를 타는 순간」의 '나'는 이제 막 군대에서 전역을 한 '예비역' 대학생이다. 대학 등록금을 조달하기 위해 신장까지 팔 생각을 할 정도로 경제적 불안감을 호소하고 있는 '나'는, 가까스로 과외 자리 하나를 구하게 된다. 과외 경력이 거의 없었던 '나'가 고액의 과외 자리를 쉽게 얻을 수 있었던 것은 두 가지 이유 때문이었다. 하나는 과외 학생과 닮았기 때문이고, 다른 하나는 각종 문학 공모전에서 입상한 이력이 있기 때문이다. 그렇게 해서 '나'는 과외를 시작하게 되었고, 이후 과외 학생의 어머니로부터 놀라운 제안을 받게 된다. K대학에서 주최하는 문학 공모전에 출품할 작품을 아들을 대신해서 쓰고, 입상할 시에는 오천만 원 이상의 사례금을 주겠다는 제안이었다. 그녀가 내민 봉투 앞에 '나'는 자존심과 양심을 버리고 '대리 시험'에 응한다. 이 작품에서 그리고 있듯, 한국 사회는 그야말로 과잉 경쟁의 장이다. 타인과의 경쟁에서 이기지 못하면 그대로 낙오될 수 있다는 공포감이 조성되는 이 현실 속에서, '명문대 졸업장=성공'이라는 도식은 입시 경쟁과 그에 따른 사교육 열풍을 부추기는 데 일조한다. 이러한 경쟁과 생존의 메커니즘 속에서 공정과 정의라는 가치는 손상되기 쉽다. 이 소설의 '나'가 대리 시험에 가담하기로 한 것처럼 말이다. 사실, 이 소설에서의 '나'는 과정보다는 결과를 중시하는 이 냉정한 경쟁 구조의 피해자라 할 수 있다. '나'가 대리 시험에 가담하게 된 근원적 이유는 어디까지나 대학 등록금 인상에 따른 불안감 때문이었다. 이러한 '나'는 경제적인 이유 때문에 삶의 좌표를 상실하고 불안감을 호소할 수밖에 없는, 오늘

날의 청년 세대를 예증한다.

　냉혹한 경쟁의 메커니즘은 교육의 장에서 더욱 공고하게 작동된다. 이러한 현실을 잘 보여주고 있는 작품이 「영재」와 「①②③④⑤」이다. 「영재」에서 '나'(제갈영재)는 이름이 '영재'라는 이유 하나만으로 영재시험을 치르게 된다. 영재 판정을 받게 된 '나'는 할아버지와 아버지의 교육열 덕택에 대학연구소에 있는 영재교육원을 다니게 된다. 하지만 그곳에서 가르치는 교수들의 얼굴에는 "자본주의적인 미소만 가득"하고, 영재교육원은 "아이들이 포기하지 않을 만큼의 착각"을 지속적으로 심어준다. 말하자면 영재교육원은 영재를 양성하는 고도의 교육기관이라기보다는 부모에게 아이가 특별하다는 착각을 심어줌으로써 운용되는 자본주의적 훈육 기관에 불과했던 것이다. 결국 '나'는 아버지와 할아버지의 기대와 지원 속에서 고액의 영재교육을 받지만, 대학 입학을 앞둔 열아홉 살이 되어서야 비로소 "나에게 필요한 것은 교육이 아니라 치료"라는 사실을 깨닫게 된다. 다시 말해 자본주의적 훈육 시스템에서 지속적으로 영재로 호명되었지만, 대학 입학을 앞둔 열아홉 살이 되어서야 비로소 영재가 될 수 없다는 사실을 자각하게 된 것이다.

　이렇듯 「영재」에서는 공고한 경쟁 구조 속에서 영재 강박증에 신음하는 '나'가 등장했다면, 「①②③④⑤」에서는 지독한 시험 강박증에 노출된 '나'가 등장한다. '나'는 "취미와 특기가 시험"이라고 말할 정도로 시험에 대한 강박 장애를 갖고 있다. '나'는 모의고사를 치르는 날을 가장 행복한 날로 여길 뿐 아니라, 토익 시험, 한국사 자격증 시험, 한자 자격증 시험 등 연쇄적으로 시험을 치르면서 오히려 안온함을 느낀다. 심지어 입시 강박 때문에 상담 치료가 필요하다는 정신과 의사의 조언을 거부하면서까지, '나'는 "시험의 시대"에 만족하며 살아간다. '나'가 이렇듯 시험에 강박적인 집착을 하는 이유는, 학업 성취도와 시험 점수에 큰 중점을 두는 한국의 경쟁적인 입시제도 때문이다. 물론 이러한 경쟁이 때로는 혁신과 진보의 원동력이 될 수도 있겠지만, 문제는 이러한 경쟁과 압박이 과도해짐에 따라 불안과 스트레스가 가중될 수 있다는 점이다. 이렇듯 「①②③④⑤」는 시험점수에 의해 교육의 성과가 산출되고 그로 인해 학생들이 시험 강박증을 가질 수밖에 없는 현실을 그린다. 이러한 경쟁의 쳇바퀴 속에 놓여 있는 존재들의 불안, 김학찬은 바로 이러한 존재들의 들리지 않는 신음을 우리에게 들려주고자 했던 것이다.

2. 세계의 '바깥', 경계 위에 선 존재들

2020년 어느 날이었던 것으로 기억된다. 김학찬 작가와 내가 순댓국을 앞에 두고 술잔을 기울이던 때였다. 그는 불쑥 내게 이런 질문을 던졌다. "형! 혹시 새터민에 대해서 알아요?"

부끄럽지만 나는 그때까지만 하더라도 '새터민'이 '탈북자'의 대체 용어인 줄조차 모르고 있었다. 김학찬 작가는 내가 모르는 게 있다고 말할 때, 눈을 번뜩이며 말하는 습관이 있다. 그는 그윽한 미소와 함께 번뜩이는 눈으로 삼십 분이 넘도록 '새터민'에 관한 이야기를 해주었다.

작가라면 모름지기 촉수가 예민해야 한다. 일상의 세계를 세밀히 들여다보는 촉수가 있을 때라야 배제되고 소외된 자들의 삶에 대해 이야기할 수 있고, 더 나아가 인간 존재에 관한 본질적이면서도 범상치 않은 질문을 제기할 수 있기 때문이다. 단언하자면, 김학찬에게는 바로 그러한 예민하면서도 윤리적인 문학적 촉수가 있다. 이를 단적으로 보여주는 작품이 바로「귀가」이다.

「귀가」에서는 한국 사회에 살고는 있지만 한국 사회에 온전히 자리잡지 못한 새터민 가족이 등장한다. 부모와 함께 북을 떠난 '나'는 늘상 친구에게 폭력을 당하고 돈을 빼앗긴다. 단순히 물리적 폭력만 당한 것은 아니다. '나'는 "고향 말을 쓰면 이곳 사람들이 경계했고, 고향 말을 쓰지 않으면 새터민 친구들이 끼워주지 않"는, 그야말로 경계 위에 서 있는 이방인 같은 존재였다. 그렇다면 '나'의 아버지는 어떠한가. 그는 북한에서 대학까지 나온 엘리트였지만 한국에서는 그를 좆처럼 써주지 않는다. 그리고 설사 어렵게 구직에 성공하더라도 나이 어린 사장에게 폭행을 당하기 일쑤이다. 그런 그가 할 수 있는 일이라고는 엄마를 때리거나 구글 지도로 '고향 사진'을 찾아보는 일밖에 없다. 그러던 어느 날 그는 학교 폭력 피해자인 아들('나')을 앞세워 가해자 부모로부터 더 많은 합의금을 받아내고자 애를 쓴다. 그 이후 '나'는 아버지에게 더 많은 용돈을 받는 혜택을 누리지만, 여전히 '나'는 무료로 보내주는 수학여행조차 갈 마음이 없을 정도로 외롭기만 하다. 이 작품에서 '나'가 엄마에게 전화를 걸다가 휴대전화를 던지는 마지막 장면은, 작가의 메시지를 집약하고 있는 부분이라고 할 수 있다. 휴대전화는 북한에서는 쓸 수 없었던 소통의 매개체이지만, 정작 '나'는 가장 소통하고 싶은 엄마와 제때 통화할 수조차 없다. 이렇듯 소통 회로가 철저하게 차단된 상황에서 휴대전화는 '나'에게 더이상 쓸모가 없다. 「귀가」는 이처럼 고향 상실이 초래하는 실향민의 정서를 환기할 뿐 아니라 난민·무국적자·망명자라는 프레임으로 인해 여느 공동체에 속하지 못하는 존재들을 예민한 시선으로 포착한 작품이다.

「귀가」가 새터민이라는 경계인을 그리고 있다면, 「은이와 같이」와 「구름기」는 '자본주의적 규칙'을 몰랐던 아버지에 관한 서사를 다루고 있다. 먼저, 「은이와 같이」는 돌아가신 아버지에게 보내는 서간체 형식의 소설이다. 이 작품에서 '나'는 아버지에 대한 존경 따윈 전혀 없고, 오히려 아버지에 대한 비난과 분노만을 반복적으로 표출한다. 심지어 "형은 개새끼고 아빠는 멍청하다"는 것을 인생의 진리로 깨달았다고 할 정도이다. 하지만 이 작품을 독해하기 위해서는 그 비난과 분노에 방점을 둬서는 안 된다. 왜 '나'는 형을 개새끼라고, 또 아빠를 멍청하다고 생각했는가. 그에 관해 '나'는 이렇게 달한다. "아빠하고 형은 자본주의적 규칙을 몰라. 규칙을 이해하면 돈이 따라온다니까. 나를 좀 봐." 말하자면 아빠는 어묵 공장에서 일하는 것도 제대로 못 버티고 일주일 만에 돌아오는, 그야말로 자본주의 규칙 '바깥'에 위치한 존재였던 것이다. 표면상으로 '나'는 아버지에 대한 비난과 환멸을 쏟아내고 있지만, 궁극적으로는 자본주의 시스템 '바깥'에서 배회했던 아버지의 삶에 대한 연민과 동정의 정서를 갖고 있다.

「은이와 같이」와 유사하게 「구름기」도 이 세계의 '바깥'을 응시하고자 했던 아버지의 서사를 다루고 있다. 이십오 년 전, '나'의 아버지는 누나의 대학 입학을 앞두고 갑자기 목포로 가족 여행을 떠나자는 제안을 한다. '나'는 경북 고령에서 전남 목포까지 가는 일정 자체가 납득이 안 되었지만, 게임기를 사주겠다는 아버지의 달콤한 제안에 넘어가 여행 일정에 동참하게 된다. 그리고 이십오 년이 지나, '나'는 아버지가 향한 곳이 왜 목포였는지에 관한 궁금증을 해소하기 위해 아내와 함께 목포로 떠난다. 과연 목포에 도착해서 발견한 것은 무엇이었을까. "여보, 구름 정말 멋지지 않아? 구강기나 항문기처럼, 우리 모두에게는 구름기가 있대. 구름 위에 올라탈 수 있다는 마음, 구름 위 세상을 받아들이는 믿음, 구름보다 신기하고 아름다운 것을 모르던 때를 구름기라고 부른대. (……) 그래, 안타깝게도 구름에 올라타면 떨어진다는 과학적 진실을 알게 된 순간부터 불행해지는 거야. 그러니까 우리는 구름을 믿고 살아야 하고"라는 '나'의 말에서 읽어낼 수 있는 것처럼, 지금의 '나'와 이십오 년 전의 아버지가 발견하고자 했던 것은 구름 위에 올라탈 수 있고 구름 위 세상이 존재한다고 믿었던 '구름기'의 기억이었다. '나'의 아버지는 1998년 목포 여행을 마친 뒤 실직을 하고 재취업에도 실패하게 된다. 그만큼 이 작품에서 아버지는 자본주의 시스템 내에 온전히 안착하지 못한 존재이면서도, 구름 위의 세계를 믿고 구름 위에 올라탈 수 있다는 믿음을 고수하는 존재로 그려진다. 더욱이 이 작품에 이십오 년 전 아버지와 함께 타고 갔던 차량이 기아KIA의 '캐피탈'이라는 점도 의미심장하다. '나'는 '캐피탈'에 대해 이렇게 말한다. "인간을 짐짝 취급한다는 점에서는 자본주의적이면서 반휴머니즘적"인 것이라고. '나'의 말대로 '자본capital'은 인간을 짐짝 취급하고 있다는 점에서 반휴머니즘적이다. 하지만 '나'와 아버지는 '구름기', 즉 자본으로 운용되는 상징계적 질서의 '바깥'을 지향한다. 결국 이 소설에서 목포를 향한 '나'와 아버지의 여정은, 자본으로 운용되는 이 질서로부터 벗어나 '구름기'에 대한 기억을 복원하려는 그 여정과 맞물린다고 할 수 있다.

3. 실패한 리얼리즘, 그 너머의 길

리얼리즘 작가들은 있는 그 자체의 현실을 그리고자 한다. 어떻게 '있는 그 자체의 현실'을 그릴 것인가? 작가가 그려내는 현실은 지극히 협소한 한 단면일 뿐인데, 소설이 어떻게 이 거대한 시공간 전체를 재현할 수 있단 말인가? 따라서 리얼리즘 작가가 던져야 할 핵심은 이런 것일 수도 있겠다. 어떻게 '부분의 현실'을 통해 '전체의 현실'을 재현할 수 있을까? 이는 리얼리즘 작가만이 독점할 수 있는 질문은 아니다. 아마도 예술 작품을 창작하는 이들이라면 모두가 제기할 법한 질문이기도 하다.

리얼리즘 작가들은 미메시스를 통해 '형상화된 총체성'을 구현해낸다. 소설을 통해 이 거대한 현실 전체를 재현하는 것은 불가능한 일이므로, 그들은 특정한 시공간에서 가공의 인물들을 내세워 '형상화된 총체성'을 구현해내고자 한다. 이와 관련하여 루카치는 이렇게 말한 바가 있다. "이처럼 현실에 접근해가는 창작 과정에서 예술은 현실을 결코 완전히 다룰 수 없지만, 작품의 개체성은 심도의 측면에서 직접적으로 존재하는 현실을 능가할 수 있다. 물론 예술을 통해 현실에 도달할 수 없다는 것과 동시에 현실을 능가한다는 것은 모순이다. 그러나 이는 예술 자체의 생명이 지니는 살아 움직이는 모순이다."(게오르그 루카치, 홍승용 역, 『미학서설』, 실천문학사, 1987, 241면)

내가 리얼리즘에 관한 이 고루한 이야기를 새삼스럽게 꺼낸 이유는, 「미당시문학관」에서 리얼리즘의 본질에 관한 질문들이 반복적으로 제시되어 있기 때문이다. 「미당시문학관」의 '나'는 할말이 많아야 소설을 쓸 수 있다고 믿지만, '인과因果'를 잃었기에 소설다운 소설을 쓸 수가 없다. 그렇게 잃어버린 '인과' 대신에 새롭게 찾아온 글자는 다름 아닌 '글쎄'이다. '글쎄'란 사전적으로 "남의 물음이나 요구에 대하여 분명하지 않은 태도를 나타낼 때 쓰는 말"인 반면, '인과'는 "원인과 결과를 아울러 이르는 말"이다. 이러한 사전적 의미를 고려해보자면, '글쎄'는 불확실성을 내포하고 있지만 '인과'는 확실성을 내포하고 있는 용어라고 정리할 수 있을 것이다. 익히 알려져 있는 사실이지만 인과성은 소설이 가진 본질적인 속성 중 하나이다. 하지만 '나'에게 '글쎄'라는 불확실성의 단어가 찾아온 것은 왜일까? 인과율만으로는 모든 것을 설명할 수 없는, 수수께끼 같은 이 세계의 불가해성 때문은 아닐까? 이처럼 '나'는 소설을 쓸 수 없는 상태에서 끝없이 헤매다가, 결국 인과율에 어긋나는 문장들을 하나하나 삭제해나감으로써 소설 한 편을 완성하고자 한다.

"문제는 완성이다. 아깝다. 거의 다 쓴 것이나 다름없었는데. 인과를 잃어버렸으므로 왜 하필 지금 인과를 잃어버렸는지 답할 수는 없다. 마음에 걸리는 부분을 하나씩 고쳤다. 소설은 차츰 짧아지다가 마침내 한 문장만 남았다. 나는 소설을 쓴다가 유일하게 남은 문장이었다. 이런. 나는 절대 소설가 소설을 쓰지 않는데, 소설 속의 내가 나는 소설을 쓴다, 고 하다니! 나는 나는 소설을 쓴다, 라는 문장을 재빨리 지웠다. 그러자 텅 빈 화면만 남았다. 나는 화면이 하얗게 빈 것을 참지 못한다. 채워지지 않으면 조마조마해진다. 나는 어쩔 수 없이 죽었던 문장을 우선 되살려놓았다."

앞서 말했듯이, '나'는 인과를 잃어서 소설을 완성하지 못한다. 그래서 작성된 문장을 하나씩 제거했는데, 그렇게 해서 최종적으로 남은 한 문장이 바로 "나는 소설을 쓴다"였다. 마치 "나는 생각한다. 고로 존재한다"와 같은 데카르트적 언설을 차용한 것 같은 이 문장은, 쓰는 행위 그 자체만이 진실이라는 작가의 목소리를 내포하고 있다. 그래서 "나는 소설을 쓴다"라는 문장을 지우니 텅 빈 화면만 남게 된 것이고, 그것을 참지 못한 '나'는 그 문장부터 되살려놓는다. 이 대목에서 우리는 이 작가가 생각한 글쓰기의 첫번째 윤리가 무엇인지를 생각해볼 수 있다. 인과율에 부합하든 부합하지 않든, 어쨌든 소설을 쓰는 행위 그 자체가 중요하다는 것. 그래서 소설 한 편을 완성하기 위해 "나는 소설을 쓴다"라는 문장만큼은 기어코 남겨두고자 했다는 것.

그리고 '나'는 "냉철한 리얼리즘을 바탕으로 혼실을 정확하게 묘파하는 혁명적인 소설만 쓴다"라고 단언하면서, "미당문학관이냐 미당시문학관이냐는 굉장히 중요하다. 뭉클한 감동이 있다고 하더라도 미당문학관에 다녀왔다고 쓴 소설을 신뢰할 수는 없다. 이건 자존심의 문제다"라고 생각한다. 미당문학관은 현실 세계에 없지만, 미당시문학관은 현실 세계에 있다. 그래서 '나'는 미당문학관이 아니라 미당시문학관을 정확하게 쓰는 소설만을 신뢰할 수 있다고 말했던 것이다. 물론, '나'의 말을 곧바로 작가의 인식으로 치환할 수는 없는 일이다. 하지만 이 소설의 제목에서 알 수 있듯, 이 작가는 '나'의 입을 통해 미당문학관이 아니라 미당시문학관을 정확하게 쓰려는 의지, 현실을 정확하게 묘파하려는 의지를 분명하게 드러내고 있다. 그리고 이것이 바로 김학찬이 생각했던 글쓰기의 두번째 윤리였던 것이다.

그러나 '나'는 이 두번째 윤리를 충실하게 지키지 못한다. 이는 이 소설의 마지막 대목을 통해 확인할 수 있다.

"질마재 마을을 빠져나오다 과속방지턱을 넘는데 덜컹, 조수석에서 뭔가 떨어졌다. 차를 세우고 불을 켜보니 조수석 바닥에 떨어진 노란 서류봉투에서 원고지 몇 장이 삐져나와 있었다. 손으로 쓴 원고였다. 나는 비상등을 켜고 원고를 읽기 시작했다. 그럴 줄 알았다. 원고는 한 치의 오차도 없이 예상했던 것 그대로였다. 원고의 첫 문장은 미당문학관은 고창에 있다,

였다."

 기민한 독자들이라면 위 인용문의 마지막 문장에 주목할 수 있으리라. 앞서 '나'는 '미당시문학관'을 정확하게 쓰는 소설만을 신뢰한다고 밝혔다. 하지만 정작 자신은 그러한 소설을 쓰지 못한다. 즉, '미당시문학관'을 정확하게 쓰겠다는 '나'의 의도와 달리, 나는 소설의 첫 문장에서부터 '미당문학관'이라고 오기하고 있었던 것이다. 이처럼 '나'는 정확하게 현실을 묘파하는 리얼리즘 소설을 쓰고 싶지만, 그는 언제나 그 현실을 비껴가는 소설을 쓰게 된다. 그만큼 '나'는 현실을 정확하게 재현하고 싶지만, 항상 그러한 의지에 미달되는 소설을 쓸 수밖에 없었던 것이다.
 「미당시문학관」의 '나'는 '인과'라는 확실성의 언어보다는 '글쎄'라는 불확실성의 언어에 지배를 당하면서 소설을 완성하지 못하고, 설사 소설 한 편을 완성하더라도 현실을 정확하게 묘파한 리얼리즘 소설에 미달되는 작품을 쓸 수밖에 없다. 따라서 "냉철한 리얼리즘을 바탕으로 현실을 정확하게 묘파하는 혁명적인 소설만" 쓰려는 '나'의 기획은 무한한 실패를 반복하게 될 것이다. 그럼에도 불구하고 '나'는 "나는 소설을 쓴다"라는 문장 하나를 끝까지 남겨놓으면서 '쓰기' 행위를 반복하게 될 것이다. 작가는 소설에 관한 '나'의 사유와 성찰을 통해서 이런 메시지를 던지고 싶었던 것 같다. 글쓰기를 통해 리얼리즘의 무한한 실패를 맛볼지라도 끝내 쓰기 행위를 반복하고 지속할 것이라는 바로 그 메시지 말이다.

∞. 무한의 언어를 위하여

그의 죽음 이후, 나는 며칠 동안 그를 기리는 작업을 했다. 그가 사라졌는데, 그가 더 궁금해졌던 건 왜일까. 이 궁금증을 해소하기 위해 나는 그가 남긴 문자와 카카오톡 메시지를 시시때때로 들여다보았고, 유튜브에 그의 이름을 검색해 관련 영상을 모두 시청했으며, 그가 제6회 창비장편소설상을 수상했을 때 심사위원들이 남긴 심사평과 그의 당선 소감을 찾아 읽었다.

그가 이 땅에 남겨놓은 메시지 중에서 나는 두 가지를 주목했다. 먼저, 당선 소감. 아마도 누군가가 나에게 "지금껏 쓴 글 중에 가장 기분 좋게 쓴 글이 무엇인가?"라고 묻는다면, 주저하지 않고 등단했을 때의 당선 소감이라고 답할 것이다. 당선 소감은 대체로 진부한 감사의 말로 채워지기는 하지만, 앞으로 어떤 결의를 갖고 창작에 임할 것인지에 대한 다짐 같은 것들을 곁들이기도 한다. 김학찬이 이 땅에 남긴 당선 소감의 한 대목을 잠깐 인용해본다.

"이걸 뽑아야 하나 말아야 하나 하다가 부족하지만 그래도 한번 기회를 주자고 말씀하셨을 게 분명한 심사위원 선생님들, 선택을 후회하시지 않도록 열심히 쓰겠습니다. (……) 다음 타석에 설 때, 안타를 쳤으면 좋겠다. 눈을 크게 떠야겠다. 어깨에 들어간 힘을 빼고 부드럽게 스윙을 해야겠다."

 그는 앞으로 열심히 쓰겠다는 말과 함께, 홈런이 아니라 안타를 치기 위해 '부드러운 스윙'을 하겠다는 겸손함도 잊지 않았다. 그래서였을까. 이 작가는 내 앞에서 작품성이 뛰어난 글을 발표하겠다거나 베스트셀러 작가가 되겠다는 뜻을 밝힌 적이 없었다. 그는 논문 쓰는 것보다 소설 쓰는 것을 더 좋아한다고 말했고, 그 좋아하는 일을 잘하기보다는 그저 오랫동안 하고 싶다는 말을 자주 했다. 아마 이 작가는 지금쯤 「구름기」에서 말한 '구름 위의 세계'에 가 있을 것이다. 그리고 거기에서도 자기가 좋아하는 소설을 능청스럽게 쓰고 있을 것이다. 이곳에서 다 못한 그 좋아했던 일을 그곳에서는 많이 할 수 있길.
 다음으로, 사 년 전 그가 유튜브 영상으로 남긴 메시지. 그 영상을 보면, 사회자가 그를 향해 이렇게 묻는다. "나는 이런 소설가다, 라고 한마디로 정의해본다면?" 그때 그가 남긴 답변은 정확히 이러했다. "저는 끝까지 쓰는 소설가입니다. 누가 시키지 않아도, 다 쓰지 말라고 해도, 마지막까지 쓸 겁니다." 그렇다. 그는 항상 소설을 쓰는 행위 그 자체에 희열을 느꼈고, 또 자신의 언어로 축조해낸 특정한 시공간과 그 안에서 배회

하는 인물들을 좋아했다. 그래서 그는 등단할 때에도 '열심히' 쓰겠다고, 또 사 년 전에도 '끝까지' 쓰겠다고 거듭 강조를 했던 것이다.

  이 작품집의 출간으로, '끝까지 쓰는 소설가'가 되겠다는 그의 약속은 이행된 듯싶다. 여기에서 '끝'이라는 단어가 내게 주는 상흔이 적지 않지만, 그래도 이 작품집이 그의 이야기가 '끝'임을 선언하는 게 아니라 '끝-없음'을 선언하는 것이기를 빌어본다. 진혼곡은 보통 산 자가 망자를 위로하기 위해 부르는 노래라고 했던가. 하지만 나는 이 작품집이 작가가 자신의 죽음을 위무하도록, 그래서 자신의 삶과 죽음이 오래 기억될 수 있도록 남긴 노래라고 생각한다. 그래서 이 노래들이 공간이나 시간 따위의 제한도, 한계도 없이 무한의 언어로 남았으면 좋겠다. 그저 그렇게, 그의 언어가 오랜 시간 이 땅 위에 남아 있으면 좋겠다.

| 발표지면 |

- 「모범택시를 타는 순간」 (제7회 혼불문학제 최명희청년문학상 당선작, 2007)
- 「타작」 (《실천문학》 2013 여름호)
- 「귀가」 (《창비어린이》 2013 가을호)
- 「①②③④⑤」 (『중독의 농도: 청소년 테마 소설』, 문학동네, 2015)
- 「영재」 (《작가와사회》 2020 겨울호)
- 「은이와 같이」 (미발표, 2022)
- 「구름기」 (『소설 목포: 누벨바그』, 아르띠잔, 2023)
- 「내가 알고 있는 비밀이」 (『출간기념 파티: 교유서가 10주년 기념 소설집』, 교유서가, 2024)
- 「끗」 (《문장웹진》, 2024. 5)
- 「미당시문학관」 (《문장웹진》, 2024. 9)

구름기

김학찬 유고 소설집

초판 1쇄 인쇄 2025년 8월 1일
초판 1쇄 발행 2025년 8월 10일

지은이 김학찬

기획 최수경 | 편집 이원주 정소리 | 디자인 윤종윤 이주영 | 마케팅 김다정 박재원
브랜딩 함유지 박민재 이송이 박다솔 조다현 김하연 이준희 복다은
저작권 박지영 형소진 주은수 오서영 조경은
제작 강신은 김동욱 이순호 | 제작처 (주)상지사P&B

펴낸곳 (주)교유당 | 펴낸이 신정민
출판등록 2019년 5월 24일 제406-2019-000052호

주소 10881 경기도 파주시 회동길 210
문의전화 031.955.8891(마케팅) | 031.955.2680(편집) | 031.955.8855(팩스)
전자우편 gyoyudang@munhak.com

홈페이지 www.gyoyudang.com
인스타그램 @gyoyu_books | 트위터 @gyoyu_books | 페이스북 @gyoyubooks

ISBN 979-11-94523-58-1 04810
　　　979-11-94523-59-8 (세트)

○ 교유서가는 (주)교유당의 인문 브랜드입니다.
이 책의 판권은 지은이와 (주)교유당에 있습니다.
이 책 내용의 전부 또는 일부를 재사용하려면 반드시 양측의 서면 동의를 받아야 합니다.